KB230856

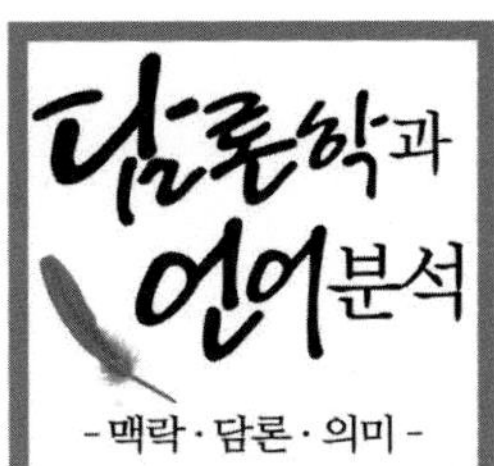

담론학과 언어분석

- 맥락 · 담론 · 의미 -

김슬옹 지음

한국학술정보(주)

도대체 왜 '담론'인가

언어에 대한 연구는 크게 세 부류로 나눠 볼 수 있다. 첫째는 언어는 무엇이냐는 것이다. 언어의 실체나 본질을 규명하려는 부류로 이른바 '순수 언어학'의 음운론, 형태론, 통사론, 형식의미론 등이 대체로 이쪽에 속한다. 둘째는 언어가 어떻게 쓰이고 있고 어떤 역할을 하느냐이다. 사회언어학이나 화용론이 이런 부류에 속한다. 셋째는 언어를 사용하고 실천하는 의미가 무엇이냐는 것이다. 인간의 가치는 언어를 사용한다고 해서 드러나는 것이 아니라, 그 언어 의미의 작용과 효과를 통해 그 가치를 드러낸다. 이 셋째에 해당하는 것이 담론이다. 굳이 일반 용어로 말한다면 '맥락 의미론'이라 할 수 있다.

이때의 담론은 언어학의 경계 안에 머물 수도 있고 그렇지 않을 수도 있다. 도구로서의 언어, 분석 대상으로서의 언어를 강조하면 당연히 언어학의 일부가 되겠지만, 그 맥락이나 내용, 의미 그 자체에 초점을 맞추면 학문의 경계는 무의미할 수도 있기 때문이다. 그러니까 담론은 근본적으로 통합학문의 영역이다. 다만 여기서는 언어학을 중심으로 의미를 문제 삼고자 했다. 문제 설정은 구체성에서 출발할 수밖에 없는데 언어를 주요 전략으로 삼았기 때문이다.

'담론'의 쓰임새가 워낙 넓고 쓰이는 맥락이 복합적이다 보니 이런 용어 자체에 대해 거부 반응을 일으키는 사람들이 많다. 모호하다는 것이다. 어찌 보면 모호한 것 자체가 장점일 수 있다. 근대 학문이 모호하지 않은 것만을 대상으로 삼거나 모호해도 모호하지 않은 척 하거나 모호한 것을 모호하지 않은 것으로 걸러낸 결과물이기 때문이다. 여기서의 담론학은 바로 그러한 근대 학문의 아쉬운 점을 극복하려는 전략을 보여 준다.

필자가 '담론학'을 선호하는 것은, 담론학은 언어를 중요하게 여기되 언어에만 머물지 않는다는 점이다. 또한 특정한 언어 단위에 매몰되지도 않는다. 소리나 자음, 모음 음운 등의 미시적 언어 단위부터 줄글, 이야기 등 그 어떤 분절 단위라도 분석 대상 텍스트로 본다는 점이다.

간단한 예를 보자[1].

---

1) 이하 설명은 한국정책학회 초청 담론학 발표에서 옮겨 적은 것이다. 김슬옹(2007). 담론을 통한 언어 분석—한국정책학회 정책학 추계학술세미나 Ⅱ. 〈복지와 참여〉. 한국정책학회. 39–60쪽.

기자 없이 진행되는 브리핑_2007년 10월 15일 (월) 10:47 연합뉴스

(서울=연합뉴스) 하사헌 기자 = 정부의 취재선진화방안 강행에 대한
항의로 기자들이 브리핑 참가 거부를 계속하는 가운데 15일 오전
외교부청사 합동브리핑센터에서 교육부 브리핑이 소수의 기자들만이
참석한 가운데 진행되고 있다._미디어다음, /2007-10-15 10:46:09/

위 기사는 제목과 사진, 사진에 대한 설명으로 구성된 간단한 텍
스트이다. 기존 언어 분석 관점으로 본다면 위 기사 제목은 비문이
거나 옳지 않은 제목이다. 분명 사진과 사진 설명에서 소수 기자가
있었기 때문이다. 그러나 담론학 차원에서는 제목의 옳고 그름보다
는 그 맥락적 의미를 따진다. 소수의 기자가 있었는데, 제목에서 왜
기자가 없다고 했는가, 그것은 실수인가 과장인가, 아니면 전략인가.
실수건 과장이건, 전략이건 그 자체가 의미가 있는 언어 전략으로
본다. 더 나아가 소수 기자들은 누구였는가. 왜 밝히지 않았는가. 안
온 기자들은 누구이며 안 온 이유는 다 같은 것인가 등을 따져 위

기사가 독자들에게 어떤 영향을 끼치는가를 분석하는 것이다. 위 기사 전체가 거시적 분석 대상이면서 위 텍스트를 구성하고 있는 단어, 조사 등(언표)도 미시적 분석 대상이 된다. 굳이 텍스트라는 용어를 사용한다면 그러한 미시적 언어 단위도 또 다른 텍스트로 구성된다(텍스트의 중층성). 이러한 담론의 실체를 그림으로 보이면 다음과 같다.

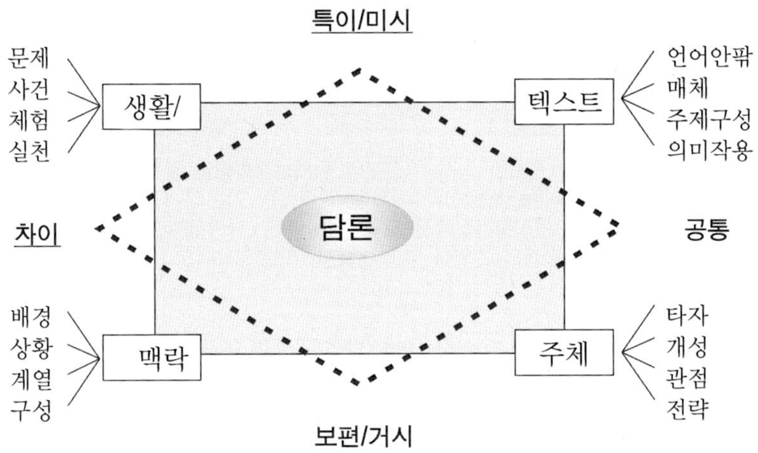

　　네 모서리는 담론의 구성요소를 가리킨다. '생활' 곧 삶은 담론의 바탕이자 실체이다. 그러한 삶의 '주체'가 있고, 구체적인 논의의 대상이 되는 '텍스트'가 있으며 삶과 텍스트 주체를 둘러싸거나 횡단하는 '맥락'이 있다. 결국 담론은 맥락에 따른 텍스트의 의미나 의미

작용을 따지는 것이다.

생활은 문제의 연속이요 문제 자체이다. 중요한 것은 그 문제를 어떻게 풀어 가느냐이며 문제 해결 전략으로 담론 전략이 중요하다는 것이다. 문제가 겉으로 드러난 것이 사건이고 생활은 바로 사건의 경험이다. 실천은 생활 행위를 가리키기도 하고, 능동적이고 적극적인 해결 과정을 뜻하기도 한다.

사실 필자가 담론학에 열정을 쏟게 된 것은 언어의 실천성 때문이다. 담론은 구체적인 언어 실천 행위를 분석 대상으로 삼는데, 이는 현실의 언어 문제를 해결해 주는 실마리가 될 수 있다고 본다.

텍스트는 언어가 중심이지만 언어와 결합된 다른 요소도 중요하게 여기기 때문에 '언어안팎'이라 하였다. 그러한 텍스트가 어떤 매체에 실려 있느냐가 중요하다. 똑같은 언어라 하더라도 책에 실릴 때와 텔레비전 자막으로 박힐 때의 의미가 달라지는 것은 당연하다. 텍스트는 다양한 맥락에 따른 주제 내용이 있고, 그러한 텍스트가 전달해 주는 의미작용이 있다.

맥락에서 '배경'은 역사, 사회 등의 배경을 가리킨다. 상황은 구체적이고 역동적인 현장을 말하고, 그러한 맥락은 다양한 계열로 구성된다.

주체는 선험적으로 주어지는 것이 아니라 주변 요소나 환경(타자)과의 상호작용으로 구성된다. 구성된다고 해서 수동적인 것은 아니다. 주체 나름의 개성과 관점이 있기에 상호작용이 중요하다. 이런 상호작용 가운데 주체의 구체적 행위 전략이 있게 된다.

다이아몬드 네 요소는 담론의 일반적 특징이나 관점을 가리킨다. 근대적 지향에서는 '공통성(동질성)'과 '보편/거시'를 중요하게 여기고 탈근대적 지향에서는 '차이'와 '특이/미시'를 중요하게 여기지만 여기서는 근대적 요소를 배척하지는 않고 다양성으로 수용한다. 여기서의 보편성은 특수성을 꿰는 차이로서의 보편성을 말한다.

　1부는 핵심 이론을 모았다. 서로 겹치는 부분이 있지만 다양한 맥락적 접근을 보여준다는 의미에서 통합 서술하지 않았다. 1장은 이 책의 가장 핵심 내용이고, 2장은 1장 쓰기 전에 쓴 것이지만 '맥락' 관점에서 생각해 보는 것도 의미 있는 일이라 거의 그대로 실었다. 3장은 역시 언어전략 차원에서 담론의 흐름을 짚어 보았다.

　2부 논문은 시사성이 떨어지는 논문들이 대부분이지만 그대로 실었다. 담론학의 다양한 방법론을 보여주는 의미도 있고, 과거 역사 자료에 대한 정리 의미도 있기 때문이다. 네 논문 가운데 '노동자 어휘 담론(원제 : 담론에 따른 어휘 의미 분석 모색, 1996, 연세어문학 28집, 연세대 국어국문학과)'은 필자가 기존 의미론에 대한 문제의식을 품은 뒤 처음으로 쓴 논문이다. 그래서 지금 생각으로 보면 꽤 부끄러운 논문이다. 그러나 거의 고치지 아니하고 그 당시 논문을 그대로 싣는다. 지금 생각의 틀로 바꿀 수도 있지만 이 역시 다양한 접근 관점을 보여주는 것이기 때문이다.

　그 다음으로 발표한 논문이 '개념적 의미에 대한 몇 가지 오해에 대하여－왜 개념적 의미는 담론적 의미인가(1997, 담화와 인지 4권 2호. 담화인지학회)'이다. 기존의 의미 분류 맥락을 문제 삼은 것이다. 푸코가 누누이 강조했듯이 분류는 권력이다. 기존의 의미 분류는 개념적 의미를 특권화시키고 있다. 이를 통해 주류 의미론의 가장 핵심 문제를 짚고 넘어간 것이다. 다음으로 쓴 논문이 '상보반의어 설정 맥락 비판(1998. 한국어의미학 3집. 한국어의미학회)'이다. 개념적 의미를 문제 삼고 보니 기존의 어휘론이 의미론의 심각한 문제를 전제로 분류를 하고 있음을 보게 되었다. 우리 사회의 가장 심각한 어휘인 '남-여'를 개념적 의미에 기초하여 상보반의어로 설정함으로써 사회 모순까지 확대재생산하고 있음을 비판했다.

이런저런 관계로 필자가 의미를 연구하는 전공자로서 보람을 느끼게 되었다. 글자는 읽되 의미를 제대로 읽지 못하는 사람들이 얼마나 많은가. 어차피 우리 인생은 의미 읽기요 의미 실천이다. 인간은 언어 때문에 만물의 영장이 아니라 의미를 읽고 의미 작용의 주체로 설 수 있기에 참인간이다. 물론 어떤 의미이고 어떤 의미 작용이냐가 관건이긴 하겠지만.

인기 없는 학술 분야 출판을 선뜻 맡아 주신 학술정보(주)와 꼼꼼한 편집을 해 주신 한세진, 이지연 님께 감사드립니다. 거친 원고를 다듬어 준 김태현, 성기지 선생님께도 고마운 마음을 전합니다. 이쪽의 길을 열어 주신 김하수 선생님, 늘 도움말을 주신 조의연 선생님께도 감사 드립니다. 오랫동안 담론 댓거리를 함께 해 준 고길섶, 조태린, 김병문, 엄기정 선생님, 장승백이 철학연구회 마상룡, 한금윤, 이경석 선생님 모두 힘겨운 길의 동반자였습니다.

지은이 김슬옹 씀

머리말 / 5

1부 이론편- / 15

1부 이론편

1장 담론학과 언어 분석

1. 들머리

담론(discourse)이란 말은 한국에서는 푸코의 여러 논의 소개와 더불어 쓰이다가 포스트모더니즘이나 탈근대 학문 논의가 활발하게 전개되면서 일반화되었다. 'discourse'라는 용어가 기존 언어학 분야에서 '담화'라는 언어 단위의 한 분야로 쓰이는 전략과 구별하기 위해 '담론'이란 말을 누군가가 만들어 낸 듯하다.

<표1>에서 보듯 프랑스나 영미권에서 쓰이는 discourse가 국내에서는 담화, 담론, 언설 등으로 쓰였다. 담화라는 뜻의 discourse와 구별하기 위해 '담론, 언설'이라는 말이 쓰이기 시작한 듯하다. 이제는 '언설'이란 말은 거의 쓰이지 않고 '담론'이란 말로 일반화되었다.

〈표1〉 discourse 관련 용어 비교

프랑스어	discours	énopecé	énomination
영어	discourse	statement	utterance
독일어	Discourse	Aussagen	Aussagenden
한국어	담화 담론 언설	언표 발화 언술	언표 행위 언술 행위 발화 행위

따라서 '담론'이란 말의 중심에는 푸코나 들뢰즈와 같은 비중 있는 학자들이 자리 잡고는 있지만, 그렇다고 그런 특정 학자의 이론이나 특정 방법론을 가리키는 말은 아니다.[2] 다만 담론을 언어학의 한 방법론으로 설정할 경우에는 푸코와 들뢰즈가 중심에 놓일 수밖에 없다. 푸코는 '지식의 고고학(1966)', '말과 사물(1969)' 등의 저술을 통해 '담론'의 문제 설정을 촉발했을 뿐 아니라 여론화시켰고, 들뢰즈는 '의미의 논리(1969), 천개의 고원(1980)' 등을 통해 순수언어학을 비판하면서 '담론'의 언어학적 지형의 가능성을 구체화시켰기 때문이다.[3] 물론 이 글은 푸코와 들뢰즈의 문제 설정과 방법론에 크게 기대고 있지만 언어학 차원에서의 차용이므로 그대로 따르지는 않았다.

사회언어학이나 화용론, 의미론 등의 언어학 분야에서도 '담론학'의 문제 설정이나 방법론을 추구할 수 있지만 굳이 '담론학'을 따로 설정하는 것은 '담론학' 나름대로의 전략이 있기 때문이다. 언어학 측면에서 그 특이성을 범주화한다면, '담론학'은 의미론과 화용론, 사회언어학을 합쳐 놓은 성격이 강하다. '담론학'은 학제적 학문 분야이지만 '언어'를 바탕으로 논의한다는 점에서 언어학의 한 분야로 설정될 수 있다. 따라서 언어 분석 방법론으로서 담론학을 세우려는 것은 학제적 학문, 통합학문으로서의 방법론을 살리면서도 언어학의 한 분야로 설정하려는 전략을 담고 있다.

---

2) 물론 푸코의 담론, 들뢰즈의 담론 식과 같은 지칭으로 쓰일 수는 있다.
3) 이들 저술은 참고문헌에 밝혔듯이 모두 국내에 번역 소개되었다.

2. 담론의 개념과 담론학 구성의 필요성

2.1. 담론과 담론학의 개념

'담론'이란 말이 일반화되다 보니 이제는 무슨 담론, 누구의 담론 등과 같이 대상 지칭으로 쓰이기도 하고 방법론으로 쓰이기도 한다. 그 어느 쪽이든 담론의 가장 중요한 개념은 주로 담화를 통해 사건의 맥락이나 의미 작용을 따지는 행위라는 의미이다. 이를테면 광화문 복원과 더불어 문제가 된 광화문 현판 바꾸기 문제를 담론 차원에서 바라보겠다는 것은 이 사건에 관한 담화 기록을 중심으로 그 사건의 맥락과 의미, 그로 인한 작용과 효과(의미 작용) 등을 따지는 것이다. 곧 현재 한글 현판에 대하여 사회 공론 차원에서 문제를 제기한 유홍준 담화를 중심으로 이에 대한 찬반 논의의 의미 작용을 따지는 말이다. 이러한 사회 쟁점에 뛰어든 논객도 다양하고 그만큼 그에 관한 담론 성격도 다양하고 복잡하겠지만 기본 맥락은 유홍준은 어떤 맥락에서 바꾸겠다는 것인지, 그렇게 문제가 된 현판은 왜 문제가 되는 것인지, 찬성하는 사람들은 어떤 맥락에서 찬성하고 반대하는 사람들은 또 어떤 맥락에서 반대하는 것인지에 대한 분석을 바탕으로 그에 따른 의미와 의미 작용을 따지는 것이다.

이러한 '담론'의 쓰임은 크게 지칭으로서의 의미와 방법론으로서의 의미로 나뉜다. 강준만의 담론 / 강준만에 대한 담론, 조선일보의 담론 / 조선일보에 대한 담론 등의 예는 지칭으로서의 담론을 보여 준다. 강준만의 담론은 강준만이 어떤 사건이나 문제에 대해 어떤 맥락으로 얘기하거나 글을 쓰고 있으며 그런 그의 말이나 글은 어떤 의미 작용을 일으키고 있는가를 따진 것이다. 강준만에 대한 담론은 강준만의 그런 논의에 대해 논의한 사람들의 말과 글에 대한 담론이다. 지칭 대상이 다른 셈이지만 결국 지칭(대상)으로서의 담론이다.

이에 반해 방법론으로서의 담론은 이정우(1997: 34-53)에서 언급한 것처럼 담론에 대한 담론 또는 특정 담론을 분석하기 위한 담론이므로 메타 담론이라 할 수 있다.[4] 지칭으로서의 담론과 이러한 방법론으로서의 담론의 기본 방향은 같지만 질적인 측면에서는 상당히 다를 수 있다. 이를테면 조선일보의 담론은 지극히 이분법적이지만 방법론으로서의 담론은 이분법을 지양한다. 다시 말하면 이분법이 다양한 담론의 계열(series)로 설정될 수는 있지만 담론의 방법론으로 설정될 수는 없다. 곧 지칭 대상으로서는 나쁜 담론이 있지만 방법론으로서의 담론은 가치판단이 그런 식으로 고정되지는 않는다. 결국 지칭으로서의 '담론'과 방법론으로서의 '담론'이 혼동을 줄 수 있다. 후자의 방법론으로서의 담론을 체계화시키기 위해 '담론학'이라는 말을 설정할 필요가 있다. 이정우(1977: 1장)에서 주로 철학으로서의 담론학을 논의한 것처럼 필자는 언어학 측면에서 담론학을 논의해 보려는 것이다. 굳이 개별학문과 담론학의 관계를 설정하면 <그림 1>과 같이 될 수 있다.

---

4) 이정우는 이 글에서 주로 철학 측면에서 담론학의 기본 전략을 제시한 것이지 담론학의 체계화를 시도한 것은 아니다. 이정우는 수많은 관련 저술과 강좌를 통해 푸코와 들뢰즈의 담론의 방법론을 소개해 왔고, 이 글도 그런 업적에 기댄 바 크다.

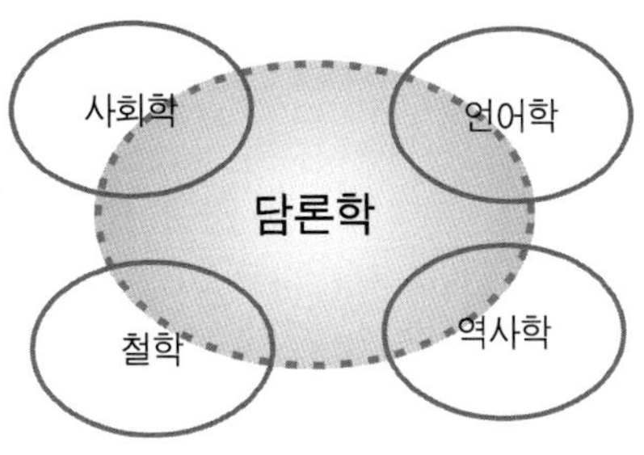

[그림 1] 일반학문과 담론학의 관계

따라서 담론학은 통합적 학문 방법론이므로 언어학, 철학 등과 같은 개별학문으로 전유될 수 없지만, 그 얘기는 모든 개별학문의 방법론이 될 수도 있음을 의미한다. 담론학은 언어를 핵심 도구나 대상으로 삼는다는 측면에서 언어학 분야에서 더욱 요긴한 방법론이 될 수 있다.

2.2. 담론의 관점 구성

담론에 대한 대부분의 논의는, 탈근대주의나 포스트모더니즘 계열의 학자들이 대개 그러했듯이, 이분법과 획일주의에 대한 반성에서 출발한다. 필자도 이런 흐름에 힘입어 김슬옹(1997, 1998a, b) 등에서 이분법 비판을 구체적으로 논의한 바 있다. 그러나 지금은 생각이 바뀌었다. 흑백논리가 다의성을 추구하는 담론에 반하는 것은 사실이지만, 그렇다고 그러한 이분법의 실체를 부정하는 것은 다의성을 추구하는 담론 흐름에 반하는 모순으로 귀착된다. 이분법은 획일주의로 기울 수밖에 없지만 그런 실체 자체를 부정하는 것은 또 다른 획일주의라는 것이다. 인간의 성을 남성성과 여성성으로 이분화시켜 생각하는 것은 분명 잘못이지만, 그렇게 생각하고 실천하는 사람들이 존재하는 것은 실체적, 맥락적 진실이기 때문이다. 물론 존재하는 것이 진실이니 그러한 생각이 진실이라는 것은 아니다. 따라서 다의 성을 가로막는 어떤 움직임도 반대하고 비판하지만, 일단은 그런 움직임을 다양성의 일부로 받아들여야 한다. 따라서 담론학은 수많은 이분법 담론 현실을 인정하되 그 실체와 의미 작용을 밝혀내고 극복하고자 노력할 뿐이다.

담론에서 중요하게 여기는 보편주의와 동질성주의에 대한 반성도 비슷한 맥락에서 받아들일 필요가 있다.[5] 근대화 과정에서 보편주의와 동질성주의는 인간의 평등과 자유, 존엄성 등을 확립하는 데 결정적인 역할을 하였다. 또한 근대 과학의 성립에서도 이러한 틀은 중요한 역할을 하였다. 이를테면 인간은 누구나가 다 존엄하다는 명제나 모든 물질은 원자로 이루어졌다는 명제는 동일 선상에서 인간과 자연의 실체를 규정해 준다. 그러나 이러한 추상적 명제를 절대시하면 그러한 보편주의 / 동일성주의는 획일주의가 된다. 누구나가 존엄하고 존엄해야 하지만 존엄의 정도 차이는 얼마든지 있을 수 있고 또 더욱 중요한 것은 존엄 자체가 중요하기보다는 존엄하기 위해 우리는 무엇을 어떻게 해야 하는가이다. 물질이 원자로 이루어졌지만 모든 물질의 원자의 속성이 동일한 것은 아니다. 이러한 논리는 차이와 변화에 대한 부정적 인식을 낳기 때문에 반대하고 비판하지

---

5) Deleuze, G.(1981)에서의 '보편성'은 차이의 보편성이다. 곧 모든 구성체의 동일성을 강조하는 보편성이 일반적인 보편주의라면, 들뢰즈가 '일의성'을 내세우는 보편주의는 모든 개체가 특이성을 가지고 있다는 식의 보편성을 말한다.

만, 역시 이분법 현상과 마찬가지로 그런 속성도 다양한 관계를 구성하는 일부이기 때문에 실체를 부정할 수는 없다.

이 밖에 담론학이라는 학문 분과는 분파주의에 대한 반성에서 비롯되었다. 근대 학문의 분화는 중세의 미분화된 학문의 문제와 한계를 극복한 장점은 있지만 또 한편으로는 배타적 분과를 지향함으로써 지식의 파편화를 초래하였다. 부분과 전체의 관계를 이분화시킨 것이다. 부분과 부분은 특이성으로서 전체를 구성하거나 전체를 함의하는 일부분이어야 하는데 부분과 부분이 배타적으로 나뉘고 부분적 지식을 전체적 지식인 양 포장하는 경우가 그렇다. 코끼리의 실체를 코를 통해서 집중적으로 그려 낼 수 있지만 코로만 인식하거나 그것이 전부인 양 인식하면 파편주의가 된다. 통찰력의 부족으로 인한 인식의 오류이다. 그리고 여기서 설정한 '전체'라는 것은 단일한 구조로서의 '전체'가 아니라 부분 요소가 있게 한 맥락을 말한다. 따라서 부분은 전체의 전략적 효과일 수 있다. 따라서 담론학에서는 특이성과 연계성의 결합으로 이 문제를 극복하고자 한다. 개체의 특이성을 존중하되 연계성을 강화시키는 전략이다. 분파주의로서의 개체가 아니라 개성과 나눔으로서의 특이성, 개체의 통합이 아닌 개체의 관계와의 연계성이다.

다음으로 담론학은 객관주의에 대한 반성을 담고 있다. 객관적 태도는 과학이나 사물의 정확한 인식에서 주관주의를 극복하고 합리적 인식을 가능하게 하는 절차이다. 역시 이러한 태도는 자연과학의 발달뿐만 아니라 모든 학문의 과학화, 더 나아가서는 민주주의나 자본주의 발달에도 기여했다. 그러다 보니 객관주의의 신화를 낳았다. 객관화시키지 않으면 과학이 아닌 것처럼 호도되었다. 과학문명에 대한 맹신이 도사리게 됨으로써 오히려 자연과 문명의 부작용을 초래하였다. 객관화시킬 수 없는 수많은 인간의 문제와 자연현상에 대한 무시를 낳았다. 비합리적인 주관성이 아닌 개성과 특이성, 주체성에 해당하는 영역까지 배격하는 오류에 빠졌다. 그렇다고 객관적 태도가 중요하지 않다거나 그것을 부정하는 것은 아니다. 그런 태도를 절대요소로 설정하는 것이 잘못이라는 것이다. 그래서 각 개체의 주체 전략도 중요하게 여기면서 객관적 태도를 지향하는 상호주관성(intersubjectivity)이라는 말이 생겼다.

이렇게 볼 때, 담론학은 환원주의를 경계한다. 앞에서 얘기한 이분법이나 분파주의, 보편주의 모두 결국은 특정 요소로 환원하는 문제를 함의하고 있다. 이러한 환원주의는 대개 다양하고 역동적인 현상보다는 본질주의로의 환원을 보여 준다. 이러한 환원주의를 배격하는 전략은 되도록 모든 요소를 관계의 집합으로 보는 태도가 중요하며 담론학은 그런 방법론을 추구한다.

담론학은 언어학 차원에서 본다면 근대 언어과학에 대한 문제의식을 담고 있다. 소쉬르가 언어과학을 정초한다는 명목으로 공시성에 대한 지나친 의미를 부여하면서 역사성을 배제하였다. 전근대적 역사주의를 극복한다는 명목으로 역사성을 배제시켰지만 오히려 역사성 배제로 죽은 과학주의를 세운 셈이 되었다. 인간과 자연 그 모든 것이 역사적 사건 그 자체이다. 시간(역사)과 공간을 전략적으로 분리시킬 수는 있지만 배제시킬 수는 없다. 따라서 담론학에서는 통시성과 공시성의 상호 작용을 중요하게 여긴다. 결국 공시성은 통시성의 결과나 과정, 통시성은 공시성의 집합과 차이로 보면 된다.

마지막으로 담론학은 언어(담화)가 주요 논의 장치이지만 언어 중심주의를 경계한다. 언어는 의사소통의 도구이지만 불소통의 도구이기도 하다. 양면적 도구인 셈이다. 언어 중심주의는 사회적 맥락을 의도적으로 무시하거나 언어의 일면적 진실만을 강조한다. 따라서 중요한 것은 담론을 가로지르는 힘이나 담론의 사회적 조건이다. 언어학으로서의 담론학은 언어만 보면 언어는 보이지 않는다는 평범한 진리에서 출발한다.

담론의 문제의식이 이분법, 획일주의, 보편주의, 환원주의 등을 반성하거나 경계한다고 했지만 완전히 부정하는 것은 아니다. 그런 속성을 지양은 하지만 다양성의 일부로 볼 수도 있기 때문이다. 물론 이러한 속성들은 대개 다수 권력을 바탕으로 하고 있기 때문에 다양성의 일부로 보기 어려운 측면이 있지만 모든 구성소의 특이성을 존중하는 차원에서는 우리 사회를 구성하는 다양한 실체의 일부일 수는 있기 때문이다.

3. 담론학 구성의 주요 전략

담론은 맥락에 의해 구성되는 것이다. 그런 측면에서 '담론 구성' 또는 '담론화'라고 한다. '담론'이 구성되는 것이라면 담론을 어떻게 구성할 것인가에 대한 능동적 전략이 필요하다. 그래서 '담론 구성 전략'이라는 용어가 필요하다. '담론 구성전략'은 줄여서 '담론 전략'이라고 할 수 있다. 결국 담론학은 담론 구성 또는 담론 구성전략의 전반적 실체의 체계화가 뼈대가 될 것이고 그것은 담론 전략에 따라

달라질 수 있다. 필자는 <그림 2>와 같은 담론 구성도에 의한 체
계화를 시도할 것이다.

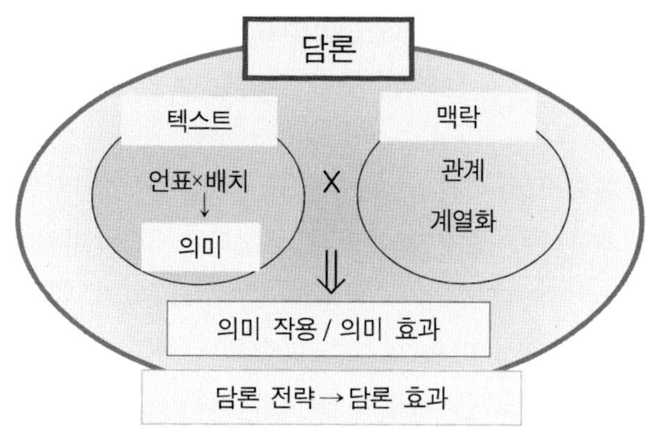

[그림 2] 담론 구성도

핵심 전략은 세 가지다. 담론화를 위한 문제(사건)의 실체화가 필
요하므로, 먼저 담론화의 대상인 단위 구성이 필요하다. 이를 텍스트
를 중심으로 논의한다. 담론 차원에서 텍스트를 자리매김하고 이러
한 텍스트 전체 단위뿐만 아니라 텍스트 내부 단위도 언어 단위의
성격과 결부시켜 논의하기로 한다. 다음으로는 그러한 논의 대상의
구성을 바탕으로 담론화의 과정이나 분석이 중요하므로 이를 위해
맥락을 중심으로 계열화를 통한 구체적 의미 분석 과정을 보일 것이
다. 그 다음으로는 그러한 과정이 촉발하는 담론 효과 곧 의미 작용
이 무엇이냐가 중요하다.

3.1. 담론화의 단위 구성

1) 텍스트

담론화 또는 담론학의 대상은 당연히 담론이다. 이러한 지칭 대상으로서의 '담론'은 '문장 이상의 언어 단위'를 가리키는 '담화'라는 말과 일치한다. 그러나 담론의 지시 대상이 되는 언어체의 자리매김을 위해 '텍스트'라는 용어를 도입하기로 한다. 또한 텍스트의 쓰임새가 다양하므로 담론학 차원에서 텍스트의 의미 맥락을 분명히 할 필요가 있다. 언어 단위로만 본다면 텍스트의 자리매김을 담화 이상으로 보는 견해도 있고, 열린 텍스트 관점과 같이 모든 언어 단위가 맥락에 따라 텍스트가 될 수 있다는 견해도 있기 때문이다.

텍스트의 개념은 네 가지 갈래가 있다. 첫째는 언어학 차원에서 "문장보다 더 큰 문법 단위, 문장이 모여서 이루어진 한 덩어리의 글(표준국어대사전)"이라는 뜻으로 쓰이는 쪽이다. 문장보다 더 큰 문법 단위로는 단락이나 담화 등이 있지만 구조적이며 독립적인 단위를 강조하기 위해 텍스트라는 용어로 차별화시키는 개념이다. 둘째는 문헌학 또는 해석학 차원에서 "주석, 번역, 서문 및 부록 따위에 대한 본문이나 원문 또는 원전(표준국어대사전)"이라는 뜻이다. 어떤 논의의 전거가 되는 문헌이라는 뜻이다. 셋째는 기호학 또는 텍스트 이론 차원에서 "언어로 표현되어 있거나 언어로 번역할 수 있는 문화기호(고영근 1999: 1장)"로 보는 관점이 있다. 언어를 중심에 놓되 언어 이외의 기호까지를 포괄하려는 전략이다. 넷째는 탈근대 또는 포스트모더니즘 관점에서 "고정된 의미로 환원할 수 없는 무한한 시니피앙들의 짜임(롤랑 바르트 / 김화영 옮김: 1997)"으로 보는 개념이 있다.

그렇다면 담론학 차원에서의 '텍스트'는 위 네 가지 중 어느 하나로 설정되지는 않지만 네 번째 개념에 근접해 있다. 첫 번째 견해와 같이 언어의 선형적, 평면적 단위(문장 이상의 단위 따위)의 일부는 아니다. 언어 단위로 보면 논의 대상이 되는 또는 의미 읽기 대상이 되는 모든 단위가 텍스트가 될 수 있다. 책도 텍스트이고 공원 화장실의 '화장실'이라는 단어도 텍스트이다. 텍스트는 근본적으로 맥락 속의 대상이므로 'TOILET' 또는 어느 토속 술집의 '뒷간'과 대비되는 '화장실'은 담론적 의미를 지닌다. 따라서 언어 단위를 뛰어넘되 텍스트의 구조주의적 특성—"응집성, 결속성, 의도성, 용인성, 정보성, 상황성, 상호텍스트성" 등—을 강조하는 세 번째 견해에 적용되지도 않는다. 물론 특정 원전으로 환원시키는 두 번째 견해도 아니다. 굳이 대상의 물질적 특성으로 본다면 논의나 의미 읽기의 대상이 되는 것으로 글이나 책뿐만 아니라 도형 등 다양한 매체를 포함한다.

네 번째의 견해는 저자나 고정된 주제, 이념 따위에 종속되는 '작품'을 탈피하려는 전략을 보인다. <그림 3>에서 <관계 1>과 같이 저자 중심 또는 플라톤식의 본질주의에 입각한 '작품(works)'에 대비시키면서, <관계 2>와 같이 독자 중심 시각에 따라, 독자에 따라 텍스트가 "짜인다, 구성된다"는 특성을 강조하는 흐름이다.[6] 이러한

---

6) 요즘 유행하는 구성주의는 〈관계 2〉 양상과 비슷하다. 이는 칸트식 인식론의 확장이다. 그러나 들뢰즈의 문제 설정은 인식론 비판에서 비롯된다. 대상이 인식에 의해 구성되는 것이 아니라 이미 존재(대상) 자체가 생성과 변이의 개체인 것이다. 그래서 존재론적 철학이라 하지만 이는 본질주의 차원에서 존재론을 내세우는 플라톤식 존재론과는 차원이 다르다. 〈관계 3〉은 이런 맥락을 반영한 것이다.

의도를 갖는 텍스트 논의는 텍스트가 구성되는 맥락과 그로 인한 의
미 작용과 의미 효과를 강조한다. 이러한 탈근대적 텍스트론은 장르
의 경계도 없을 뿐 아니라 언어 단위의 경계도 없다. 중요한 것은
어떤 맥락에서 읽기의 대상이 되고 어떤 의미 효과를 불러일으키느
냐이다. 다만 이쪽을 강조하다 보면, <관계 1>과 같은 견해를 극복
한 것은 좋으나 모든 담론 행위의 생산 주체의 능동적 역할을 무시
하는 오류를 낳을 수 있다. 이러한 두 가지를 모두 극복한 것이
<관계 3>과 같은 세 번째 모형이다.

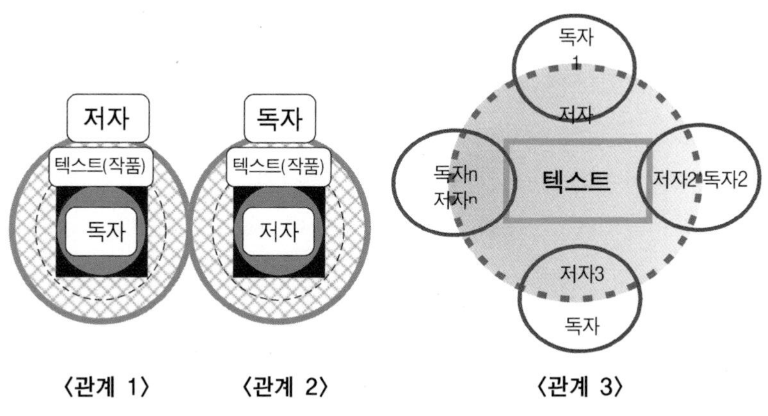

[그림 3] 텍스트와 독자의 관계

이는 저자를 부정하는 것이 아니라 오히려 저자의 생각이나 관점
이 다양하게 수용되는 양상을 주목하는 것이다. 텍스트라는 말은 어
원 자체에 날실과 씨실로 짜였다는 의미가 있다. 저자가 애써 만들
어 놓은 저술물은 수많은 독자와 저자가 함께 만들어 간다는 것이고

또한 수많은 독자와의 상호 관계에 의해 저술물의 의미와 가치가 다양한 효과를 낸다는 뜻이다. 결국 바르트의 말대로 저자는 죽지는 않는다.[7] 오히려 살아서 수많은 독자와의 긴장 속에서 변신을 한다. 따라서 텍스트 구성 맥락에 따라 설정되는 저자와 독자를 실제 저자와 독자와 구별하기 위해 '맥락저자', '맥락독자'로 부를 수 있을 것이다.[8]

이렇게 텍스트 개념이 문제가 되는 것은 텍스트 의미 맥락이 담론화의 1차적 출발이 되기 때문이다. 또한 텍스트를 둘러싼 의미 작용이나 의미 효과를 분석하는 데는 텍스트에 대한 인식 자체가 근본적인 문제가 된다. 어떤 텍스트이든 사회적 맥락 속에서 다양한 의미를 가질 수 있다는 것이 대전제이고 보면 그런 관점에서의 텍스트 개념 설정은 주요한 의미 분석 전략이 된다.

그렇다면 언어학 차원의 텍스트 논의를 위해 언어 단위 차원에서 텍스트 자리매김을 규정해야 한다. 이때의 텍스트는 책은 물론이고 소책자(팸플릿)와 같은 간단한 문서에서부터 공사장 표지판의 '주의'라는 한 낱말에 이르기까지 의미를 부여할 수 있는 모든 언어 단위를 포괄한다. '소리-음소-형태소-단어-구-절-문장-담화' 등과 같이 개별 언어 단위에서 그 어떤 단위, 곧 음소건 긴 줄글이건 모두 텍스트가 될 수 있다. 개별 언어 단위에 따른 언어 전략이나 담

---

7) Roland Barthes / Translated by Richard Howard(1989: 49-64) 참조. 물론 이때의 저자는 '작품'과 동일시되는 실제 저자를 가리킨다.

8) S. Chattman(1990) / 한용환 역(2003: 179쪽)에서와 같은 "내포작가, 내포독자"를 맥락작가, 맥락독자와 같은 용어로 보았으나, 김용진 교수의 맥락저자는 텍스트에 언급되거나 암시되지 않을 수도 있지만 내포작가는 텍스트와 직접 연관되어 있다는 구별 지적이 적절하다고 생각한다.

론 전략이 가능한 것도 그 때문이다(김슬옹: 2003 참조).

　담론학 이론 구성을 위해 주된 논의 대상으로 삼은 '광화문' 현판 바꾸기에 관한 텍스트는 아래와 같이 설정하였다.[9] 이 논쟁은 2005년 3월에 유홍준 문화재청장이 2009년 광화문을 완전 복원한 뒤 현판을 바꾸기로 해 일단락되었다. 그럼에도 이 논쟁 텍스트를 설정한 것은 아직도 진행 중인 사건인데다 담론학의 이론을 쉽게 설명하기 위한 적절한 텍스트이기 때문이다.

(1) 광화문 - 경복궁 남문 현판 글씨
(2) 문화재청은 문화재 복원을 위해 광복 60주년인 8월 15일에 즈음하여 박정희 대통령 친필 휘호인 현재 광화문 한글 현판을 내리고 조선 정조가 남긴 글씨에서 집자한 한문 간판인 '光化門'으로 바꿀 것이다. - 유홍준 문화재청장 담화 보도문에서
(3) (2)에 대한 논쟁 텍스트: 권오봉(2005) 외 35건

　(1)은 언어학적으로 보면 하나의 단어에 지나지 않지만 담론의 대상 텍스트이면서 사건 텍스트로 구성되는 것이고, (2)는 사건을 촉발시킨 핵심 텍스트이다. (3)은 (2)보도문이 본격적으로 보도되는 2005년 1월 24일부터 2월 말까지 주요 일간지와 인터넷 신문에 실린 칼럼을 모두 모은 36건의 텍스트이다. 필요한 경우에만 적절히 인용하기로 한다. 이렇게 보면 텍스트의 범위는 무척 넓음을 알 수 있다. 현판에 관한 담론 전체가 텍스트가 될 수도 있고, 특정 단어도 텍스

---

9) 이 글은 담론학의 체계를 구성해 보는 것이 1차 목표이고 이를 위해 '광화문 현판 문제'를 차용하는 것이므로 이 문제에 대한 논증이 필수적 요소는 아니다.

트가 될 수 있기 때문이다. 그러므로 텍스트의 개념은 형식적 물리적 단위로 얘기할 것이 아니라, 읽기나 의미 작용의 대상으로 구성되는 구성물로 보는 관점이 타당하다. 사건 발생 순서에 따라 다음과 같이 이름을 붙일 수도 있다.

> 1차 텍스트: '광화문'(박정희 전 대통령이 쓴 경복궁 남문 현판 글씨) → 2차 텍스트: '광화문'을 한자로 복원하겠다는 유홍준 문화재청장 담화 → 3차 텍스트: 유홍준 문화재청장 담화에 대한 논쟁담화

텍스트 자체에 맥락이 가시적으로 드러나느냐 안 드러나느냐에 따라 텍스트 차이는 있을 수 있다. 현판의 단어와 같이 구체적인 맥락이 드러나지 않는 텍스트와 문맥에 의해 어느 정도 맥락이 드러난 담화 텍스트는 성격이 다르기 때문이다. 그러나 맥락에 의해 텍스트가 구성된다는 관점에서는 그러한 차이는 정도 차이이지 질적인 차이는 아니다.

그리고 텍스트가 구성되는 것이라면, 의미 부여가 된 구성된 텍스트와 그 이전의 텍스트를 구별하기 위해 '대상 텍스트'와 '사건 텍스트'라는 말을 쓰기로 한다. 어떤 텍스트가 사회적 문제로 공론화되었다면 그것은 하나의 사회적 사건으로 구성된 것이며 그때의 텍스트가 사건 텍스트라고 할 수 있다.

2) 언표와 배치

텍스트를 구성하는 언어적 요소를 언표라고 부른다. 원래 '언표'는 푸코가 담론의 구성소로 설정한 'énoncé'를 번역한 것으로, 이는 푸

코가 담론의 기본적 단위로 설정한 것이다.[10] 일반 언어학에서는 '발화'에 해당된다. 이러한 일반 언어학 용어로 번역하지 않고 '언표'라는 새로운 용어로 번역한 것은 '발화'라는 일반 언어학 용어와 동일시할 수 없는 측면이 있기 때문이다. '발화'는 언어 행위나 단위로만 인식되는데, '언표'는 담론의 구성소라는 성격이 강하다. 다만 푸코는 '언표'의 개념이나 갈래를 언어학적 문법 단위와의 명확한 관계를 설정하고 있지는 않다. 따라서 '언표'를 텍스트와 담론의 구성소로 보되 언어학의 문법 단위를 그대로 차용하면 된다. 이를테면 단어 언표, 어구 언표, 절 언표, 문장 언표 등으로 설정할 수 있다. 따라서 광화문 현판의 경우 '광화문'이라는 한글 표기 언표와 '光化門'이라는 한자 표기 언표는 사뭇 다른 텍스트로 구성돼, 당연히 서로 다른 담론을 촉발시켜 다양한 담론 효과를 내는 것이며, 그러한 담론 효과가 대립적인 측면이 많아 극단적 논쟁으로 번졌다.

이러한 언표는 언표 구성소의 배치(arrangement, agencement)에 따라 달라지기도 한다. "광화문 한글 현판은 한자 현판으로 바꿔야 한다."는 문장 언표와 "광화문 한글 현판은 한자 현판으로 바꿔야 한다고 생각한다."라는 문장 언표 역시 다른 배치이고 다른 담론 효과를 낸다. '光化門'이라는 한자 표기 언표도 '光化門'으로 배치하느냐, '門化光'으로 배치하느냐에 따라 의미 작용과 담론 효과는 달라질 수 있다.

단락 이상의 담화에서는 한 단락의 주제문 언표 배치를 앞에 두면 두괄식, 뒤에 두면 미괄식 단락이 되는데 당연히 그러한 텍스트

---

10) Foucault(1969: 3장 / 이정우 옮김: 1992: 117-190) 참조. 물론 화행이론에서도 이 용어가 쓰였으나(언표 행위, 언표 내적 / 외적 행위) 쓰이는 맥락이 다르다.

의 담론 효과는 달라진다. 단어가 텍스트일 경우에는 형태소, 음절 단위 언표가 구성소가 된다.

3.2. 담론화의 과정 구성: 담론 전략

담론화는 담론 구성이며 이는 담론 전략에 의해 이루어진다. 담론 전략은 문제 설정에 의해 촉발되며 구체적인 계열화를 통해 의미 작용을 일으킨다.

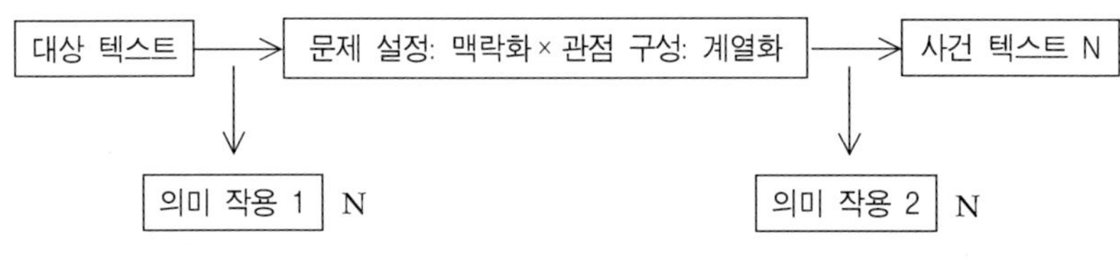

[그림 4] 담론 전략 과정도

[의미 작용1]은 대상 텍스트가 인식 주체(독자)에게 1차적으로 전달한 의미 효과를 말한다. 맥락화와 계열화에 의해 구체적인 의미 효과를 불러일으킨 것이 [의미 작용2]다. 이렇게 하여 대상 텍스트는 사건 텍스트로 구성되며, 사건 텍스트가 N개가 되는 것은 계열화에 의해 텍스트의 의미 작용이 달라지기 때문이다. 이러한 사건 텍스트는 맥락화와 계열화에 의해 전혀 다른 이질적인 텍스트가 되기도 한다. 광화문 현판인 경우 교체 대상 텍스트냐 아니냐가 사건 텍스트의 질적인 차이를 보여 준다.

1) 문제 설정: 맥락화

담론을 논의한 푸코나 들뢰즈를 비롯한 주요 학자들 가운데 특별히 '맥락'을 집중 논의한 사람은 없다. 이는 담론 자체가 이미 맥락화이므로 굳이 명시적으로 언급할 필요가 없기 때문일 것이다. 그러나 순수언어학과 응용언어학이 이분화된 풍토에서는 '맥락'을 특별히 강조할 수밖에 없다(이 책 2장 참조).

필자가 맥락화를 담론 전략으로 삼는 것은 삶의 역동적인 여러 양상이나 문제를 효율적으로 따지기 위해선 '맥락'이 필수적이기 때문이다. 이러한 맥락은 폭넓게 말하면 텍스트와 관계 맺는 것들과의 집합이다. 텍스트 생산 과정과의 관계일 수도 있고 텍스트를 수용하는 수많은 독자와의 관계일 수도 있다. 또는 텍스트를 둘러싼 사회적 관계일 수도 있다.

그리고 맥락은 주체의 능동적 역할을 강조하면 '설정한다'고 말할 수 있지만, 주체의 그러한 행위는 철저히 관계 속에서 이루어지는 것이므로 '맥락은 구성된다'고 말한다. 이렇게 구성되는 맥락을 중심으로 하되, 설정하는 맥락 주체의 역할도 강조하는 용어가 '맥락화'이다. 이러한 맥락화는 구체적으로 계열화를 통해 이루어지므로 맥락화를 굳이 따로 논의하지 않아도 된다. 그러나 계열화의 맥락을 보여 준다는 의미에서 맥락화의 특정 전략을 살펴보기로 한다.

구체적인 맥락화는 1차적으로 문제 설정을 통해 구성된다. 극단적으로 말하면 '광화문' 한글 현판 문제는 문제 설정을 통해 사건화가 되지 않는다면 구체적인 맥락은 없는 것이다. 문제 설정되지 않는 현판은 단지 추상적 맥락에 머물거나 무맥락의 맥락으로 머문다.[11]

맥락은 복합적이고 중층적이다. 광화문 한글 현판과 관계를 맺고 있는 구성요소들 자체가 다양하고 복합적이다. 의문사에 따른 몇 가지 문제 설정만 해 보아도 그 맥락과 의미는 단순하지 않다.

> 무엇을 바꾸고자 하는가?, 그 무엇은 누가 썼는가? 그는 왜 썼는가?
> 그것은 어디에 있는가?
> 왜 바꾸고자 하는가?
> 어떻게 바꾸고자 하는가?
> 언제 바꾸고자 하는가?

무엇을 누가 썼는가에 대한 1차적인 답은 단순할지 모른다. 박정희 전 대통령이 광화문 한글 현판을 썼다고 하면 된다. 그러나 '박정희'라는 역사 인물에 대한 평가는 워낙 다양하고, 왜 하필 청와대 사랑방 현판이 아니라 광화문 현판인가로 이어지면 "(박정희)N×(광화문 현판)N"이 되면서 다양한 맥락이 형성될 것이다.

따라서 맥락은 끊임없이 구성되는 것이며 역동적이다. 문제 설정 방식에 따라 맥락이 달라질 뿐 아니라, 시간으로 보아도 맥락은 계속 바뀔 수 있다.

2) 관점 분석: 계열화

맥락이 관계의 집합이라면 특정한 관계를 구성하는 것을 계열화라고 한다. 결국 특정 계열화는 특정 맥락을 구성하는 것이며 그러한 특정 계열화의 집합이 종합적 맥락으로 구성되는 것이다.

---

11) 맥락을 고려하지 않는다는 것 자체가 맥락이라는 말과 같은 용어이다. '무의미의 의미'도 같은 맥락으로 이해할 수 있다. 맥락과 의미의 실체를 보여 주는 역설적 표현들이다. 미술 작품 제목 중에 '무제'라는 제목들이 주는 역설과 같은 표현이다.

맥락화가 담론이나 대상 텍스트를 제대로 인식하기 위한 기본 절차라면 계열화는 사건 텍스트에 대한 구체적인 가치판단과 의미 작용이 이루어지는 방향 설정이다. 텍스트나 사건에 대한 문제 설정의 방향 설정이 관점이라면 계열화는 관점 분석 과정이다. 따라서 계열화 역시 대상 텍스트에 대한 문제 설정과 관점 구성으로 이루어진다. 그러한 문제 설정과 관점 구성은 인식 대상인 텍스트와 인식 주체의 상호 작용에 의해 이루어진다.

모든 텍스트는 의미가 있게 마련이다. 그러한 의미는 주제(의도)에 대한 성향을 담고 있다. 그러한 성향은 일정한 가치를 지향하게 된다. 따라서 텍스트는 인식 주체의 가치판단을 촉발한다. 이러한 가치판단 계열은 가장 가시적이고 명징한 계열로 작동된다.

이러한 가치판단에서 중요한 것은 판단 그 자체가 아니라 왜 그런 판단을 내렸는가이다. 이러한 맥락에 부응하는 계열이 내용 주제에 따른 근거 계열이다. 가치판단 근거 계열에는 내용 주제에 따른 근거가 있고 어떤 집단이나 입장에서 보느냐는 맥락 주체 구성 계열이 있다. 가치판단 계열과 근거 계열이 한 방향 화살표의 교차로 되어 있는 것은 판단과 근거가 꼭 순차적인 것만은 아니기 때문이다.

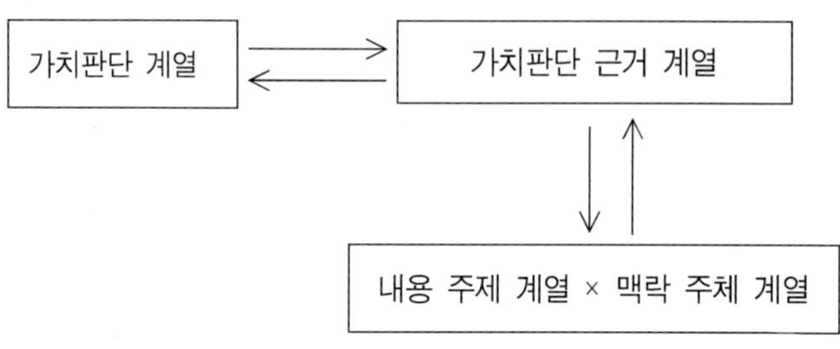

[그림 5] 각 계열 관계도

(1) 가치(성향)판단 계열

'가치'는 어떤 대상의 중요도에 대한 인식 주체의 판단을 말한다. 이 계열은 대개 긍정성과 부정성 또는 찬성과 반대 등과 같은 선호도의 판단으로 나타난다. 유홍준 청장은 현재의 한글 현판 텍스트에 대한 부정적 가치판단을 내려 교체하자는 것이다. 이에 동조하는 사람들은 유홍준 담화 텍스트에 동의(긍정)하면서 한글 현판에 대한 부정 판단의 근거를 말하고, 부정하는 사람들은 유홍준 담화 텍스트에 반대(부정)하면서 현재 한글 현판의 긍정성을 논의할 것이다.

물론 조건부 긍정 견해도 있다. 현판 바꾸는 것을 찬성하지만 방식과 절차가 문제라는 견해가 그런 경우다. 물론 중립에 가까운 계열도 있지만 대개는 어느 한쪽으로 기울게 마련이다. 완전한 가치중립은 없다. 36건 칼럼의 가치판단 성향은 다음과 같다.

<표 2> 가치판단 구성에 따른 분류

부 정	긍 정	제3의 견해	
		조건부 긍정	중립(긍정 쪽)
권오봉(2005) 권재현(2005) 김계곤(2005) 동아일보편집부(2005) 문화일보편집부(2005a, b) 유한태(2005b) 정권수(2005) 조병철(2005) 조영남(2005) 홍정훈(2005) 황종택(2005) 이대로(2005)	박래부(2005) 박석무(2005. 서현(2005) 윤승용(2005) 이동인(2005) 이성진(2005) 이연재(2005) 임창용(2005) 한겨레편집부 (2005)	이상혁(2005) 도재기(2005) 승효상(2005) 유한태(2005a) 이규태(2005) 이기숙(2005) 이목희(2005) 정재두(2005) 조선일보편집부(2005) 중앙일보편집부(2005) 진용옥(2005) 황평우(2005)	이이화(2005) 김영만(2005)
13	9	14	

문제는 어떤 맥락에서 또는 어떤 근거로 긍정하고 부정하느냐이다. 이런 쪽의 계열이 주제별 내용 구성과 집단이나 맥락 주체에 따른 계열이다.

(2) 가치판단 근거 계열

가치판단의 근거는 가치판단의 실질적 내용이며 이러한 내용은 가치판단의 구체적 관점과 의도를 담고 있으므로 주제라 할 수 있다. 이런 주제는 텍스트 생산자와 수용자 입장에 따라 구성된다. 굳이 직접적인 생산자와 수용자가 아니더라도 다양한 집단이나 입장이 반영될 수 있다.

① 내용 주제 계열

내용 주제는 복수 주제로 구성된다. 설령 광화문 현판 문제를 문화재 차원에서만 바라본다고 하더라도 그것은 문화재라는 주제 외를 고려한 것이므로 주제는 복수로 설정되게 마련이다. 따라서 대부분의 주제는 관계에 따라 일정한 틀 속에서 작동되게 마련이다. 첫째, '정치 / 경제 / 사회 / 문화'와 같은 일반적 주제 계열이 있다. 찬성 쪽은 한겨레 편집부(2005)만을 제외하고는 문화재 원형 복원의 타당성을 들었다. 이는 정치 논리보다는 문화 논리를 더 내세운 것이며 나아가서는 역사 논리를 강조한 것이다. 물론 이때의 문화와 역사는 일본 제국주의 통치와 관련되므로 그 역시 정치의 일부이긴 하나 박정희 독재 통치 흔적 지우기 차원에서 찬성한 한겨레 편집부(2005)와는 다른 맥락이다.

둘째, '인간 / 사회 / 자연 / 우주', '개인 / 가족 / 지역 / 사회 / 국가나 민족 / 인류', '부분 / 전체' 등과 같은 주제 범위에 따른 계열도 있다. 광화문 현판은 광화문의 일부를 바꾸는 것이지만 광화문 전체뿐만 아니라, 사회 / 국가 전체의 문화재의 위상을 바꾸는 일이기도 하다. 부분과 전체 계열은 맥락에 따라 달리 설정될 수 있다. 한글 현판 문제는 문화재 복원이라는 프로젝트 속에서는 부분 문제일 뿐이다. 그런데 유 청장이 이 문제에 집착을 보임으로써 대부분 논쟁들이 왜곡된 논쟁으로 흘렀다. 프로젝트 흐름대로라면 한글 현판 바꾸기에 대한 논쟁 이전에 문화재 원형 프로젝트의 타당성부터 논의해야 한다. 원형 복구가 왜 필요한가. 완전 복구인가 부분 복구인가를 논의한 뒤 현판 문제를 다뤄야 할 것이다. 원형 복구 측면에서라면 한글 현판을 주장하는 논리는 설 땅이 없어진다. 원형 복구는 당연히 한자로 이루어져야 하기 때문이다.

원형 복구 프로젝트가 아닌 문화재 보호 측면에서라면 한글 현판의 위상은 달라진다. 박정희 역사 유물로서의 문화재 가치가 큰 데다가 한글이 주는 문화재로서의 상징적 가치는 더욱 클 수 있기 때문이다. 상징적 가치로 본다면 한글이 문화의 일부가 아니라, 문화가 한글의 일부로 재배치될 수도 있는 것이다. 문자 텍스트로 볼 수 있고 문화예술품의 상징적 기호 텍스트로 볼 수도 있기 때문이다. 김계곤(2005)의 논리는 이런 맥락에서 비롯된 것이다. 이상혁(2005)에서는 '光化門'을 일반 문자가 아닌 문화적 상징체계로 보고, 한글 관련 단체에 '光化門'을 문자로만 보지 말아 달라고 주문하고 있다. 그러나 한글 단체에서는 오히려 문자로만 보지 않고 민족주의의 상징물로 보아서 반대하는 것이므로 같은 맥락이다.

셋째, '물질 / 정신'이나 '실체 / 속성 / 양상', '현상 / 본질', '양 / 질', '형식 / 내용' 등과 같은 속성 측면의 계열이 있다. 현판을 바꾸자는 쪽이나 그대로 놔두자는 쪽이나 모두 현판의 외양, 형식을 중요하게 여기는 것이지만 일부는 진정 우리가 문화재를 어떻게 보호하고 아끼느냐가 중요하지 현판이 한자건 한글이건 큰 문제가 아니라고 보기도 한다. 현판의 실체는 한글로 되어 있고 속성은 바꿀 수 있다는 데 문제의 복잡한 양상이 엉켜 있다고 볼 수 있다. 수많은 정자에 걸려 있는 현판은 훼손으로 바뀌는 경우도 많았지만, 그런 경우가 아니더라도 특정한 계기나 사건에 의해 다시 거는 경우도 많았다. 박정희가 그러했듯이, 유홍준도 바꿀 수는 있는 것이다. 그게 현판의 속성이다. 박정희가 바꿀 때는 독재 시절이었기도 했지만 바꿀 만한 계기가 충분히 설정되어 있었다. 바꾼다는 것은 그 시대 분위기를 반영할 수밖에 없는 것이고 그래서 한글 현판이 내걸린 것이다. 그러나 지금은 독재 시절이 아닌 탓도 있지만 바꿀 만한 분위기나 방법이 국민들의 충분한 공감대를 얻지 못한 탓에 반대가 드센 것이다. 이상혁(2005)을 비롯한 대부분의 제3 견해들이 방법과 절차를 문제 삼은 것은 그 때문이다.

넷째, '진 / 선 / 미'와 같은 인성가치 중심의 주제 계열이 있다. 유홍준의 의도가 진정한 문화재 보호 정신에서 비롯된 것인지, 아니면 실세 관리로서 정치적 의도가 더 강한 것인지를 따져 볼 수 있다.

다섯째, '순응 / 저항', '소극 / 적극', '수단 / 목적' 등과 같은 태도 중심의 계열도 있다. 한글 현판 바꾸는 것에 찬성하거나 반대하는 사람들이 똑같은 성향을 보이는 것은 아니다. 소극적인 반응을 보이는 사람도 있고 적극적인 반응을 보이는 사람도 있다. 찬성과 반대가 분명하거나 제3의 견해라 하더라도 방향이나 논지가 뚜렷한 담론들은 적극적 계열이라 볼 수 있다. 현판 바꾸기와 문화재 복원의 역사만을 소개한 이이화(2005)와 찬반양론을 담담하게 소개한 김영만(2005)은 소극적 계열이라 할 수 있다.

반대 견해나 제3의 견해 가운데 조건부 긍정을 한 사람들 대부분은 유홍준의 원형 복구라는 목적은 지지하지만 그 수단으로 설정한 디지털식 복원은 반대한다는 것이다. 이러한 반대 논리는 복원에 대한 환상 때문에 오해한 측면이 크다. 복원은 원상태 복귀가 아니라 실물 재현이다. 이런 측면이라면 차라리 디지털식 복원이 더 완벽할 수 있다. 디지털식 복원 대신에 옛 글자 집자나 유명 서예가의 재현이 있겠으나 실물 재현이라는 측면에서는 디지털식 복원을 따라가기 어려운 것이다. 중요한 것은 디지털 복원이 아니라 디지털 복원을 위한 기초 자료 설정과 절차가 중요한 것이다.

여섯째, '시간 / 공간', '이성 / 감성', '거시 / 미시', '과정 / 결과'와 같은 특정 인식 계열도 있다. 21세기 공간을 고려하고 외국인들과 한글세대를 배려하여 한글 현판이 좋겠다는 쪽도 있고(김계곤 2005) 오히려 그런 사람들을 위해 한자 현판으로 복원해야 한다는 쪽도 있다. 복원이라는 거시적 안목에서 제대로 복원한 뒤 현판을 갈라는 쪽은 지금 현판을 가는 정책을 미시적 좁은 안목이라 비판한다(이목희 2005).

② 맥락 주체 계열

모든 인간은 사회적 관계 속에서 자신의 권리와 자유를 이뤄 나간다. 그래서 각 개인의 정체성은 자신만의 자아나 개성도 중요하지만 그런 속성은 근본적으로 타자와의 관계 속에서 드러난다. 자신의 정체성은 또한 자신이 속한 집단의 정체성에 의해 드러나기도 하는데 그 또한 다른 집단과 마찬가지로 타자가 된다. 다만 타자 쪽을 강조하면 공동체성으로서의 정체성이 강조되고 자신 쪽을 강조하면 개성으로서의 정체성이 강조된다. 이러한 정체성을 적극적으로 드러내는 것이 주체성이다. 누구나 정체성은 있지만 누구나 주체성이 있는 것은 아니다. 정체성이 약하거나 타자와의 관계가 적극적이지 않으면 주체성이 없거나 부족하다는 자리매김을 하게 된다. 이러한 사회적 관계 속에서 형성되는 주체성에 따른 계열이 맥락 주체 계열이다.

담론의 생산자와 소비자로서의 주체성도 중요하지만, 특정 주체 입장을 고려하는 전략도 중요하다. 그래서 맥락 주체라 한 것이다. 이러한 주체는 다양한 맥락 속에서 다양한 주체로 구성되는 사회적 관계를 분석하는 데 꼭 필요하다. 이를테면 어떤 물건을 소비하는 소비자라 할지라도 생산자 입장에서 계열화시킬 수 있다. 일본의 한국 식민지 지배가 축복이라고 말한 한승조 담론은 일본 극우 입장에서 자신의 생각을 계열화시킨 것이다. 물론 월간조선 조갑제와 군사평론가 지만원 담론에서 알 수 있듯이 일본 극우 입장과 한국 극우 입장은 서로 일치하거나 통할 수 있으므로 한국 극우 입장 계열이라 할 수도 있다. 광화문 현판 문제도 국민 입장에서 보느냐 관리 입장에서 보느냐 아니면 박정희 정권의 인권 유린에 피해를 입은 피해자 입장에서 보느냐에 따라 계열화는 얼마든지 달라질 수 있다.

이러한 주체성 계열은 개인의 계열이면서 집단별 계열인 경우가 대부분이다. 주체성은 근본적으로 관계 속에서 드러나는 것이기 때문이다. 한승조 발언은 그의 개인 발언임과 동시에 극우 세력의 발언이기도 하다. 유홍준은 문화재 보호 운동가이면서 문화재 보호를 책임진 고급 관리이다. 관리가 되기 전에 같은 문제 설정을 했다면 지금과는 담론 효과가 사뭇 달랐을 것이다. 물론 지금 시점에서는 운동가로서의 모습과 관리로서의 모습을 함께 지니고 있지만 관리로서의 비중을 더 높게 보아야 한다. 그게 권력에 따른 현실이기 때문이다. 긍정적으로 보면 관리로서의 위치와 문화재 운동가로서의 위치가 중첩되어 상승효과를 낼 수 있지만, 오히려 그 반대의 경우도 있다.

그리고 한 인간의 역할과 위치는 다양할 수 있으므로 똑같은 유홍준 입장에서 본다 하더라도 계열과 의미는 달리 설정될 수 있다. '나의 문화유산 답사기'라는 베스트셀러 저자 계열로 보면 그의 그런 담론은 문화재 사랑의 일관된 행위로 읽어 낼 수 있다. 그러나 현 정권의 실세 관리로서의 역할 계열로 보면 문화재 사랑보다는 정치적 의도로서의 의미가 더 강하다.

이런 주체성 계열은 사회적 관계 속의 입장이므로 '생산자 / 소비자', '노동자 / 사용자(자본가, 고용주)', '저소득층 / 고소득층', '시민 / 정치인 / 공무원 / 정치인', '저연령층 / 중년층 / 고연령층 / 모든 세대', '여성 / 남성 / 동성 / 양성', '학생 / 교사 / 학부모 / 교육행정당국' 등과 같이 계층별 입장인 경우가 대분이다.

③ 계열의 복합성과 중층성

실제 담론 과정에서는 위에서 논의한 가치판단 계열과 주제 계열, 맥락 주체 계열은 복합적으로 나타난다.

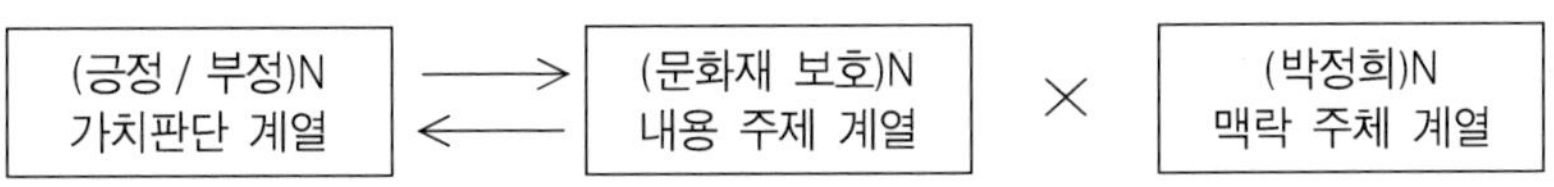

[그림 6] 광화문 현판에 대한 계열도

N은 맥락에 따라 구성되는 다양한 의미나 의미 작용을 의미한다. 어떤 긍정이냐 부정이냐 어떤 식의 문화재 보호냐, 어떤 맥락의 박정희냐에 따라 세 계열은 복합적으로 작동되면서 사건의 의미를 구성하고 의미 작용을 촉발한다. 이러한 계열의 복합성을 인식할 때 단순한 인식으로 인한 오해나 문제를 차단할 수 있다. 이를테면 박정희와 연관시킨다고 박근혜로 표상되는 정치적 의미만이 드러나는 것은 아니다. 박정희가 쓴 한글 현판은 디지털로 복원한 한자 현판보다 문화적 가치가 더 크기 때문이다.

3) 담론화의 의미 구성과 효과: 의미 작용

담론화는 계열화를 통해 구체화되면서 실질적인 의미 작용을 불러일으킨다. 의미는 언표나 텍스트, 담론이 전달하고자 하는 또는 나타내고자 하는 또는 수용자가 이해하거나 해석한 뜻이다. 그러나 의미 작용은 그러한 의미가 생산되고 소통되는 맥락까지 포함한다. 어떤 텍스트가 어떠한 의미를 지녔다는 것이 중요하기보다는 그런 의미를 나타냄으로써 어쨌다는 것이냐는 것이 더 중요하다. 따라서 의미는 기본적으로 기술의 대상이지만 의미 작용은 설명의 대상이다.

의미 작용은 꼭 효과가 가시적으로 드러나야 따질 수 있는 것은 아니다. 이와 같은 맥락화를 통해 의미 효과를 추론해 낼 수도 있으며 그것이 의미 작용을 따지는 전략이며 효과이다.

의미 작용은 결과이자 과정이다. 의미 작용이 1차적으로 대상 텍스트에 대한 문제 설정과 계열화의 결과이지만 그것은 다시 토론이나 대화, 읽기 과정을 거쳐 또 다른 의미 작용으로 이어지기 때문이다.

그렇다면 이렇게 다양한 계열화의 의미 작용을 고려하는 것이 무슨 의미가 있느냐고 반문할 수 있다. 일단 대상 텍스트의 주요 계열의 의미를 읽어 내는 것 자체가 중요하다. 어떤 관점, 어떤 계열에서 논의하느냐를 파악함으로써 우리는 제대로 된 토론 과정을 거칠 수 있다. 또한 다양한 계열의 견해가 있을 수 있다는 것을 인정함으로써 다의적 사회의 합리적 토론 과정을 유도할 수 있다.

이러한 담론 과정에 적극적으로 나설 경우 실제 담론 논쟁에 참여하게 된다. 그때는 이러한 다양한 담론 분석을 바탕으로 자신만의 담론을 펼치게 된다. 그렇게 보았을 때, 이 논쟁 담론에서 가장 중요한 것은 문화재 복원 프로젝트에 대한 제대로 된 인식이다. 그런 측

면이라면 빼앗기고 약탈당한 역사에 대한 반성 차원에서 철저하게
추구할 필요가 있다. 그런 문제의식의 공유 없이 현판 문제로 집중
하다 보니 소모적 논쟁 또는 극단적 논쟁으로 치달아 비생산적 담론
을 양산하였다. 이런 측면에서 바꾸되, 이상혁(2005)에서처럼 절차와
합의의 중요성을 강조할 수 있다. 바꾸는 것이 중요한 것이라기보다
왜 바꾸느냐가 더 중요하기 때문이다. 또한 바꾸되 박정희 현판의
문화재 가치를 강조하고 보존 대안을 제시한 황평우(2005) 견해도
바람직하다. 훈민정음체로의 복원을 제시한 이대로(2005)도 생산적
대안이다.

완전 복원이 이루어지지 않은 현 상태에서는 현재의 한글 현판으
로 가는 것이 바람직하다. 지금의 콘크리트 개조물에서는 현재의 현
판이 원형이기 때문이다. 좋든 나쁘든 박정희의 것이다. 완전 복원이
이루어지는 2009년에는 한글의 세계적 위상이 디지털의 힘을 빌려
탄탄대로에 오를 것이므로 그때는 김계곤(2005)에서 추구하는 한글의
문화적 상징성을, 원형으로 복원한 광화문 현판에서까지 찾을 필요가
없을 것이다. 유홍준은 문화재 운동가와 베스트셀러 작가의 권위의식
에 관리로서의 자만까지 겹친 맥락적 주체로서 문화재 복원 집착에
매달려 '광화문'에 대한 관심 촉발의 성과만을 거두었다. 다행히 비
판적 여론에 참여한 다양한 담론 전략에 힘입어 그가 자신의 자만을
철회하고 2009년 완전 복원 뒤로 현판 문제를 되돌린 것은 치열한
의미 작용에 의한 담론 효과이다. 물론 그는 2009년으로 미루면서 일
본에서 얼마 전에 새로 발견된 자료로 복원한다고 선언한 것은 그의
잘못된 문화재 원형 집착으로 인한 이 사건과 의미 작용의 연속성을
부여한다. 그는 혹시라도 2008년쯤 원형에 더 가까운 자료가 발견될

가능성을 아예 무시해 버리는 비문화적 조급증을 드러낸 것이다.

4. 마무리

A는 B라는 사실이나 지식보다는 왜 A는 B인가, 또는 A는 B여야 하는가라는 담론 차원의 지식이 우리에게 더 값지다. 그렇다고 에이는 비라는 사실이나 지식이 필요 없다거나 가치가 없다고 매도하는 것도 옳지 않다. 왜 A는 B인가라는 맥락적 지식 속에 A는 B라는 지식이 융해되어 있거나 함의되어 있으므로 좀 더 효율적이고 의미 있는 작업을 위해 맥락적 또는 담론적 지식에 더 가치를 부여하는 것뿐이다.

이 글은 주로 문학이나 문화론에서만 논의되던 담론학을 언어학 차원에서 이론화를 꾀했다는 데 그 의의가 있다.[12] 이론과 실천의 이분법을 지양하는 담론학의 학문 전략에 따라 민감한 최근 시사 담론에 철저히 적용하여 그 전모를 보이려고 노력하였다.

이는 지금까지 축적된 사회언어학 업적의 변종일 수도 있다. 언어의 다양한 사회적 양상을 제대로 인식하고 개입하는 다양한 실천 전략 중의 하나로 자리매김 된다면 변종으로 끼일 수 있는 것만으로도 만족이다.

---

12) 2005년 10월 25일 국회도서관 제목 주제어 검색(담론)에서 단행본은 129권, 석·박사 학위논문 417건, 정기간행물 논문 및 기사는 1,233건이 검색되었다. 이들 자료 대부분은 문학론과 문화론에 관한 것이었다.

[붙임] 광화문 현판 담론 자료

　--실제 자료는 미디어 가온(http://www.kinds.or.kr) 등을 통해 검색이
가능하므로 생략한다.

■ 중앙일보
중앙일보 편집부(2005). 현판 시비 말고 광화문을 제대로 복원하라. 중
　　　앙일보 '사설' 2005년 1월 25일 30면.
황평우(2005). 광화문 현판 바꾸되 유물로 보관을. 중앙일보 '내 생각은'
　　　1월 28일 29면.
진용옥(2005). 광화문, 원형 복원이 먼저인데 ……. 중앙일보 '내 생각은'
　　　2월 22일 33면.
승효상(2005). '박조건축(朴朝建築)', 중앙일보 '시론' 2월 23일 34면.

■ 국민일보
김계곤(2005). 누구 글씨든 한글이어야. 국민일보 '이렇게 생각한다' 2월
　　　4일 27면.
박석무(2005). 누구 글씨든 한자여야. 국민일보 '이렇게 생각한다' 2월 4
　　　일 27면.

■ 한겨레
한겨레 편집부(2005). 지워야 할 부끄러운 흔적들. 한겨레 '사설' 1월 25
　　　일 23면.

■ 경향신문
이연재(2005). 광화문. 경향신문 '여적' 1월 25일 27면.

도재기(2005). ‘정치싸움’ 변질된 광화문 현판 교체. 경향신문 ‘기자메모’
    1월 27일 2면.

조영남(2005). 박정희의 붓글씨보다 더 나은 현판은 없다. 경향신문 ‘카
    수 조영남의 울퉁불퉁 세상보기(1)’ 3월 10일 14면.

이이화(2005). 우리의 현판문화 ‘역사는 홀로 울지 않는다’, 경향신문
    ‘이이화의 한국사 바로보기’ 2월 3일 22면.

■ 서울신문

김영만(2005). 광화문 현판의 정치. 서울신문 ‘칼럼’ 1월 27일 31면.

임창용(2005). ‘광화문’ 정치논란 안 된다. 서울신문 ‘오늘의 눈’ 1월 27
    일 30면.

이목희(2005). 유홍준과 유인태. 서울신문 ‘씨줄날줄’ 1월 31일 31면.

■ 세계일보

이성진(2005). 광화문 현판 교체 설득력 있어. 세계일보 ‘독자페이지’ 1
    월 28일 22면.

조병철(2005). 曉鳥. 세계일보 ‘설왕설래’ 1월 29일 27면.

황종택(2005). “光化門”, 세계일보 ‘설왕설래’ 2월 17일 35면.

■ 문화일보

문화일보 편집부(2005). ‘광화문’ 현판 교체 서두를 일 아니다. 문화일보
    ‘사설’ 1월 24일 31면.

문화일보 편집부(2005). ‘광화문’ 디지털 복원 여전히 군색하다. 문화일
    보 ‘사설’ 2월 16일 31면.

■ 동아일보

정재두(2005). 광화문 현판 꼭 갈아야 하나. 동아일보 '독자의 편지' 1월
    31일 29면.

권재현(2005). '光化門' 디지털 복원이 해결책 될까? 동아일보 '기자의
    눈' 2월 17일 34면.

홍정훈(2005). 광화문 현판 글씨 공모를. 동아일보 '독자의 편지' 2월 21
    일 33면.

서현(2005). 세종로를 시민공간으로 만들자. 동아일보 '수요프리즘' 3월
    16일 30면.

동아일보 편집부(2005). 兪홍준 청장보다 문화적인 문화재委. 동아일보
    '사설' 4월 22일 31면.

■ 한국일보

박래부(2005). 박 전대통령의 '광화문',한국일보 '지평선' 1월 25일 30면.

이동인(2005). 光化門과 광화문. 한국일보 '아침을 열며' 2월 2일 31면.

윤승용(2005). 이참에 청와대도 옮기자. 한국일보 '편집국에서' 2월 23일
    30면.

정권수(2005). '광화문' 현판 교체 非역사적. 한국일보 '발언' 2월 4일
    30면.

■ 조선일보

조선일보 편집부(2005). 박정희의 '광화문'과 正祖의 '光化門', 조선일보
    '사설' 1월 25일 31면.

유한태(2005). '짜깁기'식 현판 발상의 난센스. 조선일보 '시론' 1월 28
    일 30면.

권오봉(2005). 없던 '광화문' 현판 걸었으면 그 자체도 歷史……왜 바꾸

　　　나. 조선일보 1월 29일 29면.

이규태(2005). 광화문 현판. 조선일보 '이규태 코너(6553)' 1월 31일
　　　34면.

유한태(2005). 아날로그 휘호와 '디지털 복원'의 逆說. 조선일보 '시론'
　　　2월 18일 31면.

이기숙(2005). 광화문 현판 교체 갈팡질팡 서두르지 말고 正道 따라야.
　　　조선일보 '독자 칼럼' 2월 24일 29면.

■ 오마이뉴스

이상혁(2005). '광화문' 연가와 '光化門' 연가. 오마이뉴스 2005년 2월
　　　11일.

■ 참말로 신문

이대로(2005). 왜 '門化光'이 아닌 '광화문'이어야 하나—박정희 글 아닌
　　　훈민정음 글씨체로 다시 만들어 달자. 참말로 신문 2005년 2월
　　　26일.

2장 맥락과 언어 분석

1. 왜 맥락인가

우리의 담론 전략에 따르면 일반적으로 탈맥락적 의미로 인식되고 있는 개념적 의미도 담론적 의미다.[1] 담론적 의미는 맥락적 의미다 (2부 1장 참조). 그렇다면 그런 차원에서의 모든 의미는 맥락적 의미라는 말이 된다. 그러면 개념적 의미를 전제로 한 기존의 여러 의미 분류는 무의미한가. 그렇지는 않다. 다만 그런 의미 분류는 개념적 의미에 대한 절대적 신뢰[2] 속에서 또는 개념적 의미에 대한 잘

---

1) 필자는 담론적 의미와 담화적 의미는 구별해서 쓰고 있다. 필자가 구별한 것이 아니고 우리 사회가 그렇게 하고 있다. 필자가 맥락적 의미와 문맥적 의미를 다른 용어로 설정하는 것과 비슷하다. 문맥적 의미는 언어 문맥만을 한정해서 따지는 의미이고 맥락적 의미는 언어 외적 환경까지 고려한 의미다.

2) 이런 생각은 의미의 신화(meaning myth)라 할 수 있다. 이런 신화는 언어 신화(language myth)에 바탕을 두고 있다. 그래서 이런 관점에서는 단어가 의미를 선험적 아프리오리(a priori)로 가지고 있다고 착각하게 된다. 이런 점을 잘 지적한 구절을 소개한다.

Harris believes that Saussure, father of modern linguistics(not to mention semiotics), is responsible for generating a 'language myth' that sees the exchange of ideas between speaker and hearer(Harris calls 'telementation') as occurring in decontexutualized circumstances. According to the language myth, words have a priori meanings, languages are systems of rules, and linguistics is the study of these meaning and rules. - Baron(1992 : 148).

못된 오해를 바탕으로 했기 때문에 그런 논의에 대한 비판을 시도한 것이다. 물론 기존의 의미 분류가 의미의 다양성에 대한 해명 전략도 있음을 잘 알고 있다. 그런 전략이라면 더더욱 잘못이다. 왜냐하면 개념적 의미에 대한 절대화를 통한 다양성 규명은 진정한 다양성이 아니라 종속을 통한 다양성의 배제이기 때문이다. 그렇다면 의미의 다양성은 어떻게 설명할 것인가. 맥락을 통해 설명하는 수밖에 없다. 너무 상대적이 아닌가. 맥락이 말은 좋지만 너무 널찍한 개념과 잣대가 아닌가. 그렇지 않다. 맥락을 어떻게 바라보느냐가 문제다. 여기서의 맥락은 주어지는 총체성으로서의 맥락이 아니라 담론 주체 구성에 의해 설정되는 일관성으로서의 맥락이다. '맥락 설정'이라는 복합어를 쓴 것은 그 때문이다.

그러므로 필자는 이 글을 '맥락'에 대한 주요한 세 가지 문제 설정에서 출발한다. 첫째는 '맥락'을 기존 언어학 / 국어학에서의 배타적 분야 설정에 종속시키는 것을 반대한다. 곧 '맥락' 하면 으레 화용론 같은 분야에서 담화나 대화를 연구할 때 쓰는 개념으로 설정하는 태도는 옳지 않다고 본다. 굳이 '음운론, 형태론, 통사론, 의미론, 화용론'이라는 틀을 따른다 하더라도 어느 분야에서든 '맥락'이란 개념은 유효적절하다. 이를테면 '음운론'에서 '맥락' 개념을 도입하면 한글의 자음, 모음의 과학성이 정보화 시대의 언어생활에 어떤 의미가 있는가라는 맥락 차원에서 연구할 수 있다. 더 큰 문제는 '순수언어학/응용언어학'에 대한 이분법이다. 그동안 일부 학자들이 누누이 지적해 온 것이지만 대다수 언어학자들은 음운론, 형태론, 통사론을 순수언어학으로 언어사회학, 화용론 등은 응용언어학 등으로 배타적으로 보는 경향이 있었다. 문제는 응용 언어학자들조차 자신들

은 순수언어학을 보완하거나 보조하는 차원으로 인식해 왔다는 점이
다.[3] '순수–응용'이란 분류 자체가 잘못이다.

둘째, 맥락을 언어적 맥락과 상황적 맥락으로 분류하는 태도다.
이를테면 아래와 같은 분류 전략이다.

<표 1> 언어적 맥락과 상황적 맥락의 비교(권영문 1996: 17)

언어적 맥락	상황적 맥락
조응적 지시 (순행 조응, 역행 조응)	비조응적 지시 (화시적, 전제적 화맥)
형식적 맥락	비형식적 맥락
문맥	화맥
언어 내적, 다른 단어들과의 관계	언어 외적, 인간과 세상사와의 관계
문장 의미(문법적, 사전적 자질)	발화 의미(언어 외적, 연상된 은유 자질)
외연	내포
지시적 의미 개념적 의미 어휘적 의미 사전적 의미 표면적 의미	화 자 의미 맥락적 의미 정서적 의미 평가적 의미 상황적 의미
상 보 적	

위 도표는 Hayakawa(1964), Pyles와 Algero(1970), Quirk 외(1972),
Haliday(1978), Nunan(1993) 등의 연구를 바탕으로 주요 흐름을 종합
정리한 것이다. 권영문(1996: 16)에서도 지적했듯이 이들 학자들의
맥락 분류는 용어는 조금씩 다르지만 결국 위와 같은 이분법적 틀에
기초하고 있다.[4] 이런 분류의 문제점은 필자가 개념적 의미에 대한

---

3) 이런 점에 대한 구체적 비판은 Norman Fairclough(1989) 1장을 참고.

비판 글(이 책 2부 1장)에서 충분히 설명한 것이다. 개념적 의미는 언어적 맥락이 아니라 오히려 상황적 맥락에 의한 것이다.

맥락의 복잡성으로 비추어 볼 때 맥락을 여러 가지 부분 요소로 분석할 수 있고 필자도 그런 것까지 반대하는 것은 아니다. 사회적 맥락, 경제적 맥락, 문화적 맥락 등 다양한 맥락을 분석하듯이 언어 환경에 의한 맥락을 설정할 수 있다.[5] 문제는 언어 환경에 의한 맥락을 분석하는 과정에서 실제 필요한 상황적 맥락이 배제되거나 지배 담론이 개입하거나 언어적 맥락에 절대 권위가 부여된다는 점이다. 언어 환경 자체가 상황적 맥락에 따르는 것이고 보면 그런 분석의 함정을 경계할 필요가 있다. 물론 "언어적 맥락과 상황적 맥락은 서로 분리되어 있는 것이 아니고 서로 융합되어 있으며 상보적인 작용에 의해서 의미가 형성되고 또 해석된다(권영문: 1996: 17)."고 했지만

---

4) 권영문도 맥락에 대한 포괄적 규정을 시도하고 있지만 이분법적 틀을 따르고 있음은 다음과 같은 논의에서 잘 알 수 있다. "Firth(1957)는 낱말과 문장들이 그들 자체로서는 의미를 지닐 수 없다고 생각했지만 맥락이 주어지지 않더라도 핵심 의미는 주어진다. 예를 들어 'ball -point pen'이라고 하면 'a writing instrument'라는 핵심 의미를 가지고 있는 것이다(권영문: 1996: 42)." 필자가 생각하기에는 퍼스 논의가 옳다. 볼펜의 핵심 의미가 '필기도구'라는 것은 인정하지만 그것이 가능한 것은 맥락이 주어졌기 때문이다. 갓난아이가 볼펜으로 소꿉놀이를 하고 있다는 맥락에서는 볼펜은 장난감일 뿐이다. 필기도구라는 의미는 문자살이라는 일반적 맥락이 작용했기 때문에 가능한 것이다.

5) 교육과정평가원(2007:6-8)에서는 필자가 1998년 발표한 논문에서와 같이 맥락의 중요성을 강조하고 있다. "상황 맥락과 사회·문화적 맥락을 포함한다. 상황 맥락은 담화와 글의 수용, 생산 활동에 직접적으로 개입하는 맥락으로 언어 행위 주체(화자·필자, 청자·독자), 주제, 목적 등을 포함하고, 사회·문화적 맥락은 담화와 글의 수용, 생산 활동에 간접적으로 작용하는 맥락으로 역사적·사회적 상황, 이데올로기, 공동체의 가치·신념 등을 포함한다. 맥락은 언어 공동체에서 형성된 언어 규범·관습과 언어 행위자의 개별적인 언어 행위가 만나는 공간으로 언어 행위의 구심력과 원심력이 만나고 경쟁하는 공간이다. 맥락 범주의 설정은 언어활동에 시간성, 공간성을 부여함으로써 언어활동을 역사적 맥락, 사회적 맥락에서 성찰할 수 있는 계기를 마련했다는 의의를 갖는다. 그 동안 국어과 교육과정은 탈맥락적인 지식, 기능에 초점을 맞춤으로써 자신의 언어 행위를 역사, 문화, 사회라는 넓은 맥락에서 사고하고 성찰하는 길을 열어주지 못하였다."

이런 틀 속에서의 '융합'과 '상보성'은 배타적 이분법적 분류 속에서 이루어진 것일 뿐이다. 이는 마치 모순관계를 필연적 조건으로 상정하여 통일, 종합을 논의하는 변증법적 논리의 함정과 비슷하다.

셋째, 맥락을 논의하는 맥락이 무엇이냐는 점이다. 이런 문제 설정은 앞의 두 문제 설정을 아우르면서 좀 더 구체화한 문제 설정이거나 아니면 앞의 두 문제 설정에 대한 근원적 문제 설정일 수 있다. 곧 맥락을 논의하는 것이 촘스키 식의 자율주의 언어학에 대한 반발이나 대립 의식인가. 의미론에서 중의성을 해결하기 위해서라든가 아니면 첫 번째 문제 설정에서처럼 담화나, 대화를 연구하기 위해서인가. 아니면 언어 행위 자체를 규명하기 위해서인가. 물론 그런 측면이 많이 관련되어 있지만 여기서 맥락을 논의하는 것은 언어 행위나 언어 실천의 효과와 가치에 주목하기 위함이다. 그리고 필자는 촘스키의 문제 설정과 연구태도를 반대하거나 필요 없다고 하는 것은 아니다. 왜냐하면 촘스키는 촘스키 나름대로 언어의 보편성에 주목하는 맥락이 있는 것이고 그것은 그것 나름대로의 효과가 있기 때문이다.[6] 다만 필자가 경계하는 것은 그런 문제 설정을 절대시하는 태도와 효과이다. 그러니까 필자가 맥락 설정을 언어 분석 전략으로 삼는 것은 삶의 역동적인 여러 양상이나 문제를 따져 보기 위해서

---

6) 우리가 늘 쓰고 있는 언어를 어떻게 분석할 것인가. 늘 꼬리를 무는 물음이다. 왜 분석해야 하는가라는 물음으로 이동을 해 보면 '어떻게'의 막연함을 덜 수 있지 않을까. 왜 분석해야 하는가라는 물음은 자연스럽게 분석해서 무엇을 얻고자 하는가로 이어질 터이다. 얻고자 하는 것이 언어의 내적인 질서일 수도 있고 인간은 어떻게 다른 동물과는 달리 그리 말을 할 수 있을까를 목적으로 삼을 수도 있을 것이다. 언어 분석을 위한 많은 이론이 존재하는 것도 얻고자 하는 목적이 다르고 다양해서일 터이다. 다양한 이론들을 배타적 관계로 설정하지 않는다면 나름대로의 설득력 있는 맥락이 있을 것이다. 특정 맥락에서 그런 맥락을 비판할 수는 있겠지만 나름대로의 일정한 맥락으로 받아들일 수는 있다.

다. 곧 다양한 삶의 양식을 구성해 주는 구체적인 언어 양식을 설명하기 위해서다. 따라서 우리는 사회적 담론으로 쏟아지는 각종 언어 실천 행위에 주목하지 않을 수 없다. 이러한 언어 실천의 맥락을 따지는 것이 바로 담론이다. 담론은 언어 실천이나 언어 행위가 이루어지는 맥락을 가리키거나 그러한 맥락을 따짐으로써 우리 삶의 여러 사건이나 문제를 따지는 방법론을 가리키기도 한다. 담론은 기존 언어학의 분야로 본다면 화용학이요, 사회언어학이요, 의미학이다.[7] 여기서 얘기하는 의미학은 기존의 형식과 대비되는 내용만의 의미를 다루는 의미론이 아니라 의미 작용을 다루는 연구 분야를 가리킨다.[8] 우리는 의미 작용의 생산자이자 소비자이다. 의미 작용은 기표

---

7) 언어학 분야를 가리키는 용어가 어떤 것은 '—학', 어떤 것은 '—론'으로 불려 혼란스럽다. 보통 음성학, 음운론, 형태론, 통사론, 언어사회학 따위로 부르는데, '—론'이 붙은 것은 대개 하위 분야를 가리키거나 격이 낮은 학문인 것처럼 쓰이는 흐름이 있는 것 같고 아니면 아무 의식 없이 마구잡이로 쓰는 경향이 있다. 필자는 화용론과 의미론을 언어학의 하위 분야로 설정하여 '—론'을 붙이는 것을 반대한다. 하위 분야로 설정하는 맥락에는 언어 단위에 대한 배타적 인식이 깔려 있기 때문이다. 음소, 낱말, 문장, 대화 등 언어 단위를 배타적으로 나눠 연구 분야를 설정하는 것이 아닌 담론의 입장이라면 그런 인식을 경계할 필요가 있다. 따라서 기존의 화용론, 의미론 대신 화용학, 의미학으로 부르고자 한다. 화용론 차원에서의 '맥락' 논의는 Mey(1993) / 이성범 옮김(1996)에서 폭넓게 논의하고 있다.

8) 이러한 의미 작용을 다루는 분야를 담론적 의미학이라 할 수 있다. 이러한 분야는 언어학에서 하위 분야로 설정하는 음운론, 형태론, 통사론 등과 같은 층위의 의미론이 아니라 언어학 전반에 개입하는 의미론이다. 화용론과도 구별되지 않는다. 담론적 의미론은 화용론을 포괄하기 때문이다. 들뢰즈가 화용론을 언어학의 정치학이라고 했지만(Deleuze & Guattari, 1980: 105) 담론적 의미론도 그렇다. 이러한 의미론에 본격적으로 주목한 사람은 페쇠다. 페쇠는 Pêcheux(1975) / Trans by Nagpal(1982: 172)에서 "의미론이 의미하는 것은 음운론, 형태론, 구문론과 같은 언어학 분야의 일부가 아니고 언어학 분야에 철학이 다시 들어가는 지점을 이룬다."라고 했다. 그리고 Pêcheux(1971: 148–9)에서는 "단어들은 한 담론적 구성체에서 다른 담론적 구성체를 지닐 때 의미를 바꾼다.—줄임—담론적 구성체의 특징적인 과정들의 과학적인 분석을 '담론적 의미론'이라 부를 것이다. le mots 'changent de sens' en passant d'une formation discursive a une autre. —줄임— nous appellerons 'semantique discursive' analyse scientifique des processus caracterisques, d'une formation discursive"라고 언급한 바 있다.

에 기의를 부여하는 과정이나 기의를 어떤 기표로 표현할 것인가에 대한 기표와 기의의 결합전략부터 의미의 생산과 소비, 그로 인한 가치와 효과까지 모두를 가리키는 말이다.

맥락 설정에 의한 의미 작용은 논리학에서 구별하는 사실명제, 가치명제, 정책명제 등의 배타적 경계를 없애 준다. 흑인의 의미를 '신체가 검은 사람이다'라고 하면 사실명제라고 하지만 이는 '검어서 뭔가 떨어지는 사람이다'는 가치명제 그래서 '차별하자'는 정책명제를 함의한다. 우리의 맥락 설정에 의하면 사실명제, 가치명제, 정책명제가 나뉘어 있는 것이 아니다. 맥락에 따라 사실명제가 가치명제도 되고 정책명제도 될 수 있다. 이런 맥락은 들뢰즈와 가타리가 "언어활동(langauge)의 기초단위인 언표(énoncé)는 명령어(motd'ordre)다."라고 '명령어'라는 전복적 어휘로 강조한 바 있다(Deleuze, Gilles & Guattari, Félix. 1980: 95). 언어는 단순한 의사소통의 도구가 아니다. 당연히 언어는 언어가 사용되는 맥락과 분리할 수 없다.[9]

언어 분석 이론은 크게 두 가지 갈래가 있다. 하나는 변형생성문법처럼 추상적 보편적 언어 체계 규명을 지향하는 것이고 또 하나는 언어사회학이나 화용론의 여러 이론처럼 언어의 구체적 쓰임새에 주목하는 이론이다. 어느 쪽이건 언어의 다양한 실상을 보여 주는 이론이지만 우리가 추구하는 역동적 언어 측면에서는 후자 쪽으로 기울 수밖에 없다.

그리고 학자들의 언어 분석 이론이 다양하다는 것은 그만큼 우리

---

9) 언어의 기능은 정보흐름을 전달하는 통로로서 기능하는 것만은 아니다. 언어들은 개인들 사이에서 커뮤니케이션에 대한 단순한 지시물은 아니다. 언어는 그것들이 사용되는 사회적 정치적 맥락과 분리할 수 없다. 의미 작용의 관계(기표와 기의된 것 사이에서 관계)에서 자의적이라고 할 수 있는 것은 권력의 자의성에 대한 특수한 표명일 뿐이다. Guattari(1977: 271-2)

의 언어 양상이 다양하고 복잡하다는 것을 의미할 수도 있다. 그렇다고 모든 이론을 상대주의 맥락에서 무조건 있을 수 있다거나 옳다는 것은 아니다. 우리가 경계할 점은 있다. 일부 언어학자들의 언어 연구를 보면 무슨 이론이 먼저 있고 언어생활, 언어 현실이 나중에 있는 느낌을 준다. 이를테면 변형생성문법 이론을 적용해 쓴 논문들을 보면 이미 이론 틀의 정형성이 상정이 되어 실제 자료를 거기에 맞춘 느낌을 많이 준다. 한국어의 보편적 체계를 규명했다고 하지만 그것은 변형생성문법 관점에서의 한국어이지 한국어의 객관적 실체인가 의심이 간다. 조의연(1996)에서 지적했듯이 변형생성문법에서 강조하는 직관도 토박이 화자의 보편 직관이라기보다는 변형생성문법을 따르는 학자의 이론적 직관일 뿐이다. 그리고 변형생성문법이 언어의 보편 체계를 추구한다고 하지만 그것은 변형생성문법의 관점에 따른 언어 현상이지 거기에 보편성이라는 절대성을 무조건 붙일 수는 없다.

이러한 변형생성문법의 획일성에 반발해 인기를 끌고 있는 말뭉치 언어학도 비슷한 양상을 띤다. 역시 방대한 한국어를 바탕으로 연구한 실증적 연구임을 강조하지만 그것도 역시 제도권 담론이 많이 투영된 특정 말뭉치에서 드러난 한국어의 실상일 뿐이다. 곧 말뭉치 구축이 대개 인쇄된 표준어 따위의 다수 언어로부터 구축한 것이라면 그 또한 특정 관점의 이데올로기를 벗어날 수 있는 것은 아니다. 물론 어떤 이론이건 특정 관점을 설득하는 데 있는 것이므로 나름대로의 관점을 강조하고 널리 펴는 것은 문제가 아니다. 다만 그런 특정 관점을 보편적인 것처럼 특정 권위를 부여하는 행위를 경계하자는 것뿐이다.

그러므로 기존의 언어 전문 학자들의 언어 분석 결과를 비판적으로 인식하기 위해서건 아니면 실제 언어를 분석하기 위해서건 맥락 설정이 필요하다. 누군가 한국어를 분석했다면 그 분석 결과가 중요한 것이 아니라 그가 어떤 문제 설정이나 관점 속에서 왜 그런 분석을 했느냐가 중요하다는 것이다. 변형생성문법에 의한 언어 분석 결과가 옳다 그르다를 떠나 왜 그들은 그런 관점으로 언어를 분석했는지를 보여 주면 된다. 이런 언어 분석이 아니더라도 수많은 사람들이 수많은 상황 속에서 아주 다양하게 쓰는 언어 실천 양상을 우리는 획일적인 구도로 규칙화시킬 것이 아니라 각각의 맥락을 보여 주면 된다.

2. 맥락의 자리매김

일단 앞에서의 맥락에 대한 세 가지 문제 설정 속에서 맥락의 자리매김이 이루어졌다고 본다. 좀 더 보완해서 논의를 진척시켜 보자. 결국 그동안 많은 언어학자들이 맥락에 대해서도 논의해 왔지만 맥락 설정이 왜 필요한지에 대한 문제 설정이 부족했다고 볼 수 있다. 학자마다 맥락 설정에 대한 맥락이 다를 수 있다. 이를테면 구체적 상황을 그대로 받아들이는 맥락 논의가 있는가 하면 맥락을 극도로 추상화시켜 받아들이는 논의도 있다.[10]

보통 맥락은 언어가 사용되는 환경(environment) 또는 상황(situation)

---

10) 맥락에 대한 연구사는 홍상오(1984), 권영문(1996)을 참고.

으로 정의한다.[11] 그러나 이러한 정의는 막연하다. 물론 구체적인 분류와 분석을 통해 정의의 막연함이 보완되기는 하지만 이러한 막연한 정의 속에는 맥락에 대한 느슨한 문제 설정이 담겨 있다. 곧 구체성과 역동성이 결여되어 있다는 점이다. 상황 자체가 맥락이 된다면 너무 상대적으로 흐를 수도 있고 맥락을 문제 삼는 맥락을 놓칠 수도 있다. 그러니까 우리가 맥락을 문제 삼는 것은 상황 그 자체가 중요한 것이 아니라 어떤 상황이며 그 상황이 왜 문제인가라는 지점에서 출발한다. 따라서 맥락은 정적인 것이 아니라 역동적인 것이다. 이러한 맥락의 성질을 놓칠 때 맥락을 총체성으로 규정하는 오류를 범하게 된다. 총체성은 상황이라는 말보다는 역동적이지만 전체성이나 지배 원리를 상정하는 느낌을 준다.

필자는 이 글에서 추구하는 '맥락'의 체계를 세우면서 '설정'이란 말을 사용하였다. 그렇게 하는 첫 번째 이유는 '맥락'이란 개념이 상황(situation)이나 '배경(background)'이라는 느슨한 개념과 동일시되는 것과 차별화시키기 위한 것이다. 상황은 결과에 치중한 개념으로 배경은 원인에 치중한 개념으로 볼 수 있다. 이에 반해 맥락이란 개념은 원인과 결과를 동시에 강조하는 개념이다. 또한 맥락에서 '설정'이란 말을 덧붙이는 것은 배경이나 상황의 소극적 개념과 차별화시키면서 '맥락'의 역동성과 능동성을 강조하기 위해서이다. 이를테면 누군가가 낙하산 인사로 어떤 공사에 사장으로 왔다면 "그 사람 '배경'이 뭐야?"라고 묻는다. 이때 '배경'은 사장(결과)으로 오게 된 원인(비리 권력 주체)을 말하는 것이다. 그리고 사장으로 온 것은 '사

---

11) Lyons(1977: 572), Mey(1993: 38), 홍상오(1994: 6), 권영문(1996: 15).

건'이며 사장으로 온 그 공사의 총체적인 모습은 '상황'이 된다. 이러한 배경이나 상황 자체가 맥락은 아니다. 그 공사 직원이 이러한 낙하산 인사에 대해 아무 의미를 못 느꼈다면 맥락은 설정되지 않은 것이다. 그러나 그 직원이 그런 낙하산 인사로 그 공사는 각종 비리와 부실이 일어날 것이고 그러면 그런 피해 여파가 자신뿐만 아니라 공사 전체에 미칠 것이라고 의미화를 시킬 때 맥락은 설정된다. 물론 다른 의미화도 있을 수 있다. 권력의 실세가 내려 보낸 사람이니 우리 공사가 일하기가 편해질 것이라고 의미화하는 사람도 있을 것이다. 곧 동일한 사건이나 상황이라 할지라도 맥락 설정이 달라지는 셈이다.

그렇다면 맥락은 무엇일까? 맥락은 원래 혈맥이 서로 연결되어 있는 계통을 말한다. 혈맥은 피가 도는 줄기이니 피가 한결같이 흐름으로써 생명이 유지되고 우리는 맘껏 활동할 수 있다. 이런 맥락 속에서 '맥락'은 보통 사물이 서로 잇닿아 있는 관계나 연관으로 쓰이는 것이다. 결국 맥락의 핵심은 서로 이질적인 것들을 하나로 묶게 하는 일관성을 보증해 준다는 점이다. 그리고 피를 한결같이 흐르게 한다고 해서 각 기관을 획일적으로 만드는 것은 아니다. 피는 한결같이 흐르되 각 기관이 맡은 역할을 힘차게 할 수 있도록 도와주는 것이다. 거꾸로 각 기관은 피의 흐름을 도와준다. 도와준다기보다는 기관과 피는 이미 둘로 분리될 수 없는 하나이다. 일관성이란 바로 그런 성질이라고 생각한다.

맥락은 그러니까 언어를 중심으로 본다면 언어 행위가 이루어지는 과정이나 흐름으로 자리매김할 수 있다. 당연히 언어 내적인 맥락과 언어 외적인 사회적 맥락을 배타적으로 나누는 관점을 배격한다. Mey(1993:

184) / 이성범(1996: 188)은 'co-text'와 'context'를 구별하면서까지 이 점을 강조하고 있다. 여기서 co-text는 텍스트 내적인 것이거나 제한된 텍스트[12]로 "인간의 언어 행동을 이해하기 위해서 우리는 그 언어 사용이 무엇에 관한 것인지를 알 필요가 있다. 즉 발화의 co-text보다 더 멀리 보아야 하며 모든 언어적 모습을 고려해야 한다. 이는 우리의 시각을 co-text로부터 context, 즉 언어 산출을 둘러싼 모든 상황에로 확장해야 한다는 것을 의미한다."고 강조하고 있다. 이러한 맥락에 의한 분석이 담론 분석[13]이다.

맥락에 해당되는 영어 context라는 말은 text를 둘러싼 환경 또는 text와 상보적 관계에 있는 것 등으로 주로 자리매김되고 있어 텍스트를 중심에 놓고 있다(Lyons 1995: 9장 참고). 이런 식의 개념 설정은 이 글의 맥락 설정과 맞지 않는다. 맥락은 텍스트가 중심에 놓이지 않기 때문이다. 텍스트가 인지되기까지의 과정과 그 텍스트로 인한 효과가 더 중요할 수 있다.

결국 필자가 앞으로 일관성으로의 맥락을 강조하는 것은 언어 행위의 역동성과 그로 인한 의미 작용을 밝히기 위해서다. 그러한 일관성을 설명하기 위해 필자는 '문제 설정, 관점 설정' 등의 주요 개

---

12) 필자는 김슬옹(1997: 56)에서 맥락을 언어 내적으로 제한시키는 용어를 '문맥' 또는 '화맥'으로 구별한 바 있다. co-text는 문맥에 가까운 말이다. co-text와 context의 차이는 Lyons(1995: 9장) 참고.

13) 메이(Mey)의 담론 분석(discourse analysis)은 맥락을 적극적으로 수용하고 있는 만큼 기존의 담화 분석의 경직성을 뛰어넘고 있다. 다만 discourse를 언어 단위로 보는 기존 개념에서 완전히 벗어나고 있지는 않다. "담화란 문장의 집합으로 이해되는 텍스트 이상의 것을 포함하는 것으로, 텍스트와 구별되며, 텍스트를 가장 넓은 의미로의 맥락의존적인 것으로 만들어 주는 것이다. 그러나 담화란 또한 대화와도 다를 것이다. 대화는 텍스트의 한 유형으로서, 앞으로 보겠지만, 특정한 사용 규칙에 의해 지배된다(Mey 1993: 183 / 이성범 옮김 1996: 191). 담론은 그 대상이 대화건 텍스트건 언어 단위는 어떤 것이든 상관이 없다.

념을 설정할 것이다.

문제 설정성은 왜 맥락을 설정해야 하는가에 대한 기본적인 인식 절차로 설정된 것이며 관점 설정성은 다양한 맥락의 가능성을 좁혀 맥락이 주관적인 상대성으로 흐르는 것을 차단하며 어떤 방식의 관점이 중요한 것인가에 대한 응집의 원리로 설정된 것이다. 상호 작용성과 관계 설정성은 맥락의 구체성을 확보하기 위해 설정된 것이며 주체 구성과 생산성은 맥락의 역동성을 보여 주는 장치이다.

맥락을 강조하는 논의는 이제 진부할지 모른다. 언어학뿐만 아니라 다른 학문 영역에서 늘 강조해 왔기 때문이다. 고등학교 교과서에서조차 '맥락'을 다음과 같이 강조하고 있다.

문화는 사회적인 상호 작용이 이루어지는 맥락을 구성한다. 맥락이라는 개념은 문화의 성격을 이해하는 데 큰 도움을 준다. 왜냐하면 일상생활의 사건들은 항상 일정한 맥락을 가지고 있으며, 같은 물건, 같은 행동이라도 그것이 처해 있는 맥락에 따라 의미와 평가가 달라지기 때문이다.

우리의 일상생활은 말이나 행동의 구체적인 맥락을 이해함으로써 의미 있게 구성되는 것이다. 이 맥락의 해석은 보이지 않는 규칙을 따른다. 우리는 이 규칙을 당연하게 여기면서 전혀 의식하지 않고 살아가다가, 규칙을 위반하는 사람이나 전혀 다른 규칙에 따라 행동하는 사람들과 마주치게 되면 비로소 그것을 돌아보게 된다. 이 규칙이 바로 문화이다.

「7차 고등학교 교과서 '사회문화', 천재교육, 155쪽」

그러나 맥락을 설정하는 맥락은 가지각색이다. 구체적인 맥락을 이해한다고 했지만 어떻게 이해하느냐가 중요하다. 교과서에서는 맥락의 해석이 '규칙'을 따른다고 했고 그 규칙을 문화라고 규정하고 있다. 여기서의 '규칙'은 보이지 않는 사회적 관습에 가까운 것이다. 그런데도 '관습'이 아닌 '규칙'이라 표현한 것은 일반적인 규칙이거나 다수 권력이 장악하고 있는 또는 이끌고 있는 지배 문화의 관점을 반영한 것으로 볼 수 있다. 맥락을 설정하는 것이 중요한 것이 아니라 어떻게 설정하고 써먹느냐이다. 맥락을 설정하는 맥락이 중요하다는 것이다.

이제 언어 분석에서 맥락 설정이 왜 필요한지 다시 한번 추스를 필요가 있다. 첫째는 언어에 대한 구체적 인식과 실천 구성이다. 둘째는 기존 언어학의 분파주의를 극복하는 데 맥락 설정 이론이 유용하다는 것이다. 지금까지 언어학은 언어 단위에 따라 음성학, 음운론, 형태론, 통사론, 의미론, 화용론, 국어사 따위로 나뉘어 왔다. 이러한 분파적 언어 단위에 따른 언어 분석으로는 복합적으로 다양하게 존재하는 언어생활, 언어 실천을 역동적으로 분석해 낼 수 없다. 우리는 음소든 낱말이든 문장이든 그때그때 필요에 의해 논의 대상으로 삼을 수 있다. 맥락 이론을 굳이 기존의 분야에 관련시킨다면 의미론과 화용론에 가까운 것이다. 이런 측면에서 라이온즈의 다음과 같은 언급은 여전히 맥락에 대한 중요한 의미를 던져 준다.

No simple answer, then, can be given to the question "What is context?" For the limited purposes of this book, it suffices to emphasize the fact that, in the construction of a satisfactory theory of context the linguist's account of the interpretation of utterances must

곧 라이온즈는 "맥락은 무엇인가?"라는 질문에 간단하게 대답할 수는 없다고 하면서 맥락에 대한 만족한 이론 구축을 위해서는 발화의 해석에 대한 언어학자의 설명에 일반적인 사회과학들—특히 심리학, 인류학 그리고 사회학—의 이론들과 연구업적들을 반드시 끌어와야 한다는 점을 강조하고 있다. 언어학자들이 이런 관점으로 접근한다면 언어학자들의 설명이 거꾸로 기여할 수 있음도 밝히고 있다.

의미의 폭을 넓게 잡는다면 우리가 추구하는 언어 연구는 그것이 언어의 형식이건 내용이건 우리 삶 속에서 어떤 의미가 있는가, 그런 의미의 효과나 가치가 무엇인가를 따지는 것이다. 이러한 맥락에 따른 언어 실천을 담론이라 할 때 맥락 설정 연구는 담론 연구라 할 수 있다.

또한 맥락 설정이 요긴한 것은 삶 자체가 복합적 텍스트이고 맥락이기 때문이다. 언어는 복잡한 삶 속에서 이뤄지는 복합 기호이다. 맥락 설정에서 복잡성을 설정하는 것은 맥락 설정이 일반성과 추상성으로 빠지는 것을 차단하기 위한 전략이다. 우리가 추구하는 것이 아주 다양하고도 구체적인 관계에서 설정되는 미시적 복수 주체(뒤에서 논의함)의 언어 양식을 규명하는 것이라면 구체적 현실을 지향해야 한다. 다수 담론은 소수 담론보다는 훨씬 더 획일성과 단순성에 기대고 있기 때문이다.[14] 맥락 설정은 결국 맥락 그 자체의 성질보다는

---

14) 주된 흐름이 그렇다는 것이다. 거대 권력에 의한 법도 약자를 위한 좋은 법이 있듯이, 거대

누가(주체) 왜 맥락을 어떻게 설정하느냐를 중요시하는 것이다.

3. 맥락 설정 전략

앞에서 맥락 설정의 맥락에 대해 거칠게 논의했지만 그것을 좀 더 설득력 있게 설명하기 위해 몇 가지 전략을 세우지 않을 수 없다. 먼저 맥락을 설정하는 주된 흐름으로서 일관성을 설정하고 그러한 일관성을 바탕으로 맥락을 구성하는 다양한 요소들의 복잡성을 따지고 마지막으로 맥락 설정의 역동성을 규명할 것이다.

3.1. 맥락의 일관성

일관성은 맥락을 구성하는 요소들의 의미를 일관되게 부여해 주는 것이다. 통일성이나 총체성이 주제나 특정 요소를 중심으로 집약되는 성질이라면 일관성은 각 요소의 성질을 살려 주면서 하나로 엮어 주는 성질이다. 총체성이나 통일성이 단수라면 일관성은 복수다. 한 텍스트에 여러 가지 일관성이 흐를 수 있다. 다양한 문제 설정에 따른 다양한 일관성이 성립할 수 있다는 것이다.

맥락을 구성하는 요소라면 첫째 텍스트를 들 수 있다. 텍스트는 의미를 부여할 수 있는 모든 요소가 될 수 있다. 교과서, 신문 등 문자로 된 텍스트에서 대화나 연설 등의 입말 텍스트 또는 영화, 만

권력을 무조건 부정적으로 볼 수는 없다.

화 등 시각 텍스트 등 우리 삶을 구성하는 거의 모든 것이 텍스트가 될 수 있다. 굳이 이런 텍스트를 구분한다면 1차 텍스트와 2차 텍스트로 나눌 수 있다. 1차 텍스트는 의미가 부여되기 전의 텍스트이며 2차 텍스트는 의미가 부여된 텍스트이다. 이를테면 한겨레 신문의 '왜냐면'이란 지면은 연속 논쟁문을 싣는 것이 특징이다. 2차 논쟁문은 1차 텍스트에 의미를 부여한 2차 텍스트가 된다. 결국 맥락 설정은 텍스트에 의미를 부여하는 행위이다. 물론 3차 텍스트, 4차 텍스트로 더 설정될 수도 있다. 이렇게 1차, 2차 등의 순차성을 설정하는 이유는 텍스트에 대한 의미 부여의 역동성과 상호 작용을 강조하기 위함이다. 인류 문화는 텍스트에 의미를 부여하는 의미 작용15)에 의해 이루어진 것이다.

다음 구성요소는 텍스트를 구성하는 여러 부분 요소를 들 수 있다. 넘버 쓰리라는 영화가 하나의 텍스트라면 그 영화를 구성하는 이미지, 감독, 배우 등은 부분 요소가 된다. 부분 요소라고 해서 텍스트 전체의 지배를 받는 요소라는 뜻은 아니다. 텍스트를 구성하는 요소들은 서로 뫼비우스 띠 관계에 있다. 감독은 영화를 생산한 주체이므로 그런 면에서 영화는 감독의 부분 요소가 될 수 있지만 감독은 다시 그 영화의 부분 요소가 되기도 한다. 다음 구성요소는 의미를 부여하는 주체를 들 수 있다. 영화비평가는 영화라는 텍스트에 의미를 부여하는 주체이다. 의미를 부여하는 주체라 해서 역시 우월한 위치에 있지는 않다. 비평가는 영화라는 1차 텍스트에 의미를 부여했을 뿐이며 그러한 의미 부여 동기는 영화가 제공한 것이며 비평

---

15) 여기서의 의미 작용은 기표와 기의의 결합뿐만 아니라 의미가 구체적인 삶속에서 작동하는 의미 생성과 의미 효과까지 아우른 것이다.

가의 의미 부여 텍스트는 영화의 구성요소이기도 한 독자들의 3차
텍스트에 의해 또다시 의미 부여를 받을 것이기 때문이다. 결국 맥
락을 구성하는 이러한 다양한 요소들이 어떤 흐름을 타느냐가 중요
한 것이며 따라서 맥락 설정에서의 일관성이라는 문제 설정이 다시
강조되는 것이다. 문제 설정은 맥락 설정 전반에 관여되는 것이지만
특히 중요한 것은 일관성을 부여한다는 측면이다. 따라서 일관성에
서 문제 설정을 논의하는 것이다. 그리고 어떤 측면에서 문제를 설
정할 것인가에 해당하는 것이 관점 설정이다. 문제 설정 속에 관점
설정이 들어 있지만 일관성의 다양한 측면을 보여 주는 차원에서 관
점 설정을 따로 설명하기로 한다.

1) 문제 설정

우리가 언어를 문제 삼는 기본 태도나 출발지점은 누가 무슨 말을
했다든가 또는 언제 어떤 말이 있었다가 아니라 왜 그가 그런 말을
했고 그때 왜 그런 말이 있었는지에 있다. 그렇다면 맥락의 첫째 요
소로는 문제 설정[16]을 들 수 있다. 누가 무슨 말을 했다든가 언제 어
떤 말이 있다든가 하는 것은 상태나 상황에 치우친 것이다. 왜 그런
말을 했느냐는 물음은 상태나 상황의 역동성에 주목하는 물음으로

---

16) '문제 설정 problematique'이란 용어는 특정 철학자의 독특한 개념어로 볼 수는 없다. 프랑
스 계열 담론에서는 일반화된 개념이다. 다만 알튀세르가 전략적 용어로 만든 것은 분명하
다(고길환 / 이화숙 역: 1990: 77에서는 '문제 틀'로 번역하였다.). 그러므로 알튀세르의 그
런 전략을 받아들이되 그 개념을 그대로 받아들일 필요는 없다. 알튀세르의 개념은 주관적
인 문제 제기가 아니라 이데올로기적 맥락에 의한 문제 제기를 말한다. 그러므로 일반적으
로 쓰이는 '문제 제기'라는 말과는 개념이 다른 셈이다. 그러나 '문제 제기'라는 말을 '문제
설정'의 개념으로 사용할 수는 있다. 다만 '문제 제기'라는 말보다 '문제 설정'이란 말이 개
념 설정 전략이 분명하므로 이 용어를 쓰기로 한다(이진경 1994: 18 - 21, 고길섶 1998:
23 - 30).

질적인 차이를 보인다. 맥락 설정이 과정 / 원인과 결과 모두를 중요하게 여긴다고 했지만 과정과 원인에 초점을 맞추기 때문이다. 맥락에 흐르는 근본 줄기를 중요하게 여기기 때문이다. 물론 원인과 결과의 이분법적 분류 방식에서의 원인이 아니다. 결과는 끊임없이 원인으로 설정되는 임시적 역동적 결과일 뿐이다. 그러므로 맥락에서 초점이 맞추어진다는 원인은 그런 이분법적 틀 속에서의 원인이 아니라 결과도 되고 그것이 다시 원인이 구성되는 역동적 원인이다.

문제 설정은 그야말로 문제 사건이나 조건에 대한 문제를 설정하는 것이다. 왜 문제인가 무엇이 문제인가에 대한 주체의 전략 설정이다. 다양한 문제 제기 가운데 적극적 실천과 방향을 함의한 것만을 문제 설정이라 할 수 있다. 문제 제기는 호기심이나 궁금증만 있으면 누구나 언제나 할 수 있다. 나름대로의 관점이나 전략이 없어도 가능하다. 그러나 문제 설정은 나름대로의 관점과 그 문제에 대한 방향이나 해결전략이 있어야 가능하다.

문제 설정은 문제를 과학적으로 인식하고 해결하기 위한 전략이다. 따라서 어떤 언어 대상(텍스트)이건 그것에 대한 문제를 설정하지 않으면 맥락은 설정될 수 없다. 이를테면 교과서나 교훈적인 담론에서 "직업에는 귀천이 없다"는 말을 우리는 끊임없이 듣고 자란다. 문제를 설정하지 않으면 이런 말의 구체적인 맥락이 보이지 않는다. 구체적인 맥락이 보이지 않는다고 맥락이 없는 것은 아니다. 누군가가 설정한 맥락을 무의식적으로 자신의 몸에 각인시키거나 아니면 그런 맥락에 종속시키는 것이다. 이런 말을 하는 사람들은 대개 사회적 대우가 좋은 직업 소유자들이다. 사회적으로 소외되거나 냉대받은 직업을 가진 사람들에게 이런 말은 이상적인 말이거나 거

짓말이 될 것이다. 다음과 같은 어느 학생의 문제 설정은 이런 측면
에서의 맥락을 잘 지적해 주고 있다.

직업에는 귀천이 없다? 지금까지 살아오면서 내가 접할 수 있었던
대부분의 사람들과 책에는 직업에는 귀천이 없다고 말하고 쓰여 있었
다. 정말로 그런가? 필자는 그렇지 않다고 생각한다. 직업에는 분명하
게 귀천이 있다. 어떤 재산가는 불로소득만으로도 생계를 유지할 수
있어서 여가 시간을 독서 혹은 여행 등으로 자신의 발전에 쓸 수 있
다. 하지만 거리의 청소부는 하루 종일 일하고서라도 생계유지가 어
려워 문화생활이라고는 꿈도 꿀 수 없다. 그렇다면 직업에 귀천이 없
다고 말하는 것은 기득권층이 그 기득권을 갖고 있지 않은 사람들로
하여금 자신의 삶에 안주하게 하는 것에 지나지 않다.

「윤명의(연세대 기전계열 1학년) 1997년 9월 18일 수업에서」

곧 문제 설정은 문제의 원인과 해결에 대한 전망을 담고 있다. '직
업에는 귀천이 없다'는 대다수 담론에 문제를 설정하는 것은 우리 사
회에는 직업에 대한 귀천이 있으며 직업에 대한 사회의 불평등 현상
이나 특정 직업에 대한 억압에 대한 해결 의지가 담겨 있는 것이다.

문제 설정을 하지 않으면 우리는 주체로 구성될 수 없다. 언어를
삶의 구성요소로 본다면 언어 주체라 해도 무방할 것이다. "직업에
는 귀천이 없다."라는 말을 문제 설정 없이 받아들인다면 그때의 주
체는 진정한 주체라고 볼 수 없다. 직업에는 과연 귀천이 없는가라
고 문제 설정 속에서 담론 실천을 행할 때 주체로 구성될 수 있다.

언어는 의식화, 무의식화의 전략적 기호이다. 언어를 통해서 막연

한 생각이나 사물을 구체화하고 의식화하기도 하지만 문제의식 없는 언어 행위를 통해 생각이나 사물의 구체성을 희석하거나 무의식적으로 각인시키기도 한다. 결국 문제 설정은 맥락에 대한 과학적 인식과 실천의 구성요소이다.

이렇게 언어 실천, 언어 분석에서 문제 설정을 강조하는 또 다른 이유는 언어는 가치중립적 도구가 아니라는 측면에서 찾아볼 수도 있다. 설령 무의식적으로 언어를 생산하고 소비할지라도 언어 실천은 인간의 다양한 욕망, 사회 구성 능력의 소산물이기 때문이다. 여기서 우리는 언어는 가치중립적 도구인데 이를 사람들이 쓰기 나름이라는 이분법적 사고를 경계할 필요가 있다. 이런 사고방식은 언어와 인간의 사회적 행위를 갈라 보기 때문이다. 언어는 사람의 다양한 능력을 구성해 주는 주요한 요소이다.[17]

그리고 맥락은 복수적이다. 하나의 사건에 대하여 다양한 맥락이 설정될 수 있다. 이는 다시 말하면 단일 텍스트에 대하여 다양한 문제 설정이 있을 수 있다는 점이다. 한 몇 년간 통신에서는 '먹거리'란 말의 타당성에 대한 논쟁이 끊임없이 계속되고 있다. 논쟁에 참여한 사람들의 주장을 크게 둘로 나누면 결국 '먹거리'라는 말을 쓰자는 사람과 쓰지 말자라는 사람으로 나눌 수 있다. 그런데 가만히 보면 하나의 주장에 대해 여러 문제 설정이 교차하고 있음을 알 수 있다. 이를테면 이오덕(우리말 바로쓰기2)의 경우는 조어법, 민족주의, 민중주의 세 문제 설정 속에서 반대하고 있다. 곧 우리말 조어법(먹

---

17) 이러한 언어에 대한 인식은 과학이 가치중립적이 아니라는 맥락과 같은 이치다. 과학은 인간의 호기심의 결과이고 또 과학의 각종 공식과 규칙은 인간의 세계관의 흐름과 밀접한 관련을 맺고 있다.

을거리)에 어긋난다는 것 그래서 그것은 우리식이 아니라는 것(민족주의), 그리고 지식인들이 만든 말이라 안 된다는(민중주의?) 것이다. 그러나 찬성하는 사람들은 말의 생산성, 민족주의, 건강주의라는 문제 설정 속에서 찬성하고 있다. 곧 전통 조어법에 어긋나건 어긋나지 않건 우리말의 다양한 말법을 보여 준다는 것, 식량, 음식 등의 한자어를 포괄할 수 있는 우리식 말이라는 것(민족주의), 그리고 분파적이었던 식량, 음식 관련 정책들을 통합적으로 바라볼 수 있게 해 준다는 것(건강정책주의) 그래서 찬성한다는 것이다. 이렇게 보면 하나의 맥락에 다양한 문제 설정이 교차하고 있음을 알 수 있고 '민족주의'라는 문제 설정은 자세히 보면 그 성격이 다름을 알 수 있다.

2) 관점 설정

언어 행위가 이뤄지는 것이나 파악하는 것이 맥락에 따른다고 한다면 무한대의 상대주의 또는 주관적 상대주의로 오해받을 수 있다. 물론 필자가 여기서 얘기하는 맥락 설정은 근본적으로 상대주의 언어관이다. 그러나 절대주의와 단순 대립하는 상대주의가 아니다. 인간의 사회행위를 종합해 보면 절대주의는 있을 수 없다. 아무리 절대적인 법이나 규범이라도 그것은 상황의 한정을 가질 수 있고 언젠가는 바뀔 것이며 그 법이 적용되는 맥락에서는 또 다른 의미를 파생시킬 것이기 때문이다. 굳이 상대적, 절대적이라는 이분법적 단어를 동원한다면 절대적 상대주의, 상대적 절대주의가 있을 뿐이다. 이를테면 '상대평가, 절대평가'라는 말을 빌려서 설명해 보면 상대평가는 각 등급의 고정성 곧 학점 부여 범위의 절대성을 함의하고 있고 절대평가는 각 교수들의 성적 부여의 절대성이 과마다 때마다 교수마다 다르다는 상대성이 함의되어 있다. 결국 필자가 여기서 얘기하고자 하는 것은 맥락의 상대성이 중요한 것이 아니라 그 많은 상대성을 설정하는 기준이나 관점 또는 상대성 속에 내재되어 있는 관점이 무엇이냐는 것이다. 곧 맥락 설정을 하는 주체가 어떤 방식으로 문제를 설정하고 맥락을 설정하느냐이다. 바로 그 방식을 주도하는 것이 관점 설정이다. 물론 이러한 관점 설정은 이미 문제 설정 안에 들어 있다. 그러니까 문제 설정만으로 일관성 설명이 가능하지만 일관성의 특징을 다른 방식으로 드러내는 측면에서 관점 설정을 따로 설명한다.

여기서 관점의 개념은 대상을 단순히 바라보는 시각이 아니라 대상에 의미를 부여하고 대상을 재구성할 수 있는 주체의 세계관이나 가치관이다. 다만 여기서의 관점은 개인의 좌우명 같은 개인적 가치관을 뜻하는 것은 아니다.

단순히 언어 행위 자체가 문제가 아니라면 그리고 언어 행위가 삶의 실천 행위라면 어떤 관점으로 실천을 구성해 나가느냐가 중요하다. 관점에 따라 우리의 언어 행위는 사뭇 달라질 수밖에 없다. 곧 관점 설정에 따라 맥락 설정이 달라진다는 것이다. 물론 여기서의 관점은 분석 대상인 텍스트 안에서 텍스트 생산 주체의 관점일 수도 있고 그러한 관점은 텍스트 분석자의 관점과 다를 수도 있고 그 관점이 해석자의 관점에 따라 달리 해석될 수도 있다.

맥락이 끊임없이 또는 담론 주체에 따라 재설정되는 것이라면 그리고 총체적 상황 자체가 맥락이 아니라면 도대체 맥락은 어떻게 설정되느냐가 중요하다. 그것은 담론 주체의 관점에 따라 설정된다고 볼 수 있다. 관점은 담론 실천 주체가 이 세상을 우리의 삶을 바라보는 시각이며 담론을 생산하는 방향이라 할 수 있다.

　관점은 인식론적 관점과 주제적 관점 그리고 주체에 따른 관점 세 가지 갈래로 설정할 수 있다. 인식론적 관점은 '긍정—부정, 능동—피동, 적극—소극, 전체—부분, 주관—객관, 미시—거시, 개인—사회' 따위를 말한다. 다만 이러한 인식론적 관점은 무척 조심스러운 접근을 필요로 한다. 왜냐하면 이러한 관점 설정은 배타적인 이분법적 관점[18]으로 흐를 염려가 있고 그럴 경우 맥락 설정의 본질에 위배되기 때문이다. 이를테면 긍정적 관점과 부정적 관점 사이에 다양한 관점이 있을 수 있는데 두 양극단의 관점을 먼저 설정한다면 그러한 관점은 다양성을 무시하거나 왜곡하는 잘못된 관점이 될 수도 있다. 다만 이러한 인식론적 관점을 여기서 설정한 것은 아직은 이분법이 대중들의 무시할 수 없는 인식 범주이니 다양성 차원에서 일단 설정하는 것이다. 중요한 것은 어떤 관점이냐에 따라 행위 양식이 달라진다는 점이다.

　마지막으로 담론 주체나 입장에 따른 관점 설정을 들 수 있다. 노동자 관점, 자본가 관점, 학생 관점, 선생 관점 등 입장에 따라 무수히 많은 관점을 설정할 수 있다. 전철에서 많이 쓰는 말 가운데 "안전선 바깥으로 물러나 주십시오."라는 말이 있다. 이는 안전하지 않

---

18) 이분법 사고와 이분법적 사고는 다르다. 원래 두 요소만 있어서 둘로 나누는 것은 이분법이다. 그러나 다양한 요소가 있는데 양극단의 두 요소를 강요하면 이분법적 곧 흑백 사고가 된다. 운동회에서 청군, 백군으로 갈라놓았을 경우를 생각해 보자. '청군과 백군'은 이분법 또는 이항대립이다. 원래 두 요소밖에 없는 것이다. 그런데 "너 청군 할래 백군 할래"라고 물으면 이는 이분법적 흑백논리식의 물음이다. 왜냐하면 "나는 청군도 백군도 싫어요. 중간에서 양쪽 다 응원할래요."라는 대답이 있을 수 있기 때문이다. 이렇게 이분법 사고와 이분법적 사고를 구분할 수 있지만 실제 삶 속에서는 이분법적 사고는 대부분 이분법적 사고로 생성되기 때문에 거의 구별이 안 된다.

은 지역에 있는 전철의 차장이나 기관사 관점에서 생성된 말이라고 볼 수 있다. 기다리는 손님의 관점이라면 "안전선 안쪽으로 서 주십시오." 또는 "안전선을 넘지 않도록 조심해 주십시오."라고 말해야 한다. '근로자, 노동자'에 대한 인식도 자본가 관점과 노동자 관점이 다르다. 자본가들은 '근로자'라는 말을 선호하는 반면에 노조에 참여하는 노동자들은 '노동자'라는 말을 좋아한다. 물론 같은 노동자라도 비노조원들은 '근로자'라는 말을 아낀다.

중요한 것은 세 가지 갈래의 관점이 서로 배타적으로 설정되는 것이 아니다. 서로 복합적 기준으로 다양한 관점이 설정될 수 있다. 문제는 담론 주체의 관점과 인식 대상에 따라 구도 설정은 달라질 수 있다는 점이다. 그리고 중요한 것은 어떤 구도가 중요한 것이 아니라 그 구도가 어떤 결과를 발생시키느냐이다. 곧 무슨 관점이 중요한 것이 아니라 어떤 관점이냐가 중요하다.

이러한 관점 설정은 문제 설정에 의해 분명하게 구성되고 문제 설정은 관점 설정에 의해 확고한 지점을 구축하게 된다.

맥락 설정 의미론에서 이러한 문제 설정과 관점 설정이 중요한 것은 의미 부여와 의미 작용에 많은 영향을 끼치기 때문이다. 그리고 중요한 것은, 우리가 지금 얘기하고 있는 관점은 언어 행위 주체에 의해 마음대로 주어지는 관점이 아니라는 점이다. 주체가 구성된다는 관점에서 보면 관점 또한 대상과의 상호 작용에 의해 구성되는 것이다. 언어에서 관점의 중요성에 대해서는 소쉬르(Bally and Sechehaye: 1916 / 1972: 23)가 "대상은 관점에 선행하여 미리 주어지지 않는다. 오히려 그와는 반대로 관점이 대상을 창조한다고 말해야 할 것이다."라고 언급한 적이 있다. 이를 적극적으로 해석하면 대상과의 상호 작용에 의해 관점은 구성되는 것이다.

3.2. 맥락의 복잡성

이제 우리는 문제 설정과 관점 설정을 통해 맥락 설정을 우리가 왜 해야 하는가와 일관성으로서의 맥락의 흐름을 알아차린 셈이다. 이번에는 복잡성이라는 문제 설정을 통해 맥락의 또 다른 맥락을 보고자 한다.

복잡하다는 것은 쉽게 말하면 단순하지 않다는 것이다. 곧 사람들은 어떤 사건이나 대상을 인식할 때 특정한 면만을 보거나 부분만을 인식한다. 단순화시켜 보는 셈이다. 그래서 원인과 결과라는 축에서 보면 결과만을 본다든가 전체와 부분이라는 축에서 보면 부분만을 본다든가 하는 식으로 말이다. 맥락의 복잡성을 강조하는 것은 바로 이런 면을 경계하기 위해서이다. 그렇다면 복잡성이란 문제 설정보다는 총체성이라는 문제 설정이 낫지 않겠느냐고 반문할 수 있다. 그렇지는 않다. 총체성은 부분보다 전체를 강조하는 전략이다. 그러나 맥락 설정은 앞에서도 강조했듯이 전체를 강조하는 전략이 아니다. 부분만 보는 것을 경계한다고 해서 부분을 부정하는 것은 아니다. 부분을 어떤 방식으로 문제 삼느냐가 문제다. 부분이 전체를 바꿀 수도 있잖은가.

원래 복잡성이란 개념이 싹튼 것은 혼돈 이론에서였다. 혼돈 이론은 예외와 무질서에 대한 이론이다. 기존의 뉴턴식 세계관은 기계적 법칙으로 자연과 인간의 삶을 재단했다. 규칙화시킬 수 없는 것은 예외요 무질서였다. 규범 / 규칙과 예외는 대등한 층위의 말이 아니었다. 예외는 규칙의 반대말이 아니라 규칙에 종속된 종속말이다. 무질서도 마찬가지다. 질서의 반대말이 아니라, 질서 저편에 쭈그리고 있어야 할 종속말이다. 혼돈 이론은 예외와 무질서라는 천덕꾸러기 말에 참가치를 부여해 준 이론이다. 참가치는 별게 아니다. 제값을 돌려준 것뿐이다. 언어학과 국어학도 혼돈 이론을 도입할 필요가 있다. 규범화시키고 규칙화시킬 수 있어야 언어학 범주에 들어갈 수 있다는 언어폭력이 주류를 차지하고 있다는 것은 우리 모두의 불행이다.

혼돈 이론은 흔히 무질서 속에 질서가 있다고 얘기한다. 이런 담론은 혼돈 이론의 참가치를 내리 깎는 느낌을 준다. 기존의 말법으로 설명을 하자니 이런 말이 나왔다는 것은 이해하지만 무질서 속에 질서라는 것은 여전히 질서에 가치를 많이 부여한 느낌을 준다. 이런 문제의식 때문에 한발 더 나아간 것이 복잡성 이론이다. 질서와 무질서를 여전히 이분법적으로 상정할 것이 아니라 그 모든 것을 복잡한 하나의 틀로 보자는 것이다. '복잡하다'는 일상어휘가 '잘 알 수 없다. 헷갈린다' 등으로 작동하지만 그런 의미 자체가 기존의 질서 / 규칙 편집증에서 나온 것이다. 아무튼 예외와 무질서를 한복판으로 끌어 오는 전략으로 볼 때 '복잡성'이란 용어는 적절하다고 본다.

그러니까 복잡성[19]이란 것은 맥락만의 성질은 아니다. 우리 삶 자

---

19) 복잡성에 관한 논의가 자연과학 분야에서 먼저 활성화되었다는 것은 역설이다. 자연과학은 객관성, 합리성으로 나타나는 명징성을 추구하거나 아니면 그런 성질을 바탕에 까는 학문이라는 통념 때문에 자연과학은 단순함 쪽으로 사고하기 때문이다. 복잡성 이론에 앞서 먼저 퍼지 이론이나 카오스 이론이 등장했다. 퍼지는 '흐린' 또는 '모호한'이란 뜻이다. '모호하다'는 것은 비과학이거나 경계해야 할 대상이었다. 그런데 그런 것이 삶이나 사물의 본질로 받아들여지게 된 것이다. 카오스 이론과 복잡성 이론의 관계에 대해서는 아직도 논의가 분분하다. 다만 대체로 복잡성 이론을 카오스 이론보다 한 단계 더 발전한 이론으로 이해한다.

체가 복잡하다는 것이다. 특정 현상을 꼬집어 생각하더라도 수많은 사람들의 생각이 다르고 무한대의 계열이 교차함을 알 수 있다. HOT 강타의 대학진학 사건만 하더라도 공인의 신용 문제, 청소년의 대학입시 문제, 스타 시스템과 선택 문제, 스타들의 사생활 온갖 문제가 뒤엉켜 있다. 이미 강타라는 인물에 초점을 맞추더라도 그는 청소년으로서의 위치, 공인, 스타로서의 위치 등 복잡성을 띠고 있다.

그리고 맥락의 복잡성이라는 문제 설정을 굳이 과학계의 카오스, 복잡성 이론에서 끌어 올 필요는 없다. 왜냐하면 비트겐슈타인의 언어게임 이론이나 통념과 질서로 상징되는 기존 담론을 비판해 온 푸코, 들뢰즈 / 가타리, 데리다 등의 논의 등이 그런 문제 설정을 적극적으로 논증하고 있기 때문이다. 이 가운데 복잡성과 직접 관련이 되는 것은 언어게임 이론[20]이다. 언어 실천은 언어게임이다. 게임은 기본적인 규칙을 공유하지만 게임이 이뤄지는 맥락은 규칙화시킬 수 없는 무수한 경우의 수로 구성된다. 물론 기본적인 규칙은 바꿀 수 있는 규칙이다. 언어게임도 마찬가지다. 누구와 간단한 대화를 나누

이 글에서는 이런 이론의 흐름을 논증하지 않는다. 이 글에서의 논의 맥락이 그런 이론에 터 잡을 만한 맥락이 아니기 때문이다. 다만 그런 이론에서의 문제 설정은 많은 도움이 되었다. 이런 이론의 흐름에 대해서는 존 카스티 / 김동광·손영란 옮김(1997), 요시나가 요시마사 / 주명갑 옮김(1997) 참고

20) 언어게임 이론은 후기 비트겐슈타인의 핵심 개념이다. 전기의 생각이 주로 언어의 본질이나 일반성에 집중했다면 후기 생각에서는 일반성에 대한 집착, 개별성에 대한 경멸에 가까운 공격을 하고 있다. 언어게임과 더불어 설정된 가족유사성도 가족의 공통점에 따른 유사성이 아니라 연쇄 사슬 엮기처럼 서로 관련을 맺은 것 같지만 실제로는 서로 다르게 작동하는 방식으로서의 유사성을 말한다. 이런 전략이라면 'language game'은 '말놀이'로 번역하는 것이 더 좋다고 생각한다. 게임은 무언가 규칙이나 내기(이기느냐 지느냐)를 연상시킨다. 놀이는 그렇지 않다. 아이들이 놀이터에서 노는 모습을 생각해 보라. 수많은 놀이가 교차하면서 나아가되 목표나 원칙이 표상되지 않는다. '언어'라는 말 또한 소쉬르의 랑그와 같은 체계로서의 언어를 연상시킨다. '말'은 그렇지 않다. 그러므로 언어게임보다 말놀이가 더 적절한 번역이란 얘기다.

더라도 어떤 대화가 오가는지는 구체적인 행위 과정에서 알 수 있을 뿐이다. 비트겐슈타인의 언어의미가 사용법에 의해 결정된다고 한 이유이다.

이러한 복잡성을 상호 작용과 관계 설정을 통해 우리의 담론 전략으로 끌어 와 보자.

1) 상호 작용

복잡성을 조금 더 구체적으로 인식하고 복잡성을 이루는 여러 요소의 구성 효과 생성 효과를 따지기 위해 필자는 상호 작용이란 문제 설정을 도입한다. 다양한 관계는 당연히 상호 작용을 한다. 상호 작용은 다양한 관계의 경우 수에 따라 많을 터이지만 여기서는 이러한 상호 작용성을 무시하고 배타적 분할로 보았던 요소들을 몇 가지로 나눠 설명하기로 한다. 그리고 상호 작용성을 맥락 분석의 구체 전략으로 설정하는 것은 상호 작용 그 자체보다는 상호 작용하는 부분 요소들의 구체적인 효과에 주목하기 위함이다.

상호 작용의 첫째 요소로는 언어 내적 요소와 언어 외적 요소와의 상호 작용을 들 수 있다. 언어 내적 요소는 기존의 자율주의 언어학이 추구하는 형식 위주의 언어 요소를 말한다. 음운론·형태론·통사론에서 다루는 일반적 언어 단위를 들 수 있다. 이에 반해 언어 외적 요소는 이러한 언어 단위가 존재하는 사회적, 물질적 여러 조건을 말한다. 주류언어학(국어학)에서는 이런 언어 외적 조건을 고려하는 것을 배타적으로 바라보거나 응용언어학이란 아웃사이더 이름으로 분할 짓는다. 곧 음운론·형태론·통사론 따위를 자율언어학(순수언어학), 사회언어학·심리언어학·수리언어학 따위를 응용언어학이라 하여 배타적으로 구별하고 있다. 자율언어학이란 말을 좀 더 풀어 보면 언어를 언어 자체만의 내적 질서로 바라본다는 뜻이다. 응용언어학은 이러한 자율언어학을 기반으로 그것을 사회의 심리에 응용했다는 것이다. 그러나 자율언어학은 결코 '순수'하지 않다. 언어 외적 요소를 배제시키려는 것 자체가 지극히 가치 지향적이고 맥락적이다. 그래서 이런 자율언어학이 정통이요 사회, 심리 따위와 연결시킨 응용언어학은 정통이 아닌 변두리 언어학이라는 배타적 관점 자체가 문제이다. 이러한 분파주의에는 언어와 사회, 언어와 심리 등을 배타적으로 보는 잘못된 언어관이 깔려 있다. 어떻게 언어의 질서가 따로 있고 사회와 삶의 질서가 따로 있겠는가. 언어는 삶을 구성하는 그 자체이거나 구성요소인데 그것을 배타적으로 나눈다는 것 자체가 문제가 된다. 물론 필요에 의해서 또는 세밀한 인식을 위해 나눌 수 있고 쪼갤 수 있다. 다만 쪼갠 그 자체에 순수미를 부여하고 그것이 본질인 양 착각해서는 안 된다.

"고통분담은 고통전담입니다(연세대 교정 1997. 4. 5. 플래카드)"라는 문장은 언어 내적 요소로 보면 '주어＋서술어'라는 구조로 '는'이라는 토씨와 '이다'라는 잡음씨에 의해 "A는 B와 같다, A는 B라는 것이다"라는 의미 구조를 보여 준다. 이 문장의 올바른 의미를 파악하기 위해 애쓰는 사람이라면 언어 내적 요소와 언어 외적 요소의 상호 작용의 필요성을 쉽게 알 수 있다. 이 문장 내적 구조로 본다면 이 문장은 모순이다. 분담은 골고루 나누는 것이고 전담은 한쪽이 전적으로 떠맡는다는 것인데 어째서 위와 같은 의미체계가 되겠는가. 그런데 언어 외적 요소를 보면 '고통분담'의 담론 설정 주체와 '고통전담'의 담론 설정 주체가 다르고 더불어 '고통'의 의미가 다름도 알 수 있다. 위 표어를 내건 사람들의 관점으로 보면 김영삼 정권이 내세웠던 고통분담은 경제 고통을 노동자에게만 떠넘기는 것이니 결국 고통전담이 된다는 것이다. 따라서 중요한 것은 이러한 문장 구성을 통하여 우리 사회의 모순을 드러내는 언어전략이다.

언어 외적 조건을 언어 분석으로 끌어 오는 전략이 맥락 이론의 주된 전략이라 할 수 있다. 그렇다면 여기서의 '맥락'은 '문맥'과 구별해야 한다. '문맥'은 언어 내적인 것으로 '맥락'은 언어 외적인 것까지 아우른 개념으로 쓰기로 한다. 언어 단위로서 한정된 맥락을 입말에서는 '화맥', 글말에서는 '문맥'으로 부르기로 한다.[21]

---

21) 이 글의 주장 맥락과 다르지만 맥락, 화맥, 문맥에 대해서는 Lyons(1995) 9장과 김태자(1993)를 참고하였다. 노먼 페어클라우Fairclough(1989: 25)에서의 다음과 같은 맥락 분석도 많은 도움이 되었다.

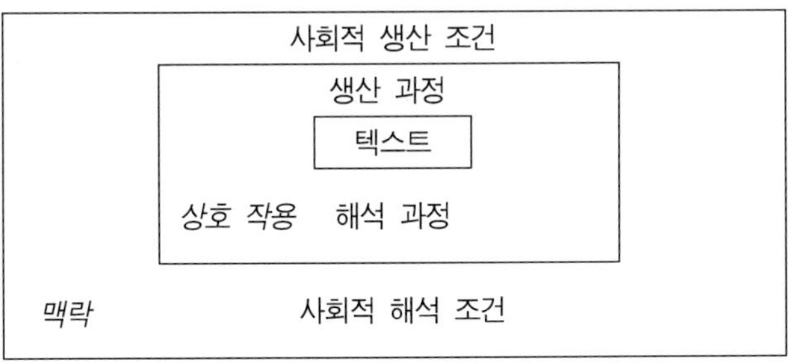

텍스트로서의 담론, 상호 작용, 맥락

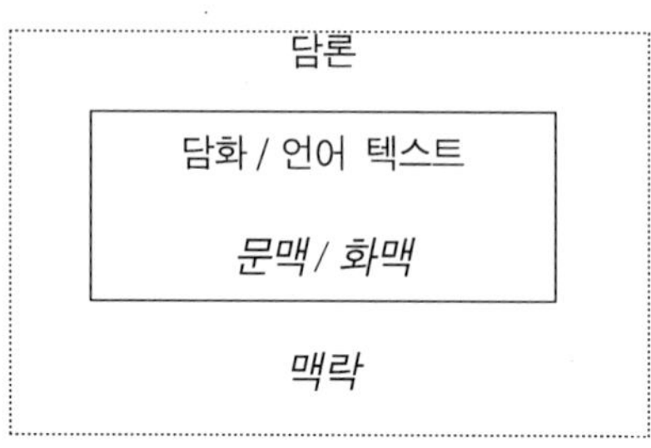

* 점선은 담론의 경계가 없다는 것과 맥락 설정의 확장성을 보여 주는 것이다.

　다음으로 통시성(역사성)과 공시태(현재성)의 상호 작용을 들 수 있다. 소쉬르가 통시성을 배제시킨 공시태만으로 언어과학을 정초해야 한다고 해서 많은 사람들이 오랫동안 이 굴레를 벗어날 수 없었다. 그러나 우리는 추상적·관념적 과학체계를 위한 소쉬르의 인식론적 맥락(Saussure / Edited by Bally and Sechehaye: 1972, 김성도: 1994 참고)을 그대로 받아들일 수는 없다. '고통분담은 고통전담입니다'라는 문장은 1997년에 쓰인 것이지만 이 문장이 쓰인 당시만의 상황만으로는 정확한 의미를 추출할 수 없다. 이전의 김영삼 정권의 역사적 흐름을 보아야 한다. 이러한 통시성과 공시태의 상호 작용은 공시태라는 결과를 기준으로 보면 과정과 결과의 상호 작용으로 자리매김할 수 있다. 과정을 통하여 결과가 생산된 것이지만 이러한 결과는 또 과정으로 구성된다. 과정이 결과에 의미를 부여하기도 하지만 결과가 과정에 의미를 부여하기도 한다. 이러한 상호 의미 부여는 사슬처럼 연쇄적으로 나아간다. 과거 역사의 결과가 현재이지만 과거 역사에 대한 의미 부여를 통해 현재와 미래의 삶이 결정된다. 의미 부여는 실천 속에 이루어진다. '고통분담은 고통전담입니다.'로 표현한 것은 김영삼 정권의 경제정책에 대한 의미 부여이다. 이러한 의미 부여는 김영삼 정권에 대한 저항 행위를 통해 이루어졌다.

다음으로는 내용과 표현의 상호 작용을 들 수 있다. 어느 한쪽이 다른 한쪽을 일방적으로 결정하지 않는다. 옐름슬레우는 표현과 내용을 각각 실체와 형식으로 나누고 함수 기능 개념을 도입하여 "내용이란 어떤 표현의 내용", "표현이란 어떤 내용의 표현"과 같이 나타내 내용과 표현이 그 자체로서 개별적으로 존재할 수 없음을 밝혔다(Hjelmslev / Trans by Francis J. Whitfield 1961: 47−60).[22] 이를테면 '몹시 덥다'는 내용의 실체를 '몹시 덥습니다.'는 평서문의 형식으로 나타낼 수도 있고 '창문 좀 열어 주시겠습니까?'라는 청유문, '창문 좀 열어라.'는 명령문 등과 같이 다양한 형식으로 나타낼 수 있다. 당연히 표현의 형식도 바뀔 것이고 표현의 실체는 짜증스러운 목소리, 정중한 목소리 등으로 다양하게 나타날 수 있다.

옐름슬레우의 내용과 표현을 소쉬르식의 이분법으로 굳이 환원한다면 언어에서의 내용을 기의, 표현 요소를 기표라 하고 기의와 기표의 상호 작용으로 설명할 수 있다. 기표는 언어의 표현적 요소인 소리와 문자나 그러한 것으로 구성된 언어의 제반 양식을 가리키는 것이고 기의는 언어의 내용 요소인 의미·정보·내용 등을 가리키는 말이다. 이러한 기표와 기의는 일대일 대응을 하는 것도 아니다. 모든 기표는 다의성을 본질로 하며 맥락에 따라 기표와 기의 관계가 달라지기 때문이다. 여기서 기표와 기의의 상호 작용은 단지 기표와 기의의 결합관계만을 얘기하는 것이 아니라 기표와 기표, 기의와 기

---

22) 이러한 측면에서의 옐름슬레우의 공적에 대해서는 Deleuze & Guatta−ri(1980) 3장 참고.

의, 기표와 기의 등 다양한 관계 양상을 모두 가리킨다.

기표와 기의를 소쉬르에 따라 흔히 자의성으로 설명하는 사람들이 많다. 이 자의성을 절대적 개념으로 설정할 때 소쉬르의 좋은 의도까지 훼손된다. 이때의 자의성은 상대적 자의성이다. 자의적이냐 아니냐는 기표와 기의 그 자체에서 주어지는 것이 아니라 맥락에 의해서 결정된다. 설령 우리가 물건에 처음 이름을 붙일 때는 이름과 지시물, 이름과 의미의 관계가 절대적 자의성을 띠는 것 같지만 역시 대상의 특성과 이름 붙이는 사람의 성향, 이 둘을 둘러싸고 있는 맥락에 의해 이름을 짓게 마련이기 때문이다. 누군가가 강아지의 이름을 '메리'라고 지었다면 그것은 서양에 대한 향수의 대리 충족 맥락이거나 아니면 서양 사람의 이름을 개 이름으로 격하시킴으로써 얻고자 하는 맥락이 작용한 것이다. 아니면 또 다른 맥락이 있을 수 있다.

그러므로 기표와 기의 어느 것이 더 중요하냐는 식으로 경직된 논의를 할 것이 아니라 구체적인 담론 전략에서 결합 생성 효과에 주목해야 한다. 서클과 동아리는 똑같은 기의의 서로 다른 기표일 수 있다. 지시물은 같지만 기의가 다르다고 해석할 수도 있다. 곧 서클은 취미 위주로 모이는 방식을 중요하게 설정한 것이고 동아리는 공동체 의식을 계발하는 쪽으로 설정된 것이라고 볼 수 있다는 것이다. 아니면 지시물의 성격이 달라지니까 기표, 기의 모두가 다르게 설정되었다고도 할 수 있다. 곧 취미 위주의 동아리는 서클로 공동체 실천을 중요하게 여기는 곳은 동아리로 말이다. 이 얼마나 다양한 기표와 기의의 상호 작용인가. 80년대 왜 서클이란 기표가 거의 쓰이지 않게 되고 동아리란 기표가 휩쓸게 되었는가. 그것은 암울한 독재 시대에 맞서는 이른바 운동권 서클의 강세 때문이었다. 동아리란 기표를 선택함으로써 동아리 활동 양상의 성격이 분명해졌고 전략이 달라졌던 것이다. 아니면 그런 활동 양상 때문에 동아리란 기표가 선택되었는지 모른다. 어느 것이 먼저냐를 따지는 것이 아니다. 기표와 기의의 상호 작용이 구체적인 생활양식과 역동적으로 연계되어 있음을 말하는 것이다. 필자가 '교양'의 개념을 지식이나 문화적 소양에서 설정하는 것을 반대하고 문제 설정 능력과 실천으로 설정했던 것(김슬옹: 1997)은 기의 전략이었다. 서클에서 동아리로 나간 것은 기표전략이요 기의전략이었다. 담론 실천은 바로 기표, 기의전략이다.[23)]

이제 우리는 전체와 부분의 상호 작용도 생각해 보자. 여기서 설정한 '전체'라는 것은 단일한 구조로서의 '전체'가 아니라 부분 요소가 있게 한 맥락을 말한다. 따라서 부분은 전체의 전략적 효과일 수 있다. 특정 낱말(부분)의 의미는 전체 맥락에 의해 그 의미가 구체화될 것이며 맥락의 효과는 그러한 부분 낱말에 의해 분명해진다. 재미있는 예를 들어 보자. 새끼 밴 두꺼비와 뱀이 서로 싸운다. 결국 두꺼비는 지고 뱀이 두꺼비를 삼킨다. 뱀 배 속에 있는 두꺼비. 뱀이 전체이고 두꺼비는 부분인가. 두꺼비는 뱀 배 속에서 독을 뿜고 뱀

---

23) 기표와 기의의 결합전략은 크게 세 가지가 있다. 첫째는 기표와 기의를 모두 새롭게 하는 방식이다. 김민환이 우리가 먹는 것 가운데 음식이나 식량, 곡식 따위로 표현할 수 없는 것(아이스크림 따위)이 많이 있자 그런 것을 모두 포괄하는 새로운 어휘 '먹거리'를 설정한 방식이 그렇다. 둘째 기의를 새롭게 하거나 바꾸는 전략이다. 일종의 다의어 전략이다. 보통 '사건'의 의미는 '뜻밖에 일어나 사건이나 탈'로 내린다. 그런데 잠수함에서는 안전수칙을 지키지 않는 것부터 사고로 본다고 한다. 그렇다면 우리나라 같은 사고공화국에서는 잠수함의 사고 의미를 가져오는 것이 좋다. 그렇게 된다면 '사고'의 의미는 두 가지가 된다. 셋째는 기표만을 바꾸는 전략이다. 필자는 세 번째 전략(이음동의어)은 인정하지 않는다. 기표가 바뀌면 기의는 저절로 바뀌는 것으로 이해하기 때문이다.

은 죽는다. 아기 두꺼비가 뱀을 내장부터 먹는다. 그래서 아기 두꺼비는 무럭무럭 자라고 또 임신을 하고 뱀을 찾아 나선다. 다시 뱀에게 삼키우고. '기계'라는 낱말은 들뢰즈/가타리 담론에서 양적으로 부분일 수 있으나 전체와 부분의 경계를 허무는 낱말이기도 하다. 사람들은 부르디외의 논문은 안 읽어 보았어도 '아비투스'라는 작은 낱말은 안다. 우리는 전략상 전체보다 부분에 관심을 갖는다. 왜냐면 전체는 늘 다수 담론 쪽에 기울어져 있기 때문이다. 부분이 전체를 허물고 전체를 재구성하는 데 관심이 많다. 양심선언, 대자보, 낙서 등 소수 담론에 귀를 기울이는 것은 그 때문이다.

마지막으로 담론 생산자와 소비자와의 상호 작용을 들 수 있다. 단순히 의사소통으로서의 상호 작용을 말하는 것은 아니다. 사실 의사소통의 대화보다는 비의사소통의 대화가 더 많다. 역시 어떤 방식의 상호 작용이냐가 중요하다.

지금까지는 주로 언어 분석과 관련해 배타적으로 바라보던 요소들에 대한 상호 작용을 강조했다. 사실 이런 맥락의 상호 작용은 소극적 전략이다. 더욱 필요한 상호 작용은 개인과 공동체의 바람직한 관계를 설정해 주는 적극적 전략으로서이다. 먼저 비유로 설명하자면 들뢰즈/가타리가 예를 들었던 고슴도치들의 상호 작용일 것이다. 추운 겨울, 서로의 몸을 찌르지 않으면서—서로의 개성을 존중해 주면서—서로 껴안고 추위를 이겨 나가는 방식 말이다. 이보다 더 좋은 예가 있다. 안도현의 동화 '관계(문학동네)'에서는 낙엽과 도토리가 서로 도와 숲을 이루는 이야기를 담고 있다.

도토리와 낙엽은 서로의 상호 작용을 통해 출렁이는 활기찬 숲을 만들었다. 물론 여기에 드러나 있지 않지만 땅, 공기 등 여러 상호 작용의 다양한 주체가 있을 것이다. 그리고 상호 작용은 부정적 상호 작용도 있다. 도토리를 깡그리 따 가는 할아버지와 닥치는 대로 도토리를 먹어 치우는 쥐는 부정적 상호 작용의 주체들이다. 그래서 이러한 부정적 상호 작용을 최대한 막고 긍정적 상호 작용을 극대화시키는 전략이 늘 문제다. 이 문제를 비롯하여 우리 인간의 삶 속에서 이런 방식의 상호 작용을 어떻게 이룰 것인가는 여기서 자세히 논의하지 않기로 한다. 다만 언어 문제와 관련시켜 간단히 생각해 보기로 한다. 상호 작용에서 담론 실천은 절대적이지는 않지만 무척 중요한 구실을 하는 것만은 분명하다.

의미 작용은 상호 작용의 결과이다. 담론 실천은 상호 작용의 실천이며 이는 의미 실천이 된다. 그렇다고 '침묵은 금이다'와 같은 비언어 실천이 무의미하다는 것은 아니다. 의미가 있다 없다가 중요한 것이 아니라 어떤 효과를 생성하느냐가 중요하다. 인간의 모든 행위가 의미를 가지고 이루어지는 것은 아니지만 의미 부여 대상은 된다. 누군가가 아무 의미 없이 몸짓을 흔들었어도 그런 몸짓은 상호 작용 속에서는 자유롭지 못하다. 그런 몸짓에 누군가가 의미를 부여할 수 있기 때문이다. 결국 상호 작용 속에서는 비의미 실천은 없다.

그렇다면 이제 적극적인 담론 실천, 담론 전략이 중요함을 알 수 있다. 맘껏 말하고 맘껏 써야 한다. 전략은 우리 사회 속성상 다수에 대한 문제 설정 전략이고 소수에 대한 의미 부여 과정이다. 그리고 우리 사회는 다수를 위한 지배 담론이 절대적이다. 언론, 방송, 정부 담론들을 보라. 그러니까 소수에 의한 적극적 말하기 / 쓰기가 중요하다는 것이다. 다행히 지배 담론 구성체에 맞설 수 있는 담론 구성체가 다양해지고 있다. 통신, 대자보, 소수 언론 등 이런 매체를 활성화시켜야 하는 이유가 거기 있다.

맥락 설정 전략은 바로 지배 담론을 분화시키는 전략이다. 지배담론은 주로 통념, 상식, 연역 논리에 기대고 있기 때문이다. 맥락 설정은 그런 담론을 구체화시켜 재구성 또는 해체하는 전략이다.

2) 관계 설정

상호 작용은 역시 복잡하다. 도토리, 낙엽, 공기, 땅, 할아버지, 쥐 등등이 뒤엉켜 있잖은가? 그렇다고 상호 작용의 실체를 알 수 없다는 것은 아니다. 실체는 오히려 분명할 수 있다. 상호 작용의 실체를 분명하게 하는 전략이 관계 설정 전략이다. 도토리와 낙엽, 도토리와 할아버지, 도토리와 쥐 등의 관계 설정을 통해 우리는 상호 작용의 긍정성과 부정성 등 다양한 효과를 인식할 수 있었다.

맥락은 관계의 맥락화이다. 여기서의 관계는 담론과 담론의 관계 그리고 담론과 담론 설정 주체나 소비 주체와의 관계 등을 말한다. 어떤 언어 현상이건 관계를 설정하지 않으면 구체적인 맥락이 보이지 않는다.

우리 사회는 관계들의 집합이다. 수많은 관계가 이리저리 얽혀 우리의 삶을 구성하고 있다. 관계는 관계 설정의 기준에 따라 수없이 많은 관계가 있다. 거시적인 조직과 미시적인 조직과의 관계도 있을 수 있고 미시적인 조직과 조직과의 관계도 있을 수 있고 미시적인 조직과 개인과의 관계도 있을 수 있다. 그런 관계 속에서 담론은 생산된다. 관계는 다양한 계열들의 교차 속에서 설정된다고 볼 수 있다. 이를테면 신문은 광고주와의 계열, 소비자와의 계열, 권력과의 계열 등 복합적인 계열로 이루어진다.

조선일보 담론은 그 주장이 대립되는 한겨레신문 담론과의 관계 설정 속에서 그 맥락이 분명해진다. 물론 비슷한 논조의 중앙일보나 동아일보 담론과의 관계 설정도 필요할 수 있다.

그 다음으로 담론 실천 주체와 담론과의 관계 설정은 이렇다. 이를테면 조선일보 담론은 왜 수구 보수 논조를 철저히 지키는가라는 맥락은 조선일보 생산 주체의 역사적 맥락 즉 친일 성향이라든가 독재 정권에의 끊임없는 아부 등의 맥락이 작용했기 때문이다. 그렇다면 조선일보 담론은 왜 좋건 나쁘건 영향력이 큰가. 그것은 조선일보 소비 주체들의 성향을 보면 알 수 있다. 한마디로 보수 성향이 강한 사람들이 대개 조선일보를 본다. 그런데 조선일보 판매부수가 최상위를 달리는 것은 그만큼 우리 사회에 보수 성향 또는 수구 보수 성향의 사람들이 많다는 것이다. 그렇다면 조선일보 담론의 의미 맥락은 바로 조선일보를 생산하고 소비하는 주체들의 성향과의 관계 설정을 통해 분명해지는 것이다. 물론 관계 설정은 동일한 주체의 시간적 차이에 따라 할 수도 있다.

3. 맥락의 역동성

'설정'이라는 말에 역동성이 이미 내포되어 있음을 밝혔다. 같은 사건에 대해서도 다양한 맥락 설정이 가능하고 동일한 주체일지라도 시간에 따라 맥락 설정이 달라질 수 있음을 알 수 있다. 이러한 맥락의 성질을 역동성이라 한다. 역동성은 여러 가지 측면에서 설명될 수 있겠지만 여기서는 담론 실천 주체에 따른 역동성 그에 따른 생산성의 문제로 접근해 보고자 한다.

1) 주체 구성

우리가 끊임없이 '주체' 문제를 논의하는 것은 어떤 방식으로 살아갈 것인가에 대한 생활양식이 중요하기 때문이다. 생활양식 가운데서도 서로의 권리와 자유를 어떻게 지키고 나누며 살 것인가에 해당하는 것이 바로 '주체' 문제이다. 따라서 주체 문제를 특정 지역(서양)의 담론이나 시대(중세 다음) 문제 중심으로 사고하는 것은 옳지 않다. 그것은 세계의 역사를 서구 중심의 일반 역사에 우리의 다양한 삶을 꿰어 맞추는 격이 된다. 서구 중심의 근대적 사고방식을 중심으로 문명인, 야만인이라는 이분법적 구도로 세계를 배타적으로 나누는 구별법이 생겼다. 레비스트로스가 '야생적 사고'라는 문제 설정으로 그러한 이분법을 비판했듯이 아프리카의 생활양식을 서구의 근대적 사고방식으로 재단할 수는 없는 일이다(레비스트로스 / 안정남 옮김: 1996 / 1997). 그럼에도 서구 중심의 근대 기획을 통해 주체 문제를 따져 들어가는 것은 우리 한국인의 삶이 이미 서구화의 틀에서 자유롭지 못하기 때문이다.

서구 담론에서 근대화와 더불어 확보된 인간의 자율성은 근본적으로 특정 계층, 곧 부르주아 계층을 위한 것이었다. 근대 설정이 신의 말씀을 대변했던 종교 세력과 전제 군주와 귀족 세력이 지배했던 중세 봉건주의에서 벗어나는 것이었다면 그러한 벗어남을 이끈 부르주아 계층이 근대의 주체가 된 것이다. 자본주의, 민족주의 발달도 바로 이 계층들을 중심으로 이루어진 것이다. 흔히 중세에서 벗어났다는 거시 담론 때문에 근대의 인간을 단일 주체로 생각하는 경향이 있지만 우리는 그 실체가 무엇인지를 분명히 해야 한다. 그러니까 인간의 진정한 자율성을 확보하는 진정한 근대화는 끊임없이 진행되고 있을 뿐이다.

아무튼 근대화를 부르주아 계층이 주도함으로써 그들 중심의 언어가 근대의 언어, 곧 표준어로 자리 잡게 된다. 그러니까 표준어를 배우고 구사하게 된 것은 진정한 주체로서 언어 행위를 하는 것이라기보다는 부르주아 계층의 지배질서에 편입되는 것을 의미한다. 이러한 표준어는 지금까지도 막강한 영향력으로 지배 언어로 자리 잡고 있다. 다만 이러한 표준어가 민족어로 자리 잡는 과정에서 중세 질서를 대변했던 라틴어가 퇴조하고 각 민족마다 민족 구성원들이 모두 공유할 수 있는 언어 양식이 자리 잡게 된다. 오늘날의 프랑스어, 러시아어, 독일어 등은 바로 이러한 근대화의 산물이다. 중국의 경우도 백화문이 싹튼 것이라든가 한국의 경우 한글이 국문으로서 제값을 차지하게 된 것 등이 그런 맥락이다.

이런 흐름과 더불어 언어에 대한 인식의 과학적 변화는 몇몇 언어학자들이 주도했다.[24] 소쉬르는 언어를 기호로 정의하고 언어가 지시물을 반영한다는 전통적 언어관을 부정하게 된다. 곧 기호와 지시물과는 자의적이라는 것이다. 이러한 발상은 지시물(객체)에 절대적 의미를 부여했던 중세적 사고방식이나 언어를 지시물의 반영물이라고 봄으로써 생겼던 언어 중심주의 오류 등을 바로잡는 근대적 발상이었다. 또한 기호의 가치는 기표들의 차이에서 발생한다는 구조주의적 발상은 주체를 중심으로 설정하지 않는 탈근대적 발상을 보

---

24) 언어 문제와 관련시킨 주체 논의는 이진경(1994 / 1996: 199 – 311)에서 논의된 바 있다.

여 주기도 한다. 다만 이러한 발상은 언어를 주체 구성과 관련시켜 생각하고자 하는 우리의 의도와는 거리가 있는 것이다. 근본적으로 소쉬르는 언어를 삶과 유리시켜 언어만의 독립된 과학을 꿈꾸었기 때문이다. 또한 언어 사용 측면에서 본다면 소쉬르는 언어 사용자 모두가 동일한 랑그 체계를 소유한다고 보았으므로 이는 보편 주체를 상정했다고 볼 수 있다. 보편 주체라는 측면은 레비스트로스가 문명인과 야만인으로 나누어 사고하는 문명인들의 오류를 비판하기 위해 문명인이건 야만인이건 동일한 언어 체계를 공유한다는 논지를 끌어 옴으로써 더욱 분명해졌다. 선험적 주체라는 측면은 언어를 구성하는 능력이 인간의 뇌 안에 있다고 본 야콥슨과 촘스키에 의해 더욱 발전되었다.

탈근대에서의 주체 논의는 두 가지 방향으로 갈라진다. 하나는 데리다나 보드리야르처럼 주체의 설정이나 개념 자체를 부정하는 것이고 또 하나는 라캉, 푸코, 들뢰즈 / 가타리처럼 주체는 주어지는 것이 아니라 구성된다고 보는 입장이다. 두 입장 모두 근대에서의 주체에 대한 환상을 부정하는 것은 마찬가지다. 사람들은 보통 데카르트가 '나는 생각한다 고로 존재한다'로 상징되는 주체처럼 자명하고 고정된 힘으로 생각한다. 니체는 이렇게 주체에 대한 환상이 나타나는 이유는 문장의 주어를 주체로 착각했기 때문이라고 지적한다. 우리는 늘 문장을 부려 씀으로써 '나는――하다'라고 얘기하면서 '나'는 작용자로 착각하고 모든 작용이 작용자의 의도대로 되는 것처럼 착각하지만 그렇지 않다는 것이다. 그래서 니체는 도덕의 계보학에서 "활동, 작용, 생성의 배후에는 어떤 존재도 없다. 행위자(agent)란 활동에 덧붙여진 것일 뿐이다. ……모든 과학은 그 모든 냉정성, 냉담성에도 불구하고 여전히 언어의 유혹에 사로잡혀 있으며, '주체'라는 기형아에 대한 미신에서 벗어나지 못하고 있다."고 함으로써 근대에서의 주체를 허구로 못 박고 있는 것이다.[25] 이런 점을 좀 더 이해하기 위해서는 벤베니스트와 푸코, 들뢰즈 / 가타리의 논의를 끌어 오는 것이 좋다. 벤베니스트는 언어와 행위의 관계를 중요하게 여기면서 언어 연구를 담론의 차원으로 끌어올렸다. 따라서 언어 문제에서 소쉬르가 배제했던 주체와 지시 문제를 중심으로 끌어 왔다. 그는 "인간이 '주체(sujet)'로서 구성되는 것은 언어 속에서 그리고 언어에 의해서이다. 왜냐하면 언어만이, 사실상 존재의 현실인 '언어자신'의 현실 속에서 '자아(ego)'의 개념의 기초가 되기 때문이다(Benveniste: 1966: 259-60 황경자 옮김: 1992: 372).[26] 벤베니스트는 담론 행위(발화 행위)에 참여하는 1인칭, 2인칭 대명사만을 인칭이라 부르고 그런 행위에 참여하지 않는 3인칭은 비인칭으로 불렀다. 이런 논의에 힘입어 푸코는 문장 속에서 나타나는 일인칭 주어를 언표(énoncé) 주체, 그러한 문장을 실제 말한 주체를 언표 행위(언설, énonciation) 주체로 구별했다.[27] 이러한 구별 전략은 니체가 언표 주체를 언표 행위의 주체로 착각한다는 논지를 분명하게 해 준다. 그리고 푸코는 담론을 언표들의 집합으로 정의함과 동시에 언표적 사건들의 집합이라고 함으로써 담론의 역동성을 분석하고 있다. 들뢰즈 / 가타리

---

25) 니체의 이런 맥락에 대해서는 백승욱(1995) 참고.

26) 벤베니스트의 이러한 맥락에 대해서는 강내희(1992: 117), 문유찬(1993) 참고.

27) 푸코가 언어와 주체 문제를 본격적으로 논의한 것은 '지식의 고고학'에서였다. 언표, 언표 행위는 '지식의 고고학'에서 자세히 논의되었다. 이러한 개념어 설정은 독특한 점이 많아 번역 용어가 다양하다. discourse는 '담론'으로, énoncé는 언표, 언술, 발화로, énonciation 는 언술, 언술 행위, 언표 행위, 발화 행위 등으로 번역한다. 여기서는 각각 담론, 언표, 언표 행위로 옮기기로 한다.

(1980: 162)도 언표 주체와 언표 행위 주체의 상호 작용을 사회적인 관계 속에서 언급하고 있다.

그렇다면 이제 주체는 주어지는 것이 아니라 만들어지고 구성된다는 논지를 언어와 관련시켜 생각해 보자. 이러한 측면은 주로 "실천, 타자, 이데올로기, 담론, 생성"을 축으로 설명할 수 있다.[28]

주체가 만들어지는 것이라면 당연히 실천의 개념은 무척 중요하다. 인간행위는 실천을 통해서 그 의미를 규정받는 것이기 때문이다. 실천 측면에서 언어 주체를 강조한 사람은 비트겐슈타인이다. 여기서 실천은 언어적 실천과 비언어적 실천을 모두 아우르는 것으로 그가 내세운 언어게임이란 문제 설정은 바로 그러한 실천의 개념을 바탕으로 하고 있다. 결국 누가 어떤 언어게임을 하느냐에 따라 주체로 구성된다고 볼 수 있다. 그는 언어의 의미는 용법에 의해서 결정된다고 했는데 용법은 언어게임의 양상이자 결과이다.

‘나는 생각한다’에서 ‘나’가 주체가 아니라면 주체는 타자에 의해 규정된다고 볼 수 있다. 이러한 점에 주목한 사람이 라캉이다. 라캉은 단지 생물학적 존재에 지나지 않는 갓난아이가 어떻게 한 인간으로서 당당하게 성장하는가에 주목하면서 그러한 메커니즘을 가능하게 하는 것이 무의식이라 보았고 그러한 무의식은 언어처럼 구조화되어 있다고 보았다. 그리고 그러한 무의식은 타자의 욕망이라는 것이다. 어린아이는 타자를 의식하지 못하는, 문자를 모르는 거울단계(상상계)

---

28) 이진경(1997)에서는 주체가 구성되는 맥락을 크게 두 부류로 나누어 대비하고 있다. "구성되는 주체는 크게 두 가지 상이한 관점으로 나누어 대비할 수 있다. 하나는 언어학과 프로이트의 정신분석학에 기초한 것으로 일종의 ‘집합표상’을 통해서 주체화 정체성을 설명하는 것이고, 다른 하나는 습속의 도덕과 니체적 권력 개념을 통해서 설명하는 것이다. 전자에는 라캉, 알튀세르가 대표적이고, 후자에는 푸코, 들뢰즈 / 가타리가 대표적이다(앞글: 11쪽)."

를 거쳐 문자의 기의를 알게 되는 상징계로 들어서면서 주체로 구성
된다. 곧 주체란 "언어적으로 구조화된 무의식을 통해 타자인 상징계
가 구성해 낸 결과물(이진경: 1995,1997: 12)"이라는 것이다

알튀세르는 이데올로기에 의해 주체가 구성된다고 보았다. 곧 이데
올로기 안에서 작동하는 큰 주체가 개개인을 주체로 호명한다고 보
았다. 이때의 이데올로기는 라캉의 무의식과 비슷한 장치이다. 우리
가 직업에는 차별이 없다고 교과서에서 배워 그렇게 아무 의식 없이
말하는 것은 지배 이데올로기에 의해 주체로 구성되었기 때문이다.

푸코는 선택과 배제가 작동하는 담론 실천을 통해 주체가 구성된
다고 보았다. 주체가 구성된다는 측면은 '감시와 처벌' 등 후기 저작
에서 더욱 구체화된다. 곧 주체란 특정 권력의 배치 안에서 권력에
의해 구성된다는 것이다. 마지막으로 우리가 주목할 것은 욕망이란
문제 설정으로 주체에 접근한 들뢰즈와 가타리를 들 수 있다. 이들
에게 욕망은 라캉식의 결여나 결핍으로서의 욕망이 아니라 항상 긍
정적인 힘(역능, puissance)으로 작동되는 생산적이고 창조적인 무의식
이다.[29] 사회는 바로 이런 다양한 욕망 흐름의 선으로 이루어졌고
이러한 선들이 어떤 관계 속에서 어떤 상호 작용을 하느냐에 따라
생성된다. 곧 지배 권력의 표준화 등의 경직된 선도 있고 이러한 선
으로부터 완전히 벗어나는 탈주의 선도 있고 그 중간적인 선도 있
다. 이러한 문제 설정과 더불어 이해할 개념은 리좀이라는 문제 설
정이다. 리좀은 뿌리줄기라는 의미인데 뿌리와 줄기가 구별이 안 되

---

29) 들뢰즈 / 가타리의 이런 맥락의 소개는 신현준(1995), 김필호(1996), 서동욱(1997), 문아영
(1997ㄱ, ㄴ), 고길섶(1998) 참고. 특히 들뢰즈 / 가타리의 언어와 주체 문제는 문아영
(1997ㄱ, ㄴ)에 자세히 논의되어 있다.

는 것으로 땅 속에 견고한 자리를 차지하고 위로만 자라나는 일반 나무-뿌리와는 다르게 가지가 줄기들이 서로 만나고 흩어지는 방식으로 접속되고 분기하는 것이다. 이는 촘스키식의 수직적 나무 모델을 비판하는 전략 속에서 설정되었다. 일단 이런 문제 설정은 보편성과 획일성으로 설정되는 모든 논의를 부정한다. 알튀세르처럼 이데올로기로 주체 문제를 환원하는 것도 부정된다. 따라서 언어 문제에서도 "언어(langue) 자체에는 언어의 보편성도 없다. 단지 방언, 속어, 은어, 특수어의 경연(concours)이 있을 뿐이다. 이념적인 화자-청자는 존재하지 않으며 동질적인 언어적 공동체도 더 이상 존재하지 않는다(Deleuze & Guattari 1980: 1장)."고 본다. 다만 표준어 따위의 다수어(주류 언어)와 사투리 따위의 소수어(비주류 언어)로 나눌 뿐이다. 다만 다수어와 소수어는 서로 대립적인 것이 아니라 다수어에 이미 변이적 요소를 내재하고 있으므로 다수어의 권력화를 막기 위해서 복수적 담론 실천이 필요함을 역설하는 것이다. 다수어와 소수어의 관계는 맥락적이며 유동적이다. 소수어가 다수어가 될 수도 있고 다수어가 수많은 소수어로 분할될 수도 있다.

이제 우리의 맥락에 관한 논의와 언어와 주체 문제를 더욱 끌어와 보자. 맥락이 끊임없이 재설정될 수 있는 역동적인 것이라면 당연히 맥락을 설정하는 주체의 역할이 중요할 수밖에 없다.[30] 그리고 맥락은 다양한 관계와 상호 작용 속에서 구체성을 확보하는 것이라고 했다. 그렇다면 여기서의 주체는 근대 담론에서의 거시 주체가

---

30) Mey(1993: 10) / 이성범 역(1995: 11)에서 "맥락이란 동적인 것이다. 즉 맥락이란 꾸준히 전개된 환경으로서, 언어 사용자로서의 사람들이 언어를 사용할 때 연속적인 상호 작용에 의해 촉진되는 것이다."라고 말했다.

아니라 다양한 관계 속에서 설정되는 미시적 복수 주체를 의미한다. '주체'는 선험적으로 주어진 것이 아니라 다양한 관계 설정 속에서 구성되는 것이며 한 사람이 다양한 관계망 속에 존재하므로 여러 가지 주체로 구성될 수 있다는 것이다. 곧 특정 한 학생은 가족에서의 주체이면서 학교에서의 주체, 동아리에서의 주체, 사회에서의 주체로 구성된다.

문제는 어떤 방식으로 관계 설정에 참여하느냐이다. 그리고 여기서 주의할 점은 거시 주체라는 측면을 무조건 무시하는 것은 아니라는 점이다. 필자가 한국인이라는 것은 필자가 원하지 않았는데도 타고난 것이다. 그렇지만 한국인으로서의 주체는 살아가는 방식에 의해 결정된다. 지배권력에 굴종하면서 사는 모습에서는 한국인으로서의 주체는 없다. 그러니까 필자는 가족에서의 주체, 한국인으로서의 주체 등 다양한 주체 구성에 참여하고 있는 셈이다. 그리고 거시냐 미시냐는 나름대로 특성도 있지만 서로 얽혀 있는 경우가 많고 그 관계는 상대적이다. 그리고 거시적인 측면에서의 주체라 할지라도 구체적 존재 방식은 다를 수 있다. 한국인은 단일민족이라는 담론 속에서 쇼비니즘, 순결주의, 외국인 노동자에 대한 탄압으로 나타나는 모습은 거시 주체의 파시즘을 보여 준다. 그러나 다국적 기업의 컴퓨터 코드 지배에 맞서서 한국형 코드인 조합형을 지키려는 노력은 다국적 기업의 파시즘에 맞서는 올바른 한국인으로서의 주체 설정이다. 미국식 다국적 기업 코드는 완성형이라는 국가행망 코드로 몸을 바꾼 듯하지만 그것은 다국적 기업의 파시즘 코드와 독재권력의 지배 코드와의 애무였다. 이러한 코드들은 통신과 워드프로세서와 다양한 게임소프트웨어를 관통함으로써 사람들의 다양한 표현 욕

망을 차단함으로써 담론 실천의 주체로 나서지 못하게 한다.[31]

탈근대 담론이 우리에게 던져 준 유효한 방향이 있다면 다양한 주체 구성에 관한 논의일 것이다. 근대 담론이 대개 거시적으로 주어지는 주체를 상정한 것이라면 탈근대 담론은 다양한 관계 속에서 설정되는 미시적 복수 주체에 초점을 맞추기 때문이다. 물론 우리 사회에서 근대와 탈근대로 나누는 것 자체가 무모한 것이긴 하지만 주된 흐름을 뽑아 보면 그렇다는 것이다.

일부에서는 탈근대 담론에 대한 비판도 만만치 않다. 근대도 제대로 이룬 적이 없는데 무슨 탈근대에 관한 논의냐는 것이다. 하지만 근대 담론이든 탈근대 담론이든 그 모든 것을 다양성으로 받아들이면서 우리는 우리에게 절실한 담론을 형성해 가면 되지 않나 생각해 본다. 좀 도식적이긴 하지만 탈근대 담론에서 근대 담론의 절대지향성을 반성하거나 재구성해 볼 수도 있고 근대 담론에서 탈근대 담론의 상대주의를 경계하며 우리는 새로운 담론을 구성해 갈 수 있는 것이다. 아무튼 이 글에서 주목하고 싶은 것은 미시 주체 구성 문제이다.

미시적 복수 주체에 관한 우리의 문제 설정은 복잡하고 다양한 우리 삶의 양식을 세밀하게 분석하고 대안을 모색해 볼 수 있다는

---

31) 필자는 최근 몇 년간 정보화 시대 한국인은 한국어의 주체인가라는 물음을 던져 오고 있다. 쉽게 말하면 한국인은 한국어를 마음대로 부려 쓸 수 있는가. 대답은 그렇지 않다. 지금 컴퓨터 정보 처리의 핵심인 코드가 완성형 코드로 되어 있어 한글을 마음대로 칠 수 없기 때문이다. 완성형 코드로 설정된 것이 남의 탓만은 아니지만 결국 영미 컴퓨터 시스템을 주체적으로 수용하지 못한 탓에 우리는 내 글조차 마음대로 쓸 수 없는 세상에 오게 된 것이다. 우리는 초성, 중성, 종성의 자소를 분리할 수 있는 조합형 코드를 실현할 때 진정한 한국어의 주체가 될 수 있다. 결국 이런 문제에 대하여 우리 모두가 문제를 설정하지 않으면 고착화될 것이다(김슬옹 1996ㄴ 참조).

데 있다. 흔히 우리 사회는 민주주의 사회이고 그래서 누구나가 자유롭게 글을 쓸 수 있고 발표할 수 있다고 한다. 헌법에 그렇게 명시하고 있다고 떠벌리기도 한다. 그렇다면 우리는 누구나 언제나 글쓰기의 주체가 될 수 있는가. 그런 거대 주체론은 우리의 구체적 현실을 왜곡하고 우리로 하여금 분노에 빠지게 한다. 문민정부에서 우리는 더 많은 필화 사건을 겪었고 아주 많은 국민들이 조선일보 중앙일보 등 수구보수 신문들의 언어폭력에 처참하게 휘둘리고 있다. 그렇다고 우리는 누구나 언제나 글쓰기의 주체가 아니라고 말할 수도 없다. 상당 부분 우리는 할 말을 하며 살고 있기 때문이다. 그렇다면 우리는 언제는 글쓰기의 주체가 될 수 있고 언제는 글쓰기의 주체가 될 수 없는가. 될 수 없다면 왜 될 수 없는가를 따져야 한다. 글쓰기로서의 미시 주체를 따져야 하는 이유가 여기에 있다.

상식적이긴 하지만 어떤 권력에도 굴하지 않고 우리 사회의 여러 문제에 대하여 글쓰기로 저항하거나 참여할 수 있을 때 진정한 주체로 구성됨을 알 수 있다. 물론 이런 말은 우리가 표현의 자유라는 말로 늘 쓰고 있어서 좀 추상적이고 막연하다. 그렇다면 좀 더 논의를 좁혀 볼 필요가 있다. 우리는 다양한 관계 속에서 또는 다양한 관계를 구성하면서 살고 있다. 가족관계, 친구관계, 고용관계 등등. 다양한 관계 속에서 적극적으로 그 관계를 이뤄 나갈 때 주체가 될 수 있으며 언어 행위를 통한 주체 구성을 우리는 담론 주체 구성이라 할 수 있다. 주체는 주어지는 것이 아니라 이뤄 나가는 것이다. 어떤 관계에 참여하여 주체로 적극 나서는 것을 '주체 구성'이라 부를 수 있다. 담론 주체 구성은 주체 구성의 다양한 방법 가운데 매우 효과적이고 가시적인 방법이다.

2) 생산성

생산성이란, 맥락은 주어지는 것이 아니라 담론 주체에 의해 끊임없이 설정되는 것을 말한다. 텍스트는 어떤 상황이든 동일한 물질성을 확보하는 것은 아니다. 동일한 사건이나 사실이라 할지라도 그것을 수용하고 생산하는 맥락 설정에 따라 달라진다. 언론 노련의 다음과 같은 중앙 일간 신문에 대한 논평은 이러한 맥락의 생산성을 잘 보여 준다.

> 지난 8일 정국혼란을 끝내야 한다는 기사와 주장이 꼬리를 무는 가운데 권영해 안기부장의 김현철 씨 극비회동 파문이 불거져 나왔다. 중앙일보가 보도를 했으나 권영해 안기부장을 '고위인사'로 익명 처리함으로써 흠집 난 특종을 했다. 다음 날 동아일보·한겨레·세계일보 3개 신문이 고위인사가 안기부장임을 밝힐 때도 중앙일보는 '야당, 고위인사 회동 진상촉구' 기사를 1단 처리하는 잘못을 저질렀다.
>
> 이어 9일 열린 국회정보위에 출석한 권 안기부장은 야당의 추궁 끝에 현철 씨, 김기섭 씨와 회동사실을 시인했다. 국가 최고 정보책임자가 피의자 신분인 현철 씨를 비밀리에 만났다는 점과 그 시점이 청문회 직후인 4월 28일이라는 점에서 권력의 비호와 수사외압이라는 추론을 불러일으키기에 충분했다. 하지만 10일자 신문보도는 매우 실망스러웠다. 국회정보위 보고내용 중 황장엽 씨 진술만이 지면을 채웠다. 거의 모든 신문들이 '김정일 92년 남침 계획'을 1면 톱, 중간으로 다루었다. '북 핵무기 화학무기 위협'을 내용으로 하는 해설기사와 사설이 다음 날인 11일까지 이어졌다. 황 씨의 진술이 이미 정부가 알고 있는 수준의 것이며 전쟁 징후는 보이지 않는다는 내용은 거의 무시되었다. 이것을 제목으로 반영한 조간신문은 단 한 군데도 없었고 일부 신문사는 기사마저 누락시켰다.

　이러한 황 씨 진술 보도와는 달리 안기부장 비밀회동 사실은 축소
되어 처리됐다. 한겨레와 중앙이 각각 '안기부장 사퇴촉구'와 '현철수
사 개입의혹'을 제목으로 1면 톱 처리하고 동아일보 한국일보가 4단
으로 다루었을 뿐 나머지 일간지는 1, 2단으로 가볍게 보도했다. 해설
기사 역시 공정치 못했다. 수사외압으로 방향을 잡은 곳은 동아일보,
중앙일보, 한겨레, 문화일보뿐이고 나머지는 위로 차원이라는 안기부
장의 변명과 이를 추궁하는 야당의 주장을 단순히 나열 보도했다. 또
한 조선일보, 중앙일보, 한겨레신문만이 관련 사실을 실었다.

　안보 이야기만 나오면 톱 해설 사실로 지면을 도배하다시피 해온
것이 우리 신문이다. 그러다가도 다음 날 정부나 미 국무부가 전쟁
징후가 없다는 논평을 하면 1－2단으로 처리하고 언제 그랬냐는 듯이
잠잠해지는 것을 되풀이해 왔다.

　현철 씨 구속이 임박하고 대선자금에 관심이 몰리면서 정권의 부담
이 한계에 달한 요즘 언론은 호흡을 조절하고 있는 것 같다. 북한 보
트피플기사가 이틀에 걸쳐 과다하게 보도되고 국정표류를 걱정한다는
식의 기사와 사설이 줄이어 나오는 한편 대선주자 인터뷰 기사가 시
도 때도 없이 등장하는 것이 석연치 않다. 대선자금을 밝히라는 사설
을 주요 신문들이 모두 썼음에도 불구, 그 말이 공허한 까닭이 여기
에 있다.

　「언론 노련 민실위 보고서, 중심·맥락·끈기 없는 '3무 보도' 미디
어 오늘 99호, 1997. 5. 26. 6쪽」

　대통령의 아들 김현철 씨가 안기부장을 만났다는 사실이 각 언론
의 맥락에 따라 달리 처리되고 있음을 보여 주고 있다. 공간적으로
시간적으로 바뀌고 있다. 물론 바뀐 사실 자체보다 왜 바뀌었는가가

중요하다. 그러니까 각 신문의 사실 보도 자체도 그들의 맥락 설정에 따라 수시로 바뀌는 것임을 알 수 있다. 기사 수록 여부, 기사 배치 방법, 주요 어휘를 처리하는 방법 등 주체의 담론 설정에 따라 그 처리 방식과 효과가 다르다. 각 신문마다의 미묘한 맥락 설정 차이에 대한 자세한 분석은 나와 있지 않지만 같은 사건에 대하여 각 신문의 맥락을 맥락화시킴으로써 사건의 의미와 그 사건을 받아들이는 언론의 성향에 대해서 잘 알 수 있다. 이런 차원에서 언론 노련이 다음과 같은 보도가 '맥락이 없다'는 지적에 대해서 생각해 볼 필요가 있다.

> 김현철 씨의 청문회 증언 직후 현철 씨와 김기섭 전 안기부 운영차장이 극비리에 정부 고위인사를 함께 만났던 것으로 밝혀져 의혹이 일고 있다. 이 정부 인사는 특히 두 金 씨를 만난 후 최근 검찰 고위층에 현철 씨의 신속한 사법처리와 金 전 차장의 사법처리를 반대한다는 강력한 의사를 전달한 것으로 알려져 이날 회동이 앞으로 검찰 수사 과정에 어떻게 반영될지 주목되고 있다. - 뒤 줄임.

> 「예영준・김정욱 기자, 김현철・김기섭 씨, 청문회 직후 고위인사와 극비 회동, 중앙일보 1997. 5. 8. 11쪽」

언론 노련에서 중앙일보 보도에서 맥락이 없다고 한 맥락은 중앙일보가 김현철 씨가 안기부장을 만나게 된 그래서 어떤 일이 있었다는 구체적 진실 부여 맥락이 없다는 것을 지적한 것이다. 그러나 그런 맥락을 설정하지 않은 중앙일보 맥락이 바로 맥락 설정이다. 곧 중앙일보는 그런 진실 보도를 위한 맥락을 의도적으로 배제시킴으로써 안기부장 또는 우리나라 최대 권력의 실체나 보수 세력에 아부하기 위해 진실을 은폐하려는 맥락을 설정한 것이다.

이런 생산성으로서의 맥락에서 우리가 눈여겨볼 점은 잘못된 맥락은 끊임없이 폭로하고 진실을 밝혀야 한다는 점이다. 담론 실천이 무척 강조되는 개념이다. 언어는 맥락 설정의 주요 수단이다. 교과서, 보수 언론 등 거대 담론이 판치는 세상에서 거대 담론에 맞서는 맥락 설정이 필요하다는 것이다.

생산은 새로운 것을 창출하는 것만이 아니다. 거대 담론에서는 반복이란 재생산 전략을 효과적으로 써먹는다. '삼천포로 빠지지 말아라'라는 것은 담론의 권력을 가진 사람들이 자신들의 권위를 지키기 위해 끊임없이 반복되는 담론이다. 그래서 필자는 '삼천포로 빠지자'라고 얘기한다. 삼천포로 빠지지 않고서는 삼천포의 본질조차 알지 못한다. 삼천포를 알아야 삼천포로 빠질 것인지 안 빠질 것인지를 결정할 것이 아닌가. 거대 담론의 반복 재생산은 무의식을 영구히 지배하려는 전략이다.

4. 마무리: 맥락 설정은 담론 실천의 조건이자 과정

맥락 설정의 세 가지 층위(일관성, 복잡성, 역동성)에 대해 거칠게 논의해 보았다. 세 층위의 상호 관계에 대해 충분히 논의하지 못했지만 각 개념의 전략적 설정에서 어느 정도 이루어졌다고 본다.

어차피 이 글의 의도로 볼 때 맥락 이론의 완전한 체계는 있을

수 없다. 구체적인 언어 분석 담론에서 맥락의 체계는 다시 설정될
수도 있을 것이다.

필자가 언어 분석을 맥락 설정으로 시도하는 것은 언어를 삶의 문
제로 설명하기 위함이다. 언어 현상을 과학적으로 연구한다 하여 언
어를 화석화시키거나 언어가 우리 삶에서 중요하다 하여 언어를 절
대시하는 민족주의 접근 따위를 경계하고자 한다. 언어 분석의 목적
은 언어 현상의 규칙화에 있지 않고 설명에 있다. 물론 합리적인 설
명을 위해 일정한 규칙화가 필요하겠지만 그것이 목적으로 설정되어
서는 안 된다. 마찬가지로 말글얼이란 파시즘적 도식화도 위험하다.
말글얼이 되고 안 되고는 맥락에 달려 있다. 물론 된다 하더라도 절
대적인 관계는 없다. 이런 면에서 맥락 이론은 언어 현상을 합리적으
로 설명하는 데 적절한 방법 틀이다. 여기서 설명은 객관적 해설이
아니라 나름대로의 관점이 분명한 논술이다.

어떤 사회 언어 문제에 대한 맥락도 중요하지만 어떤 관점에서의
맥락을 설정하느냐가 중요하다. 맥락 설정은 총체적 상황을 보여 주
는 것이 아니라 상황을 재구성하는 것이다. 재구성 전략의 맨 앞과
뒤에는 문제 설정이 놓여 있다. 어떻게 문제를 설정하느냐에 따라 재
구성 전략은 달라질 것이며 그렇게 재구성된 맥락은 또 다른 문제
설정으로 이어질 것이다.

맥락 설정과 문제 설정, 관점 설정은 서로 상하관계에 있지 않다.
왜냐하면 문제 설정이나 관점 설정이 돼야 맥락이 설정되는 것이지
만 그 거꾸로도 가능하기 때문이다. 곧 맥락이 설정돼야 문제 설정
과 관점 설정이 제대로 될 수 있다.

이 글의 논지로 볼 때 맥락 설정, 문제 설정, 관점 설정은 맥락

구성, 문제 구성, 관점 구성으로 말을 바꾸어도 좋을 것이다. 다만 필자가 '설정'이란 말을 선택한 것은 구성에서의 실천 전략을 강조하기 위해서다. 여기서의 구성은 수동적으로 이루어지는 것이 아니라 능동적, 적극적 실천에 의해 이루어지는 역동적 구성체이다. 데리다와 보드리야르가 주체의 중심 설정을 비판하고 부정한 것은 옳다. 다만 그들은 그들의 적극적 글쓰기 실천을 통해 주체로 구성되었다는 점이다.

맥락 설정은 담론 실천의 조건이자 과정이다.

3장 언어전략과 언어 분석

1. 머리말

  요사이 화용론이나 사회언어학의 발달로 언어 행위와 언어 실천에 대한 논문이 쏟아지고 있는 것은 반가운 일이다. 그런데 그런 논의의 중심에 있어야 할 '언어전략'에 관한 논의는 거의 없다. 물론 담화 전략이나 대화 전략에 관한 논문은 많지만 그것은 특정 상황에서의 언어전략을 다룬 것이지 언어전략 자체의 특성이나 본질, 의미 등을 다룬 것은 아니다. 따라서 이 글에서는 언어전략의 핵심 맥락을 다룬다.[32]

  언어 운동뿐만 아니라 적극적인 언어 행위나 언어 실천에서 중요한 것은 바로 언어전략이다. 어떤 전략으로 언어 실천을 하느냐가 중요하다. 그렇다면 '언어전략'의 개념과 자리매김, 유형과 언어전략이 이루어지는 맥락을 깊이 파고들 필요가 있다. 특히 언어 실천과

---

[32] 사실 이 글을 쓰게 된 것은 이러한 연구사적 동기보다는 언어 운동을 오랫동안 해 온 경험과 노무현 전 대통령의 언어 행위에 대한 사회적 관심이 중요한 촉발점이었다. 노무현 전 대통령의 언어도 단지 '솔직하다', '경솔하다' 따위의 단순 평가만으로 치부할 수 없다. '언어전략' 차원에서 차분하게 평가할 필요가 있다.(이 글 후반부에서 다시 논의)

언어 운동의 바탕이자 그 과정을 포괄하는 언어전략의 일반적 흐름
을 정리하고자 한다.

2. 언어전략의 개념 전략

우리는 말하고 듣고 읽고 쓰는 모든 행위를 언어 행위라고 부른
다. 언어 행위 중에서 특별한 의도나 목표를 가지고 실행하는 언어
행위를 언어 실천이라 구별한다. 다시 말해 모든 사람들이 말하고
쓰는 행위를 실천한다고 말하지는 않는다. 언어 행위는 개인적인 성
격이 강하지만 언어 실천은 사회적 성격이 강하다. 언어 실천을 사
회 운동의 주요 전략으로 삼는 것을 언어 운동이라고 할 수 있다.
다시 말하면 언어 실천을 집단적으로 지속적으로 벌이는 것이 언어
운동이다. 이렇게 보면 언어전략은 언어를 통해 뭔가를 이루려는 언
어 실천의 총체적인 맥락을 말한다.[1]

언어전략 1   언어전략 2   언어전략 3

↓   ↓   ↓

언어 행위   >   언어 실천   >   언어 운동

〈그림 1〉 언어전략의 자리매김

---

1) 전략이란 말은 주지하다시피 전쟁 용어가 일반화된 것이다. 전쟁 논의나 북한에서는 전략과
전략의 구체적 수행 과정인 전술을 구별하지만 '전술'은 일반 용어로는 쓰이지 않는다. 여기
서 쓰는 '전략'이란 말은 '전술'의 개념을 포괄하는 것이다. 과정의 구체성을 함의하기 때문이
다. 전략에 대한 일반적인 논의에 대해서는 이도영(2000: 161 - 2)에 잘 정리되어 있다.

위 그림은 언어전략의 상대적 의미 강도를 보여 준다. 언어 행위 속에서의 언어전략은 소극적인 언어전략이고 언어 실천을 이루는 것은 보통의 언어전략이고 언어 운동을 이루게 하는 것은 적극적인 언어전략이라 볼 수 있다.

결국 모든 언어 행위 자체가 언어전략으로 구성될 수 있다. 그렇다고 모든 개인이 일상생활에서 말하고 쓰는 행위가 다 언어전략이 되는 것은 아니다. 언어전략으로 설정되기 위해서는 몇 가지 조건을 충족해야 한다. 첫째 목적과 목표가 뚜렷해야 한다. 언어 실천을 통해 무엇을 이루고자 하는가가 분명해야 한다. 인간의 행위치고 목적이나 목표가 없는 것은 없다. 막가파조차도 그냥 막 살자는 목적이 있다. 문제는 목적이나 목표가 언어 실천을 통해 가시화되어야 한다는 것이다.

둘째는 목적을 이루기 위한 중요한 수단으로 언어가 설정되어야 한다. 어떤 목적을 이루기 위한 수단은 수없이 많다. 데모를 할 수도 있고 걸개그림을 그릴 수도 있다. 수많은 수단 가운에 언어라는 수단을 택한 나름대로의 의도가 소중하다는 것이다. 이는 언어의 사회적 가치나 상징성을 중요하게 여긴다는 측면도 될 수 있다.

셋째는 사회적 의미와 효과에 대한 전망이 있어야 한다. 어떤 목적을 이루느냐 못 이루느냐도 중요하지만 언어전략 차원에서는 어떤 사회적 의미가 있고 그로 인해 어떤 효과(의미 작용)가 있는가가 중요하다. 그렇다고 목적을 못 이뤘다고 해서 그것이 의미가 없거나 언어전략으로서의 효과가 없다는 것은 아니다. 어떤 의미가 있는가 또는 어떤 효과가 있는가에 대한 정도 차이만 있을 뿐이다.

이런 효과에 대한 전망은 특별한 논의는 아니다. 목적과 목표를 설정한다는 것 자체가 어떤 수단과 과정에 대한 효과를 염두에 둔 것이기 때문이다. 결과가 있어야 꼭 효과가 있는 것은 아니다. 결과는 없어도 효과는 있다. 목적을 꼭 이뤄야 언어전략이 성립할 수 있는 것이 아닌 것처럼 목적을 이루지 않아도 언어전략에 따른 효과는 얼마든지 있을 수 있는 것이다.

세 가지 조건 속에 언어전략의 중요한 특성이 함의되어 있다. 첫째 조건과 셋째 조건은 맥락과 담론이란 특성을 통해 설명할 것이다. 둘째 조건은 따로 논의하고 이를 바탕으로 언어전략의 구체적 사례와 기본 흐름을 살펴볼 것이다.

언어전략은 언어 실천의 결과보다는 과정 중심의 말이다. 내가 또는 누군가가 어떤 언어전략을 가지고 무엇을 이루고자 하는가가 중요하다. 그러나 이런 측면은 일단 가시적인 것이 아니기 때문에 거꾸로 추적하는 방식을 통해 그 실체를 밝히기로 한다. 따라서 이 글은 이미 이루어진 또는 일정한 효과를 발휘하고 있는 언어 실천 결과물을 가지고 주로 논의하게 된다.

3. 언어전략의 일반 특성

3.1. 맥락과 담론으로 본 언어전략

언어의 의미와 가치는 언어 그 자체의 특수성도 중요하지만 근본적으로는 언어를 부려 쓰는 사람들과 그 맥락에 있다. 정치인들이

"국민을 위하여, 국민의 뜻에 따라"라는 말을 자주 쓰지만 역시 누가 어떤 맥락에서 말하느냐에 따라 의미가 사뭇 달라진다. 진정 그들이 섬기고자 하는 국민인지 아니면 유권자로서의 국민인지, 아니면 지역구민을 뜻하는지가 다르다는 것이다. 다만 이런 말을 쓰는 정치인들의 구체적인 언어전략은 다양하지만 공통적인 '국민'이란 어휘를 선택한 이면은 비슷할 수 있다. 국민을 위해 생각하고 실천한다는 의도나 맥락을 보여 주어야 유리하다는 것을 은연중에 드러낸 것이기 때문이다. 물론 그들의 언어전략은 성공할 수도 있고 실패할 수도 있다. 성공하는 경우도 진심과 효과가 일치해서 성공하는 경우도 있고 국민을 그들의 의도대로 속게 해서 성공하는 경우도 있다. 사기가 이뤄졌다고 성공이란 말을 쓰기는 민망하지만 그들의 전략 차원에서는 그리 표현할 수도 있다는 것이다.

따라서 담론 차원에서는 누가 무슨 말을 했는가가 중요한 것이 아니라 그가 왜 그런 말을 했는가가 중요하다는 것이다. 조선일보 담론이라고 하면 그것은 조선일보의 언어전략과 조선일보를 자주 보는 사람들의 언어전략의 총체이다. 언어전략은 바로 언어를 통해 맥락을 구성하는 담론 행위이다. 그러니까 담론은 어떤 현상이나 사건을 있는 그대로 보는 것이 아니라 주로 그런 사건이 왜 일어났는지의 맥락을 본다.

그리고 담론은 사회적 언어는 기본적으로 권력이나 이데올로기의 결과물이라는 차원에서 출발한다. 언어는 가치중립적이지 않다. 이를테면 신문의 단순 보도문이라 할지라도 거기에는 그 신문사의 이데올로기나 권력이 깔려 있다. 왜냐하면 수많은 사건 가운데 그 사건을 선택한 것은 그 사건에 특별한 의미를 부여했기 때문이다. 곧 그것은 신문사 언어전략의 결과물이라는 것이다. 어떤 언어전략을 쓰느냐에 따라 언어의 이데올로기 성격과 정도나 효과가 달라진다.

그렇다면 담론이라는 측면에서 언어전략이 어떻게 작동되는지가 중요하다. 언어전략은 맥락에 의한 담론 과정이기 때문이다. 그런 담론 과정에서 중요한 것은 담론을 촉발시키고 그 과정에 일관성과 의미를 부여하는 문제 설정이 중요하다. 특히 어떤 관점에서 문제 설정이냐에 따라 언어전략과 담론은 달라진다. 언어전략은 의도나 목적이 중요한데 그런 측면은 문제 설정에서 출발하기 때문이다. 노무현 전 대통령 특유의 화법에 대해 이의를 제기하는 사람들의 문제 설정은 크게 두 가지다. 하나는 경솔하다는 쪽이고 또 하나는 솔직 담백하다는 것이다. 노 전 대통령은 토론공화국과 권위주의 타파라는 언어전략의 목적을 드러냈지만 이에 대한 반응은 가지각색이고 당연히 이 문제에 대해 공개적인 문제를 제기하는 사람들의 언어전략도 다를 수밖에 없다. 경솔하다는 쪽은 주로 야당이나 조중동 쪽이다. 경솔함을 부각시킴으로 해서 노무현의 자질이 부족하다거나 발언 내용 자체에 대한 비판을 하고 있는 것이다. 긍정적으로 보는 사람들은 권위주의 독재 시절의 대통령 말보다는 훨씬 낫다는 것이다. 겉으로 번지르르한 독재 대통령의 말보다는 차라리 솔직한 화법이 더 의미가 있다는 것이다. 이런 양면적인 문제 설정 가운데서 다음과 같은 신중론도 있다.

―앞 줄임―
국정 운영의 평가기준이 될 수 없는 말실수나 불안이라는 막연한 심리보다 실제 정책을 가지고 엄밀하게 평가해야 한다. 무엇보다 현재

움츠리는 후퇴를 멀리 나가는 뜀박질로 만들어야 한다.—2003 / 06 / 30 OhmyNews, 김현식 기자, 노무현의 '말실수'와 솔직 코드의 딜레마

위와 같은 관점은 비판적 지지 관점이다. 노 전 대통령의 솔직하다는 언어전략의 맥락을 분석한 뒤 말보다는 실제 정책 문제로 평가하자고 문제를 제기하고 있다. 이 글에 대한 댓글을 보면 맥락에 대한 문제 설정의 다양한 영역을 알 수 있다.

> 마귀가 배꼽 쥐어 짤 소리 다 하시네. 노무현이가 말실수를 해? 노무현이가 솔직해? 미친 새끼. 노무현이가 뭐 그리 희망이 있다고 두둔하나? 좀 솔직하게 밝혀라. 너도 노무현이처럼 건방 떨지 말고. 노무현이가 미국에 기어 들어가서 미친 개 부시 앞에서 굽실거리며 미친개한테 별의별 아첨을 다 떨면서, "미국이 일본과 힘을 합쳐서 북한을 핵폭탄으로 핵폭격해서 우리 민족을 모조리 멸망시켜 주십시요"라고 주문했던 놈이다. 이것이 말실수인가?—뒤 줄임, 뭐? 노무현이 말실수를 하고 솔직하다고?—개코다(imin530727), 2003 / 07 / 01 오후 4: 52: 13

이 글은 익명을 허용한 조건을 이용해 솔직하거나 과격한 언어전략을 통해 반론을 제기하고 있다. 앞의 기사문이 노 전 대통령의 미국에서의 언어전략을 과도한 솔직함으로 보고 있는 반면에 위 글은 오히려 위선과 거짓 맥락에서 문제를 제기하고 있는 것이다. 물론 이와 같은 어법은 노무현 반대론자들에게는 통쾌한 효과를 던져 줄 수 있지만 찬성론자들에게는 오히려 토론과 소통을 막는 효과를 가져올 수도 있다.[2] 이처럼 담론 차원의 언어전략은 그 섬세한 과정과 서로

다른 효과 차이를 중요하게 여긴다.

결국 담론에서 중요한 것은 어떤 주장이나 의미 그 자체보다는 왜 그런 주장이나 의미를 부여했는가이다. 그러다 보니 결과보다는 과정이나 배경을 더 중요하게 여긴다. 다음으로 담론에서 중요한 것은 담론이 생산되는 구체적인 현실적 조건이다. 그리고 담론이 맥락에 따라 다르게 구성되거나 실천되는 것이라면 주체의 역할이 중요할 수밖에 없다.

마지막으로 담론에서 중요한 것은 의미 작용과 효과이다. 여기서의 의미 작용은 전달하고자 하는 내용만을 얘기하는 것이 아니라 내용이건 형식이건 왜 그런 의미를 전달하고자 하는가에 대한 동기나 과정에서부터 그러한 의미 생산이 주는 효과와 가치를 모두 아우른다.

3.2. 언어 도구 관점과 언어 정신 관점으로 본 언어전략

언어전략은 언어에 관한 두 가지 관점이 전제된 것이다. 하나는 언어가 도구로서의 효용성을 가졌다는 것이고 또 하나는 언어가 사회적 가치나 상징을 표상해 준다는 것이다.

언어전략은 언어의 능동적이면서도 사회적인 효과를 전제로 한다. 언어는 그 자체가 상징적 실체이면서 무언가를 전달하는 매체(수단)이기도 하다. 언어는 도구인가 정신인가 묻는 것은 이분법일 수 있다. 도구일 수도 있고 정신일 수도 있다. 앞에서 논의한 대로 도구라

---

2) 사실 노무현 대통령의 미국 발언은 이런 식으로 몰아붙일 수 없는 문제가 있다. 당선 전 반미 발언에 따른 노 대통령 개인의 특성과 빼지도 박지도 못하는 한미 특수 관계, 미국의 오만, 노 대통령 반미 발언에 따른 미국의 교묘한 전략 등이 뒤엉킨 가운데 나온 발언이다.

는 성격도 정신이라는 성격도 맥락에 의해 이루어지는 것이므로 어떤 맥락에서 어떤 도구로 쓰이느냐 어떤 정신성 또는 상징성을 표상하느냐가 중요하므로 도구와 정신은 서로 다른 차원의 말일 수 있고 단순 대립어가 아니라는 점이다.

도구라고 설정하더라도 문제는 '도구 / 수단 − 목적'을 이분법적으로 바라보는 태도를 경계해야 한다. 망치는 못을 박는다는 상황에서는 못을 박기 위한 도구이지만 망치를 생산하는 공장에서는 망치는 목적이 된다. 설령 도구라 할지라도 그때의 도구는 단지 목적만을 위한 단순한 도구가 아니라는 점이다. 못을 박는 사람에게는 생계수단으로서의 의미도 있고 더욱 중요한 것은 못 박기라는 행위 속에서 뭔가를 만든다든가 건설한다든가 하는 총체적 행위를 위한 중요한 의미를 지니고 있다는 점이다. 수단과 목적의 관계는 고정적이지 않다. 못 박기는 망치와의 관계 속에서는 목적에 해당되지만 만드는 물건과의 관계 속에서 보면 수단으로 구성된다. 결국 못이건 망치건 왜 못을 박아야 하는가라는 맥락 속에서 나름대로의 중요한 의미를 지니고 있다는 점이다. 중요한 것은 어떤 망치로 어떤 못을 박아 무엇을 왜 만들었는가가 중요하다. 모로 가도 서울만 가면 된다고 목적만을 강조하는 세태는 잘못된 것이다. 어떻게 가느냐가 서울에 도착하는 것 자체보다 더 중요할 수 있다. 그리고 그보다 더 중요한 것은 왜 서울에 가느냐이다. 그러므로 한글운동 차원의 언어전략에서 특정 언어는 사회 모순을 개선하고자 하는 수단이기도 하지만, 그런 언어 자체가 목적이기도 하다.

언어 정신론의 경우는 언어는 사회적 약속이라는 관점과 앞에서 언급한 언어의 이데올로기 따위의 가치 지향성을 생각하면 알 수 있는 문제이다. 그런데 언어 도구론에서는 수단과 목적의 이분법을 경계해야 했듯이 언어 정신론의 경우는 과도한 언어 중심주의를 경계해야 한다. 사실 언어전략은 언어를 통해 뭔가를 이룰 수 있다는 신념이나 이상에서 출발하는 경우가 많으므로 기본적으로 언어 중심주의에 빠질 가능성 자체를 내포하고 있어서 이 문제는 아주 중요하다.

언어에 절대적 가치를 부여하는 것을 언어 중심주의라고 한다. 이를테면 유태인들이 그들의 언어를 보존해서 나라를 되찾았다는 논리나 만주족이 만주 말을 잃어버려서 망했다는 논리가 그것이다.[3]

유태인들이 나라를 되찾을 수 있었던 것은 탈무드로 상징되는 그들만의 독특한 교육 전통이 중요한 역할을 하고 또한 각 지역 경제에 잘 적응한 경제능력, 거기다 영국을 비롯한 일부 강대국들의 영향력으로 나라를 다시 세울 수 있었던 것이다. 물론 그들만의 언어 보존이 교육 전통에서 중요한 역할을 한 것은 사실이지만 그렇다고 언어에만 지나친 가치를 부여할 수는 없다. 만주 말의 경우도 같은 이치다.

우리 사회에서 언어 중심주의의 대표적인 예는 한글전용 논쟁에서 찾아볼 수 있다. 한글전용을 해야만 제대로 된 민주주의 민족주의를 이룰 수 있다는 사람들도 있고, 한자를 섞어 써야 전통문화를 계승하고 동음이의어 따위의 언어 모순을 바로잡을 수 있다는 사람들도

---

3) 히브리 말은 3300여 년의 역사를 가진 말로서 세계 모든 사람들이 애독하는 성경책을 비롯하여 많은 훌륭한 책들이 히브리 말로 박혀 나왔던바, 세계 문화를 일으킨 가장 오래된 말이다. 그 뒤 2천여 년 동안이나 자기 말을 잃고(국어로서) 살아오던 이스라엘 사람들이 1948년(5월)에는 나라를 되찾고 히브리 말을 국어로 정하여 일상생활 말로 쓰기 시작하였다. 말이 살아 있으니 끝내 나라를 되찾고 마는 좋은 보기를 세계사에 남겼다. 300여 년이나 나라를 지니고 있던 청나라는 말(만주 말)을 잃음과 함께 겨레도 사라지고 말았다. ─ 려증동(1982) 47쪽.

있다. 한글전용이 거의 이루어진 요즈음이지만, 우리는 민족주의 민주주의와 거리가 먼 정치 한가운데 있고 한자 혼용론은 더더욱 말이 안 된다. 한글전용이 민주주의나 민족주의를 제대로 이루게 하기 위한 가장 기본적인 수단이거나 전제 조건은 될 수 있을지언정 필연 조건은 아닌 것이다. 한자 혼용론의 경우도 한자에 지나친 가치를 부여한 것이다. 한자를 혼용하면 전통문화의 방대한 유산을 오히려 차단하는 효과를 가져올 수도 있다. 신세대의 한자 거부감이 전통문화에 대한 단절과 거부감을 부추길 수도 있기 때문이다. 한자 혼용론자들의 동음이의어 동기론은 언어의 본질에 어긋나는 주장이다. 어떤 언어든(한자를 포함하여) 동음이의어가 있게 마련이고 그것은 맥락에 의해 구별되는 것이 언어의 본질이기 때문이다.

이런 관점에서 언어전략을 제대로 이해하고 실천하기 위해서는 언어 중심주의 오류에서 먼저 벗어날 필요가 있다. 그러니까 언어전략은 삶 실천에서 언어의 구실과 가치를 높게 설정한 것이지만 그렇다고 언어에 절대적 가치를 부여하는 것은 아니다.

물론 언어 중심주의 오류를 비판한다고 해서 언어의 중요성을 부정하는 것은 아니다. 언어 중심주의에서 벗어날 때 언어의 참가치를 주목할 수 있다. 돈에 절대적 가치를 부여하거나 돈만 밝히는 사람은 돈의 참가치를 모르는 이치와 같다.

3.3. 언어 기능의 양면성으로 본 언어전략

그렇다면 이제 언어가 도구냐 정신이냐 묻는 것은 무의미하다. 도구와 정신이 반의어도 아닐뿐더러 문제는 어떤 도구냐 어떤 정신이냐가 중요하다. 도구건 정신이건 그것이 우리 삶에서 차지하는 의미가 무엇이냐를 보면 그런 이분법적 질문은 별 가치가 없음을 알 수 있다.

그렇다면 우리가 언어전략을 강조하는 이유는 무엇인가. 그것은 바로 언어는 삶 실천의 주요 전략 도구로서의 중요한 의미를 지녔다는 것이다. 그런 만큼 사회 변화에서 커다란 구실을 한다는 점이다. 이러한 유용성을 강조할 때 우리는 언어의 양면성을 주목해야 한다. 이러한 언어의 양면성 가운데 어느 한쪽을 지나치게 강조하는 것이 언어 중심주의 논의이지만 여기서는 극단적인 양면성을 주목하는 것 자체가 언어전략의 중요한 전략이 된다. 언어의 사회적 구실을 강조한 두 글을 보자.

<가> 우리의 문화 창조는 우리 겨레의 얼의 힘에 의한 것이며 또한 우리 겨레의 얼을 빛나게 하는 것을 지향한다. 우리가 언어의 세계상과 거기에 살아 있는 얼을 이해하면 언어가 역사를 이끌어 가는 힘이라는 것을 쉽게 알 수 있다. 물론 이미 하나의 낱말이나 하나의 특수한 언어 표현이 역사를 지배할 수도 있다는 것을 부인할 수 없다. “평등” “우애” “자유”라는 말이 혁명의 불길에 부채질하였고 “은혜를 통한 구원”이라는 말이 종교개혁가의 마음에 초인적인 힘을 주었으며 “부르주아”와 “프롤레타리아”라는 말을 모든 사람들의 사회를 관찰하는 눈을 일정한 형식으로 고정시킴으로써 역사를 뒤흔들어 놓았다. 이론적으로는 우리가 언어의 세계상이라는 것이 무엇인지를 알고 거기에 살아 있는 얼이 우리의 역사적인 삶에 대해서 무엇을 의미하는지를 알면 언어와 역사와의 관계는 분명해진다. 언어가 만일 훔볼트가 말하는 대로 참다운 “에네르기아”로서 한 민족의 전체적인 정신적 잠재력이

드러나는 길이라면 이것은 곧 역사를 이끌어 가는 힘이다.

－이규호(1968 / 1978), 99쪽

<나> 오늘날처럼 언어가 진리를 은폐하기 위해 오용되고 있는 때는 일찍이 없었다. 동맹의 배신이 유화(宥和)라고 불리고, 군사적 침략은 공격에 대한 방위로 위장되며, 약소민족의 정복이 우호 조약이라는 이름으로 행해지는가 하면, 전체 인민에 대한 잔인한 압박은 국가 사회주의의 이름 밑에서 범해지고 있다. 민주주의, 자유 그리고 개인주의라는 말 또한 이렇게 남용되고 있다.

－에리히 프롬 / 이상두 옮김(1975 / 1998), 319쪽

첫 번째 글은 언어의 역동적 힘을 주로 긍정 차원에서 설명하고 있다. 물론 이때의 긍정이라는 것은 일반적으로 또는 저자(이규호)의 관점에서 그렇다는 것이지 반드시 그렇다는 것은 아니다. 이를테면 '자유'라는 말은 프랑스 대혁명 이후 근대적 주체로서의 인간을 상징하는 말이지만 이때의 자유는 프랑스 대혁명을 주도한 부르주아 계층의 자유이지 모든 계층의 자유라고 보기는 어렵다. 이전 시기보다 상대적 자유가 늘었다고 볼 수는 있지만 진정한 평등으로서의 자유는 그 뒤 수많은 투쟁과 갈등을 겪고서였다. 물론 지금도 대부분의 나라에서는 완전한 계층 평등과 자유는 이루어지지 않고 있다.

두 번째 글은 언어의 부정 기능을 강조하고 있다. 우리도 본격적인 일본 침략의 시발점이 된 강화도 조약을 그들 관점에 따라 오랫동안 병자수호조약이라 불러 온 바 있다. 물론 지금도 대다수 사람들은 그렇게 부르고 있다. 박정희 정권 때 군사독재와 장기독재를 합리화하기 위해 전파했던 '한국적 민주주의, 유신', 전두환 정권의

'선진조국', 노태우 정권의 '보통사람들' 등 그 사례는 이루 헤아릴 수 없이 많다. 이런 경우는 부정적 기능이라고 부르기에는 어감이나 의미하는 바가 약하다. 차라리 언어폭력이라 부르는 것이 적절할 것이다.

물론 누군가가 이런 부정적 측면에서 언어전략을 구사할 수 있다. 곧 언어전략이 어떤 가치와 효과를 발휘하느냐는 역시 언어전략이 이루어지는 맥락과 주체의 구실에 달려 있다.[4] 그러나 분명한 것은 이런 부정적 언어전략이 많을수록 그야말로 보통사람들의 적극적인 언어전략이 필요하다. 바로 개입 전략이 필요하다는 것이다. 언어폭력을 휘두르는 사람들은 대개 권력을 가진 사람들이다. 세상은 제도적으로 그들이 이끌어 가게 마련이다. 그렇다면 힘없는 소수(마이너리티)가 적극적으로 개입하여 잘못된 흐름은 바로잡고 잘된 흐름은 부추길 필요가 있다. 소액주주 운동은 자본주의에 개입하여 자본주의의 잘못된 흐름을 바로잡는 좋은 전략이다. 자본주의의 꽃이라 할 수 있는 주식시장에 개입하여 소액주주가 힘을 합쳐 재벌의 횡포를 막아 낼 수 있기 때문이다. 인터넷에서 아주 많은 사람들이 각종 글쓰기를 통해 거대 주류 언론에 맞서 싸우는 경우가 바로 이런 경우이다.

---

4) 사람마다의 주관이나 개성에 따라 언어전략이 달라지고 또 그 언어전략으로 표현된 말은 듣는 이의 언어전략에 따라 또 다르게 해석될 수 있다는 것은 언어 주체의 언어 전략도 중요하지만 그보다는 언어 주체와 대상(객체)과의 상호작용이 중요하다는 의미로 해석될 수 있다. 물론 어떤 언어전략이 긍정적 기능으로 작용하는가 부정적 기능으로 작용하는가가 분명하지 않은 경우도 있다.

3.4. 언어 변화의 작위성 문제로 본 언어전략

언어전략은 언어를 통해 뭔가를 변화시켜 보겠다는 신념이나 믿음에서 출발하므로 기본적으로 아래와 같은 의문이나 문제 제기에 부닥친다.

위와 같이 언어 변화를 자연스러운 것과 작위적인 것으로 나누는 관점대로라면 언어전략의 대부분은 작위적인 언어 실천이라고 할 수 있는데 그렇다면 위와 같은 문제 설정이 정당한가 물을 수 있다. 일단 마리나 야겔로는 작위적 언어 행위를 긍정적으로 보고 있지만 그가 언어 변화를 위한 노력이나 변화 자체를 ‘작위성−자연스러움’이란 이분법으로 바라보는 관점 자체가 잘못이다. 결국 대부분의 언어는 자연스럽게 형성되었다는 것인데 자연스러움과 그렇지 않은 것의 차이나 기준은 무엇인가. 우리는 거의 없다고 본다. 언어가 근본적으로 사회적이라는 것은 언어가 사회 제도나 사회적 여러 실천 행위 속에서 형성되었다는 것인데 그런 행위 속에 자연스러운 언어 변화를 설정한다는 것은 적합하지 않다. 성차별 언어의 실상은 결국 남성 위주의 작위성의 집합이라 할 수 있다.

물론 언어전략은 의도적인 언어 실천 과정이라 할 수 있으므로 의도성의 정도 차이로 자리매김을 할 수는 있을 것이다. 우리가 언어를 통해 뭔가를 이뤄 보겠다고 하는 언어 실천과 그냥 아무 의식 없이 행하는 언어 행위와는 차이가 있기 때문이다. 이런 맥락에서 보면 의도적인 언어 실천, 비의도적인 언어 행위로 나눌 수는 있겠지만 의도적인 언어 실천을 '작위적'이라 부른다면 의도성을 억지 비슷한 것으로 평가하는 격이 된다.

야겔로 글에서 더욱 주목해 보아야 할 점은 후반부의 지적이다. 실제 변화가 먼저인가 언어 변화가 먼저인가. 바로 이런 문제다. '청소부'를 '환경미화원'으로 바꾼다고 청소부에 대한 사회적 지위와 인식이 바뀔 수 있냐는 것이다. 물론 언어만 바꾸면 된다는 논리라면 앞에서 지적한 언어 중심주의 오류가 된다.[5] 그러나 어떤 변화에서 언어가 차지하는 비중이 높다고 보면 문제될 것은 없다. 더욱 중요한 것은 어떤 것이 더 먼저냐를 따지는 것 자체가 이분법적이다.

3.5. 언어 단위로 본 언어전략

언어전략은 언어라는 특수성을 활용하는 전략이다. 그렇다면 언어의 다양한 층위에 따른 전략을 생각해 볼 수 있다. 먼저 어떤 언어 단위를 문제 설정의 핵심 수단으로 삼느냐에 따라 언어전략의 양상은 달라질 것이다.

---

5) 실제로 필자의 강의를 들은 학생들 대부분은 편부모 가정을 한부모 가정, 정상인을 준장애인이라고 부르자는 언어전략이 실제 변화에 긍정적인 영향을 미치는 것으로 동의하였다.

먼저 언어전략을 입말과 글말 가운데 어떤 것을 선택하느냐의 문제가 있다. 아래의 경우는 전화로 하는 입말 전략이 실패로 돌아가 글말 전략으로 이루어진 경우이다.

<부당한 견인·과태료 통고>에 대한 이의 제기

11월 28일 중원구청 문화센터 앞에 잠시 정차를 하였습니다. 정차한 시간은 11시 17~20분 사이입니다. 과태료 스티커 발부 시간 11: 20분, 견인된 시간 11: 30분, 도서관에서 책을 빌리고 나온 시간은 11: 40분입니다. 나와서 보니 견인조치통보서가 전봇대에 붙어 있었고 저의 차는 견인된 상태였습니다. 주차장이 아닌 곳에 정차를 한 것은 잘못된 것이라 생각합니다.
하지만,
(1) 항상 주차 되어 있는 조그마한 트럭은 과태료 처분도 하지 않고 견인도 하지 않은 상태를 11월 28일 2시경에 가서도 확인하였습니다.
(2) 성남시의 주차공간이 47%에 지나지 않는다고 중원구청 교통지도 담당자님께 들었습니다. 그렇다면 53%가 불법 주·정차라는 것인데 교통흐름에 방해를 주거나 아이들의 등하교 시간대가 아니었음에도 어떠한 경고방송이나 최소한의 유예 시간도 주지 않은 채, 기다렸다는 듯이 과태료 처분이나 견인조치 하는 것은 단속을 위한 함정 단속이라고밖에 볼 수 없습니다.
중원구청 교통담당자께 이 사실을 말하자 처음 듣는 말이라며 정색하셨습니다. 구청단속팀은 무전기 같은 것은 가지고 다니지 않고 단속을 한다고 하셨습니다. 이것은 엄연한 표적단속이며, 과잉단속이고, 함정단속이라고 강하게 생각됩니다. 무전기를 가지고 다니며 서로 끌어가라고 하는 것은 불법적인 행위가 아닐는지요?

(3) 시민들을 개선하고 지도하기 위한 단속인지 견인소의 배불리기식의
단속인지 정말 의심스럽습니다. 무전기를 가지고 다니면서 과태료
스티커 발부 즉시 견인을 해 간다면 성남시 53%의 불법 주·정
차 차량은 전부 다 견인소에 가 있어야 하지 않을는지요? 또한,
심한 교통흐름에 방해를 주는 4차선, 3차선 도로의 주·정차 차량
은 그대로 방치해 두는 조치는 어떻게 설명하실 건가요? 인력 부
족이라고 변명만 하실 건가요?

(4) 주차장 부족을 인정하시면 시민의 불편이나 교통흐름의 방해를 주
지 않는 곳은 가급적 단속이 되지 말아야 하는 것 아닐까요?

[첨부] 근거자료(생략)

이와 같은 근거로 이 처분은 부당하다고 생각되어 이의를 신청하게
되었습니다.

—강승희, 천현임—카페 장미나라(http://cafe.daum.net/roseworld)에서

공식적인 관계 개선에서는 입말 전략보다는 위와 같은 글말 전략
이 더 유용할 수 있다.

다음으로는 문제 설정의 주요 수단이나 목표가 어떤 언어 단위이
냐에 따라 담화, 문장, 어절, 낱말, 형태소, 음소 등에 따른 언어전략
이 있다. 일반적인 글쓰기와 말하기는 담화 차원의 언어전략에 해당
된다. 말하기보다는 글쓰기가 언어전략으로 더 유용하게 사용될 수
있고, 더욱이 요즈음은 글쓰기 매체가 발달돼 누구나 적절하게 활용
할 수 있다.

문장 차원의 언어전략으로 대표적인 경우는 표어나 슬로건을 들

수 있다. 이런 문장 전략은 어느 긴 글보다도 강한 힘을 발휘할 수 있다. 물론 이런 표어식의 문장이 남발되면 상투어가 되고 쉽게 그 생명력을 잃기도 한다. 김영삼 정권 때 정부에서는 '고통을 분담하자'라는 표어를 내걸었다. 겉으로 보기에는 그럴듯하지만 실제로는 고통을 노동자를 비롯한 저소득 계층에게 전담시키는 꼴이었다. 그래서 일부 대학에서는 '고통 분담은 고통 전담입니다.'라는 표어를 내걸었다. 이런 문장 전략은 김영삼 정권의 허구성을 잘 꼬집은 언어전략이었다.

다음으로 낱말 차원의 언어전략을 들 수 있다. 이른바 폭넓게 이루어지는 낱말 바꾸기 운동이 이런 경우이다. 비장애인을 정상인, 일반인이라고 부르는 것 대신에 준장애인으로 부르자는 언어전략이 있다. 비장애인을 정상인이라 부른다면 그것은 장애인을 비정상으로 보면서 차별과 억압으로 작동하는 기제가 된다. 그런데 비장애인을 '준장애인'으로 부른다면 누구나 장애인이 될 수 있는 사고 가능성이 많은 우리 사회의 실상을 보여 주면서 장애인과 비장애인의 공존을 강조하는 어휘가 될 수 있다. 결국 낱말 바꾸기는 구체적인 의미 바꾸기를 동반한다. 이를테면 서클을 동아리로 바꾸자는 것은 단순히 어휘만을 바꾼다든가 외래어를 순 우리말로 바꾸자는 차원은 아니다. 서클은 취미나 동호회 수준을 뜻하는 것이지만 동아리는 그런 의미 외에 공동체 의식을 추가한 것이기 때문이다.

동아리란 말은 1980년대 중반부터 대학가에서 쓰이기 시작했다. 원래 동아리란 말은 패거리 정도의 부정적 의미였지만 1980년대 독재 정권에 저항하고자 하는 대학가의 민중주의에 의한 공동체 의식이 민족주의 언어관과 결합되어 나온 말이기 때문이다.[6]

아예 낱말 의미 자체에 개입하는 언어전략도 있다. 이를테면 보통 '사고'라고 하면 '갑자기 뭔가 잘못된 일이 발생하여 인명이나 재산에 손실이 생긴 일'을 가리키지만 미국 핵잠수함에서의 '안전'의 의미는 '안전규칙이 지켜지지 않는 모든 일'을 사고로 본다고 한다. 그렇다면 사고공화국으로 악명이 높은 우리나라의 경우 아예 사고의 의미를 미국 핵잠수함처럼 쓰자고 제안한다면 이는 의미에 대한 개입 전략이다. 안전규칙은 어겨도 사고만 나지 않는다면 마냥 무사태평한 한국인들에게 '사고'에 대한 의미 바꾸기는 중요한 문제 설정이 될 수 있다. 설령 핵잠수함의 의미를 따르지 않더라도 안전규칙을 지키지 않는 것은 이미 잠재적 사고가 발생한 것이라 볼 수 있고 공동체 속에서 상호 존중과 배려를 깼으므로 이미 사고가 발생한 것이나 다름없다.

음소(자음, 모음)나 자소(문자 단위의 자음과 모음) 음절 단위 차원에서 개입하는 전략도 있다. 나는 삼성전자의 '훈민정음'이란 한글 문서 작성기 프로그램 반대운동(김슬옹: 1996 참조)을 해 왔는데 그것은 이 프로그램이 한글을 제대로 구현할 수 없는 완성형 프로그램에 '훈민정음'이란 이름을 붙였기 때문이었다. 완성형은 한글을 음절 단위로 인식해 자음과 모음을 따로 쪼갤 수 없는 컴퓨터 코드 처리 방식이다. 그런데 우리 한글은 소수의 자음과 모음으로 11,172자나 되는 음절을 생성할 수 있는 글자로 완성형 코드로는 당연히 한글의 장점을 제대로 살릴 수 없다. 지금은 운영체제 프로그램에서 확장 완성형으

---

6) 필자는 연세대학교 3학년(1984년) '연세대 교내 서클 연합회' 활동을 하면서 운동권 '서클' 명칭을 '동아리'로 바꾸는 운동을 폈다. 국어순화 동아리에서 쓰던 말을 다른 동아리로 확산시킨 것이다.

로 11,172자를 모두 지원해 표면적으로는 이런 문제가 사라졌다.

4. 마무리

아무리 좋은 말이라도 그것이 구체적인 실천으로 이어지지 않으면 죽은말이 되거나 상투어로 전락할 뿐이다. 제대로 된 언어 실천을 위해 언어전략이 필요하다. 그러나 언어전략이 언어 중심주의 차원에서 이루어진다면 또 다른 죽은말이나 상투어를 양산하게 될 것이다. 언어 운동가가 아니더라도 요즘 같은 대중 매체 시대, 자기 알림 시대에선 언어전략이 중요하다.

언어전략을 주로 생산자(발화자, 작자) 차원에서 다루었지만 소비자 측면에서도 똑같이 적용된다. 어휘 차원에서의 언어전략은 어휘 차원에서 우리가 제대로 받아들이거나 비판하는 전략이 필요하기 때문이다. 특히 정치권은 언어전략에 민감하다. 그래서 문민정부, 국민정부, 참여정부 등의 슬로건을 내걸었지만 실제로는 허구적이거나 기만적인 수준으로 전락했다. 그런 측면을 제대로 비판하지 않는다면 제대로 된 언어전략을 수용하고 있지 않은 셈이다.

언어전략이 진정한 언어전략이 되기 위해서는 구체적이고 총체적인 노력 가운데 수행되어야 한다. 언어전략은 단순히 언어만의 변화를 위한 전략이 아니다. 언어 변화를 통해 사회 변화, 삶의 변화를 적극적으로 추진하는 것이며, 그 중심에 언어가 주요한 수단이자 대상으로 자리 잡는다. 언어를 맥락과 담론 차원에서 바라보지 않으면 언어전략의 그러한 역동적인 측면을 잡아내거나 설정할 수 없다. 그런 점은 언어전략의 일반적 특성에 함의되어 있다.

2부 언어 분석

1장 개념적 의미와 담론적 의미

1. 문제 설정

  사람들은 대부분 동일한 의미로 인식하는 '일반적 의미'를 무의식
중에 또는 은연중에 재생산하고 소비한다. 의도적으로 그렇게 하는
사람도 있다. 학자들은 그런 의미를 '개념적 의미' 또는 '사전적 의
미'라고 이름 붙였다. 언어(국어)학자들이 그런 이름을 붙여 그런 의
미가 분명해졌으며 그러한 학자들의 분류 맥락에 몇 가지 오해가 있
다는 것이 필자가 이 글을 쓰게 된 문제의식이다. 많은 학자들이 의
미 분류에 대해서 많이 논의해 왔지만 '개념적(사전적) 의미' 설정에
대해서는 대체로 동의하고 있는 듯하다. 필자는 특히 리치(Leech
1974 / 1981)의 논의를 중심으로 오해의 본질을 비판할 것이다. 그렇
게 하는 이유는 리치의 의미 분류가 우리나라의 의미론에 막강한 영
향을 끼쳤고 지금도 의미 분류의 고전처럼 여겨지고 있기 때문이다.
먼저 리치(Leech 1974 / 1981: 9 - 12)에서 설명한 내용을 보자.

  개념적 의미(Conceptual meaning, 때때로 '지시적' 또는 '인지적' 의
미라고 부른다)는 언어소통의 중심적 요소로 폭넓게 간주된다. 그리고

필자는 이 의미가 다른 의미 유형의 쓰임새와는 달리 언어의 핵심 기능으로서 완벽한 것으로 보일 수 있다고 생각한다(개념적 의미가 언어소통의 모든 행위에서 가장 중요한 요소라고 말하는 것은 아니다.). 필자가 개념적 의미에 우월성을 부여하는 주된 이유는, 이 의미가 통사론과 음운론의 언어 단위 수준과 비교되고 관련된 조직과 비슷한 복합적이고 세련된(sophisticated) 조직을 가지고 있기 때문이다. 특별히 필자는 언어 유형화의 기본인 두 가지 구조 원리—대조성과 구조성의 원리—를 강조하고 싶다.—줄임—개념적 의미는 대조자질의 관점에서 연구될 수 있다. 이를테면 'woman'이란 낱말의 의미는 "+인간, −남성, +어른"으로 명세화될 수 있다.[1]

리치는 위와 같은 개념적 의미 외에 "내포적 의미, 사회적 의미, 정서적 의미, 반사적 의미, 연어적 의미, 주제적 의미" 등을 다음과 같이 설정하고 있다. 이러한 분류 체계는 이 글에서의 중요한 논점이므로 리치(Leech 1974 / 1981: 23)에서의 도표를 그대로 인용하기로 한다.

---

1) 리치의 의미 분류를 소개한 주요 문헌으로는 홍사만(1985: 264 − 88), 노대규(1988: 30 − 8), 김봉주(1988 / 1992: 89 − 90), 임지룡(1992: 36 − 40) 등을 들 수 있다.

1. 개념적 의미 　　또는 의의sense		논리적, 인지적 또는 지시적denotative 내용
연상적 의미	2. 내포적 의미	언어가 지시하는 것에 의해 전달되는 것
	3. 사회적 의미	언어 사용의 사회적 환경이 전달되는 것
	4. 정서적 의미	말할이 / 글쓴이의 감정과 태도가 전달되는 것
	5. 반사적 의미	같은 표현의 다른 의의sense와의 연상을 통해 전달되는 것
	6. 연어적 의미	다른 낱말의 환경에서 나타나는 경향이 있는 낱말과의 연합에 의해 전달되는 것
7. 주제적 의미		어순이나 강세를 사용하여 메시지를 구성하는 방법으로 전달되는 것

위 도표에서도 드러나지만 개념적 의미는 다른 의미와는 다른 특별대우를 받는다. 곧 개념적 의미는 의사소통의 기본이 되는 의미일 뿐 아니라 다른 의미 유형의 기반으로 설정된다. 개념적 의미에 대한 특권 부여의 자세한 측면은 3장에서 자세히 논의하겠지만 그러한 개념적 의미는 일반성과 보편성의 혼동, 맥락의 탈맥락화(탈문맥성) 등의 오해를 기반으로 하고 있다. 리치가 예를 든 'woman'의 개념적 의미 "[＋인간][－남성][＋성숙]"을 보더라도 남성 아니면 여성, 여성 아니면 남성이라는 이분법적 틀로 설정되고 있다. 당연히 그러한 이분법적 틀에는 남녀 성차별이라는 역사적, 사회적 맥락이 작용되고 있다.[2] 우연인지는 모르지만 개념 요소도 남성을 기준으로 설정되고

---

2) 리치가 상대적으로 투명하고 객관적인 듯이 보이는 개념적 의미에 집착하는 이유는 그가 의미론을 보는 관점을 보면 쉽게 드러난다. 리치는 의미론을 수학 또는 순수과학과 비슷한 학문으로 설정하고 있다(Leech: 1974 / 1981: introduction: xii). 따라서 리치가 음운론 따위에서 정확한 분석방법으로 차용하고 있는 이분 자질을 개념적 의미 분석에 적용하고 있는 것이다.

있다(-남성). 더욱 문제가 되는 것은 이러한 개념적 의미는 사전적 의미라는 이름으로도 불리는 데서 알 수 있듯이 사회의 잘못된 통념(통상 개념 또는 통상 관념)과 밀접한 관계를 맺고 있다는 것이다. 이러한 측면을 자세히 분석하기 위해서 우리는 맥락과 담론에 대한 치열한 인식을 필요로 한다.

2. 개념적 의미 설정 맥락에 대하여

필자는 김슬옹(1996ㄱ)에서 김영삼 정권의 어휘를 분석하면서 어휘 의미를 개념적(사전적) 의미와 담론적 의미로 나누고 두 의미가 상호 역동적 관계에 있다고 하였다.[3] 이를테면 '문민정부'라는 의미를 담론 주체나 맥락에 따라 서로 다르게 설정하면서도(담론적 의미) 동일하게 인식하는 의미 영역(개념적 의미)과의 상호 관계를 설명하고자 함이었다. 기존의 문제 틀을 그대로 답습한 결과였다. 물론 상호 역동적인 연계관계를 강조하긴 하였으나 역시 문제의 틀을 벗어

---

[3]

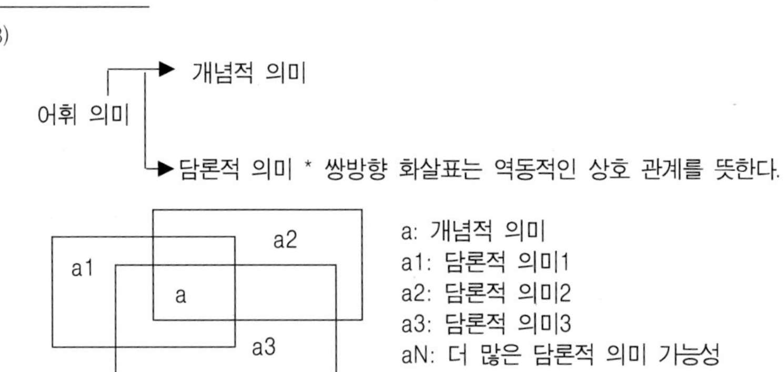

난 것은 아니었다. 이제 개념적 의미도 일정한 맥락이 개입한 담론적 의미로 보고자 한다. 어째서 담론적 의미인지 여러 가지 성격으로 나눠 규명하겠다. 물론 이러한 측면은 담론에 대한 많은 논의와 언어철학, 인지언어학, 화용론 등 각각의 이론적 입장에 따라 다양한 논의가 있어 왔다(이 글의 논의와 참고문헌 참조). 그럼에도 필자가 이런 측면에 더욱 주목하는 것은 1장에서 밝힌 바와 같다. 곧 사회의 일반적 통념의 영향이 얼마나 큰 것인가는 진작부터 알고 있었지만 이번 기회에 그것을 언어에 대한 사회적 인식과 학자들의 의미 분류체계에 접맥시켜 구체적으로 사고하게 된 것이다.

개념적 의미 설정의 첫째 문제는 일반성에 관한 것이다. 개념적 의미의 설정 준거의 핵심은 일반성이며 여기서 문제가 되는 것은 일반성을 보편성으로 착각하거나 위장하는 전략이다. 일반성과 보편성은 중요한 차이가 있다. 일반성은 대부분이 그렇다는 것이고 보편성은 모두 그렇다는 것이다. 일반성은 일부 예외가 있더라도 그것이 소수라면 상관이 없다. 이렇게 소수를 무시하는 가운데 일반성의 권력이 성립하게 된다.

일반화 과정 자체가 지극히 맥락적이다. 가부장제 이데올로기에 찌든 사람과 이를 반대하는 사람이 처녀의 의미를 일반화하는 과정이 같을 리가 없다. 필자가 여기서 지적하고 싶은 것은 일반성의 함정이다. 일반성을 사람들은 보편성으로 착각하거나 위장한다.[4] 처녀의 개념적 의미에 '−성적 경험'이 들어간다고 대부분의 사람들이 생각할지라도 그렇게 생각하지 않는 사람도 있다. 그래서 '숫처녀'라

---

4) 황병순(1996: 20)에서는 개념적 의미를 "이는 단어에서 추출해 낼 수 있는 가장 보편적이고 공통적이며 핵심이 되는 의미이다."라고 설명하고 있다.

는 말이 생긴 것 아닌가. 문제는 '−성적 경험'을 보편적 개념 요소로 몰아붙이는 데 문제가 있다. 여기서 통념의 함정이 생겨난다. 통념 가운데는 옳은 것도 있고 그른 것도 있지만 양적 담론에 의해 무조건 옳은 것이거나 무조건 옳지 않은 것처럼 생각하기 쉽다. 김봉주(1988 / 1992: 91−4)에서의 설명처럼 개념이나 관념이 모두 개념적 의미가 되는 것은 아니다. 마찬가지로 통념이 모두 개념적 의미로 되는 것은 아니다. 그러나 사회적 함의를 띠는 상당수의 개념적 의미는 통념에 기반하다. 처녀의 개념적 의미는 당연히 우리 사회의 성차별 통념이 개입된 것이다.[5] 또한 통념이 개념적 의미에 기반하는 것도 분명하다. 따라서 개념적 의미는 통념과 같은 범주가 되거나 통념의 하위 구성요소가 된다. 처녀는 성적 경험이 없는 결혼 안 한 여자라는 개념적 의미는 곧바로 통념으로 작동하거나 아니면 "자고로 남자는 처녀와 결혼해야 한다."는 대다수 남자들의 통념은 바로 앞에서 지적한 개념적 의미에 기반한다. 결국 잘못된 통념은 당연히 인간 차별, 인권 억압으로 이어질 수 있는 기반이 되거나 구체적 사실이 될 수 있다.[6]

개념적(문자적) 의미의 통념 성격에 대해서는 오래전부터 지적되어 왔다. 김봉주(1988 / 1992: 85)에서 "문자적(개념적) 의미는 어휘론 중에서는 기호화된 개념을 말하며, 어휘적 의미이다. 그것은 그 언어

---

5) 조의연(1996: 123)에서도 "'bachelor'에 관련된 의미 현상은 더 나아가 그 사회가 가지는 남성과 여성의 차이에 대한 편견에 기초하는 경우를 보여 주기도 한다."라고 설명한 바 있다.
6) 그래서 남성들은 결혼한 여자가 처녀가 아니라고 결혼한 지 며칠 안 돼 몹시 싸우거나 이혼하는 경우가 많다고 한다. 자신은 숫총각이 아니면서 여자가 숫처녀가 아닌 것을 용서하지 않는 것이 우리나라 남성들의 일반적 태도이다. 이 얼마나 무서운 통념인가. 여자에 대한 진실한 사랑보다는 사회의 잘못된 통념의 노예가 된 경우이다.

사회의 통념으로 고정되어 있어 기준 의미가 된다."라고 지적했다. 문제는 통념이 곧 개념적 의미가 우리를 억누르는 족쇄가 될 수 있음을 너무 가볍게 보아 온 점이다. 개념적 의미는 언중들에게는 사전적 의미로 유포되고 있다. 사전은 보통 기본적인 의사소통의 필요성 때문에 만든 것이지만 그런 만큼 통념의 함정을 담고 있다. 사전은 이데올로기 말뭉치다.[7]

통념은 일반성을 전제하였기 때문에 언중들에게는 무의식화된 개념으로 떠돌곤 한다. 그래서 보통 사람들에게는 개념적 의미의 특수적 맥락이 쉽게 인식되지 않는다. 데리다가 형이상학에 대한 해체 전략 속에서 개념적(추상적) 의미는 감각적 수사를 숨기고 있다고 끊임없이 지적하는 것도 이런 맥락이라 볼 수 있다(데리다 / 김보현 편역: 1997: 3장 참고). Gibbs(1994)는 2장에서 문자적(개념적) 의미의 형성 맥락에 대해서 시와 관련시켜 자세히 논하고 3장에서 비유적 언어(figurative language)나 비문자적 의미(nonliteral meaning)를 이해하는 데는 특별한 인지 과정을 필요로 하고 문자적 의미(literal meaning)를 이해하는 데는 정상적(normal) 인지 과정을 필요로 한다고 생각하는 전통적 견해의 모순에 대해 지적하고 있다. Lakoff & Johnson(1980: 10)에서 "우리에게 어떤 개념의 한 측면을 다른 개념의 관점에서 이해하도록 해 주는 체계성은 필연적으로 그 개념의 다른 측면들을 은폐할 것이다(노양진, 나익주 옮김 1995: 29)"라고 한 것도 같은 맥락이다.

---

7) 사전적 의미는 보통 사전에서 설정한 기본 의미 또는 중심 의미를 말한다. 사실 사전은 중심 의미만을 다룬 것이 아니기 때문에 당연히 사전에 실린 의미가 다 사전적 의미는 아니다. 그러나 중심 의미로 설정된 것은 대개 개념적 의미이므로 이를 사전적 의미라 해도 무방하다. 필자는 사전을 이데올로기 말뭉치로 보므로(김슬옹: 1996ㄷ) 그런 맥락이라면 개념적 의미를 사전적 의미로 하는 맥락은 이 글의 취지에 잘 들어맞는다.

곧 개념적 의미는 비개념적 여러 요소의 설정에 의해서만 가능하다
는 것이다. 결국 통념은 다양한 개념 중에서 가장 많이 쓰이는 개념
을 선택한 것이다. 그러한 선택 과정, 일반화 과정에서 특정 관점과
이데올로기가 개입한다. 아래와 같은 예를 보자.

　　　　흑인1: 얼굴이 검은 사람

　위와 같은 개념적 의미는 객관적 사실(피부색)을 바탕으로 했기 때
문에 이데올로기적 맥락을 부정할지 모른다. 그러나 위와 같은 낱말
이 쓰이는 담론 공간을 미국으로 옮겨 보자. 이 개념은 피부색을 일
반화시킨 개념인데 흑인의 일반적 삶의 양태를 개념화시키지 않고 지
나치게 추상적 개념으로 설정했음을 알 수 있다. 미국 흑인들의 일반
적 삶을 바탕으로 개념적 의미를 설정했다면 다음과 같이 되어야 할
것이다.

　　　　흑인2: 얼굴이 검어서 차별받는 사람

　흑인2는 피부색뿐만 아니라 살아가는 모습까지 일반화시켰다. 곧
흑인1은 흑인의 구체적으로 살아가는 모습을 배제시켰다는 점에서
흑인 차별 이데올로기를 재생산하는 셈이 된다. 흑인은 단지 얼굴이
검은 사람이 아니다. 그래서 그들이 살아가는 모습이 중요하지 단지
추상적(비현실적)인 그런 개념 설정이 중요한 것은 아니라는 점이다.
특정 관점이나 이데올로기에 의한 개념적 의미는 다른 방식의 의미
를 은폐하거나 인식을 방해한다. 흑인1이 담론적 의미라는 또 다른

이유는 맥락에 따라 효과가 다를 수 있다는 점이다. 다음과 같은 보기를 보자.

유명한 흑인 사회학자 한 사람이 자기 사춘기 때의 경험을 이야기했다. 그는 고향을 멀리 떠나 흑인들이 좀처럼 보이지 않는 지역에 차를 편승하여 여행하였는데, 아주 친절한 백인 부부와 친하게 되었다. 이 부부는 줄곧 그를 '작은 깜둥이(little nigger)'라고 불렀다. 그는 부부의 친절에 감사하면서도 참을 수 없이 감정이 상했다. 마침내 용기를 내어 백인 남자에게 자기를 그 '모욕적인 말'로 부르지 말라고 말했다.
  "누가 모욕을 해, 이 사람아" 백인의 말이었다.
  "아저씨가요 ─ 절 부를 때마다 쓰는 그 이름 말예요."
  "무슨 이름?"
  "어…… 아시면서요"
  "아무 이름도 안 불렀는데"
  "'깜둥이'라고 부르시는 것 말예요."
  "아니, 그게 어디가 모욕적인가? 자네 검둥이잖아?" ─ Hayakawa(1964: 90 ─ 1) / Leech(1974 / 1981: 44)(번역은 이정민 외: 1977: 19)

위에서 미국인은 '깜둥이'라는 멸시적인 말조차 단지 개념적 의미로서의 흑인으로 썼다고 볼 수 있다. 그러나 그 흑인에게는 그것이 단순한 개념적 의미가 아니라 백인들의 오랜 편견과 차별의 맥락으로 설정되고 있음을 알 수 있다. 리치의 말대로 "백인은 분명히 그 말의 감정적 의미를 의식하지 않고 썼다." 그러나 리치의 분류를 토대로 한다 하더라도 감정적 의미를 고려하지 않은, 구체적 맥락과 의미를 고려하지 않는 것 자체가 지극히 맥락적이요 감정적이라는 것이다.

개념은 개념화 과정 속에서 설정되는데 그 맥락은 의미를 분명하게 하거나 명백하게 하고자 하는 표면 전략과 개념화를 통해 이데올로기적 의도를 실천하려는 이면 전략이 있다. 그러한 과정에서 특정 관점과 이데올로기기 개입된다. 통념을 설정하거나 가능하게 하는 것은 이데올로기이고 통념에 의해서 이데올로기가 창출되기도 한다.[8] 결국은 통념과 이데올로기는 상호 밀접한 관계를 갖는다.[9] 개념적 의미는 그 자체가 통념이기도 하지만 더욱 통념화하려는 속성을 가지고 있고 그 맥락은 이데올로기이다.

개념적 의미와 통념과의 관련성이 중요한 것은 통념은 구체적 현실의 전제로 설정되거나 그 기반이 되어 사회적으로 악용되는 논리적 기반이 된다.

> 동성애는 변태로 비정상적 사랑이다.
> 순돌이와 만돌이는 동성애자다.
> 따라서 그들을 탄압하거나 억압할 수 있다.

> 처녀는 성적 경험이 없어야 한다.
> 순녀는 성적 경험이 있으므로 나쁘다.
> 그러므로 순녀는 결혼 과정에서 불이익을 당할 수 있다.

---

8) 인식기능을 정서기능 및 의지기능과 하나가 되게 하는 영역, 통상관념을 만들어 내고 동시에 그 통상관념에 근거하고 있는 영역이 바로 이데올로기 영역이다(아담 샤프 / 윤명노 1987: 115).

9) 비록 이데올로기와 통상관념이 서로 밀접한 관계를 가지면서 서로 영향을 미치기는 하지만, 이데올로기가 통상관념에 대해서 유와 종의 관계에 있는 것은 아니다. 왜냐하면 통상관념이 이데올로기를 형성하는 것과 같이, 이데올로기 역시 사회적 통상관념에 영향을 미치고 있기 때문이다(아담 샤프 / 윤명노 1987: 116).

연역 논리는 다 알다시피 일반적 전제로부터 논리적 타당성을 확보할 수 있는 논증 방식이다. 개연적 확률에 의존하는 귀납 논리보다 논리적 투명함과 명징성을 확보할 수 있을지 모르나 대전제나 일반적 전제에 함정이 있으면 그 논리적 투명함은 함정을 덮거나 은폐하는 무서운 논리 비약으로 이어지게 된다. 그리고 연역 논리는 귀납 논리와 동떨어져 있는 논리가 아니다. 연역 논리의 일반적 전제는 귀납 과정을 통해서 형성된 것이다. 그렇다면 불합리한 귀납 과정에 의해 형성된 일반적 전제는 잘못된 통념이 될 수밖에 없다.

개념적 의미의 둘째 특성은, 이 의미는 상대성을 지니고 있다는 측면에서 지극히 맥락적이라는 점이다. 개념적 의미를 설정하는 또는 소비하는 사람들 성향에 따라서 달라질 수 있기 때문에 상대적이고 역동적이다. 기존의 '처녀'의 개념적 의미를 보더라도 똑같은 논의 맥락인데도 '-성적 경험'을 넣지 않는 사람도 있고 넣는 사람도 있다.[10] 물론 개념적 의미는 다수 담론에서 쓰는 의미이므로 '-성적 경험'을 넣는 경우가 개념적 의미라고 할 수는 있다. 그러나 다수와 소수의 경계를 알기 어려운 경우가 많고 설령 다수의 실체가 분명하다 할지라도 늘 바뀐다는 점이며 다수가 설정되는 다양한 관계 양상에 따라 달라질 수 있다는 점이다. 소수가 다수가 되기도 하고 다수가 소수로 분화되기도 한다. 그리고 일반성과 특수성의 관계 자체가 상대적이라는 점이다.

---

10) 황병순(1996: 20)에서는 리치(Leech)의 개념적 의미를 소개하면서 '처녀'의 개념적 의미를 "[+여자, +미혼, +결혼 적령기]"로 설정하고 있다.

　　　사람: 학생
　　　학생: 중학생

　학생은 중학생에 비하면 일반성을 더 띠지만 사람에 비하면 특수적이다.

　개념적 의미의 셋째 속성으로 필자는 추상성을 들고 싶다. 추상성이라는 말은 대개 두 가지 의미로 쓰인다. 필자는 구체성에 반대되는 말로 감각적으로 느낄 수 없는 성질을 말하고 또 하나는 비현실적이라는 말로 쓰인다. 여기서 지적하는 추상성은 두 의미 모두 포함된다. 이 점을 분명히 하기 위하여 기존의 어휘 체계를 먼저 비판할 필요를 느낀다.

　추상성과 구체성의 관계를 절대적인 것처럼 생각하는 사람이 많으나 이 역시 개념적 의미 설정에서는 상대적이다. 추상성과 구체성이 절대적인 관계라는 것은 일반성과 특수성이 오로지 상대적 관계에 의해서만 설정되는 데 반해 이 관계는 감각을 기준으로 직접 느낄 수 있는 것이 구체성, 느낄 수 없는 것이 추상성이라는 것이다. 이를테면 어휘의 경우 '집'은 손으로 만질 수 있으므로 구체어이고 '자유'는 만질 수 없으므로 추상어라는 논리이다. 그러나 의미 측면에서 보면 집이라는 지시물 자체가 의미가 아니므로 그런 식의 감각 기준을 내세울 수는 없다. 자유라는 추상어도 구체적 감각을 제시할 수 있다. 누군가 자유의 의미를 표상하면서 데모를 통해 자유를 쟁취하던 그래서 박정희의 억압에서 벗어나던 구체적 사건을 바탕으로 했다면 이는 구체적 시각이라는 감각에 의존한 것이고 체험을 바탕으로 했으니 그보다 더 감각적인 것이 어디 있겠는가. 필자는 이런 논리를 통해서 이데올로기가 개입할 수 없는 것처럼 착각하는 구체어의 개념적 의미 설정에도 이데올로기가 개입할 수 있음을 언급하고자 하는 것이다. 이를테면 빈민가에서만 자란 아이와 호화 주택에서만 자란 아이의 집에 대한 개념적 의미가 같을 수는 없다. 빈민가의 아이에게 집은 가정의 행복을 가져다 줄 수 있는 이상적 공간임에 반해 호화 주택에서만 자란 아이에게 집은 단지 의식주를 해결하는 행복의 최소한의 공간이 될 것이다. 이런 식의 의미 설정의 갈등에 지배 이데올로기, 빈익빈 부익부를 열심히 창출하는 자본주의 이데올로기가 개입되어 있다. '재개발'의 개념적 의미를 누군가 '경제적으로 낙후된 지역을 더 좋은 조건으로 다시 개발함'이라고 소비한다면 이는 관료주의와 자본주의의 추악한 이데올로기를 그대로 소비하는 것이다. 우리나라 재개발은 정부와 기업, 주민이 동시에 동의하는 합동재개발이라는 방식을 채택하고 있지만 실제로는 정부와 기업, 중산층의 이익을 극대화하는 재개발이다.[11]

앞에서 일반화의 과정이 상대적이고 맥락적임을 지적한 바 있다. 추상화 과정도 마찬가지다(Rapoport 1950: 7장, 8장 참고). 1980년도의 광주 민주화 항쟁을 민주화 운동으로 보는 사람과 민주화 운동으로 보지 않는 사람은 '자유'에 대한 추상화 과정이 같을 리가 없다.

---

11) 지난 10여 년 동안 4만 2천 호의 판잣집에 살던 40여만 명이 재개발 때문에 산동네를 떠났지만 새로 지어진 아파트로 돌아온 경우는 3%도 되지 않는다. 또 이 과정에서 20여 명이 죽고 3백 명 이상이 구속됐다. 재개발 사업을 시행하게 되면, 사업 전 3천만 − 4천만 원에 불과하던 8평 무허가 판잣집이 아파트가 건립되면 최소한 1억 7천만 원에서 1억 8천만 원에 거래된다. 단순계산으로 보면 건물 1호당 1억 4천만 원 정도의 개발이익이 재개발 사업을 통해 나탄난다.—가운데 줄임—그러면 이 같은 개발 이익금은 세입자를 위해 쓰이고 있는가? 대답은 분명하다. 돈벌이의 무한한 탐욕을 위해 철거깡패를 동원해 방화 살인도 서슴지 않는 인간 말종의 현실. 바로 재벌과 김영삼 정부에게 돌아간다. − 전국철거민연합 자료집에서.

담론 주체와 관점, 이데올로기에 따라 추상화 방식이 달라진다. 그리고 필자가 여기서 강조하고 싶은 것은 구체성을 배제시킴으로써 발생하는 추상화의 비현실적 효과이다. 재개발은 분명 철거민들에게 고통을 주는 재개발인데도 불구하고 그러한 구체적 현실을 무시하고 뭔가 나은 경제직 조건을 위해 다시 개발하는 것이라고 추상화한다면 이는 은폐와 인권 억압으로 이어지는 추상화가 된다.

아래와 같은 담론도 이런 맥락과 잘 닿아 있다.

> "산에는 꽃이 가득 피어 있었다."
> 아이들에게 기행문을 쓰게 하면 이런 식의 뭉뚱그리는 표현을 많이 씁니다. 그 꽃이 진달래였는지, 개나리였는지, 벚꽃이었는지 구체적으로 쓰라고 합니다. 그제야 꽃 이름을 써 넣는 아이도 있고, 꽃 이름을 모르겠다고 난감해하는 아이도 있습니다. 대개 뭉뚱그리는 언어는 섬세하지 않은 인식의 산물이거나 무지를 감추기 위한 방책인 경우가 많습니다. 학년 말에 생활기록부를 쓰다 보면 섬세한 언어로 표현하기 힘든 아이들이 몇 명씩 있습니다. 그러면 으레 '성실하다', '근면하다', '착하다' 같은 뭉뚱그리는 언어를 쓰게 됩니다. 개학 전에 아이들 얼굴 떠올려 보며 내가 그 아이들을 얼마나 섬세하게 표현할 수 있나 살펴보는 것도 의미 있는 일이겠습니다. ─박복선(1997: 25)

구체적 사실을 지나치게 추상화시킨 위에서 인용한 표현들은 위에서의 지적과 같이 '섬세하지 않은 인식의 산물이거나 무지를 감추기 위한 방책'일 수 있다. '성실하다'는 말을 쓴 선생님은 추상적인 개념적 의미로 소비한 것이라 볼 수 있다. 물론 대다수 선생님들이 이런 언어를 쓸 수밖에 없는 학교의 비인간적 맥락을 이해 못 하는 바는 아니다.

넷째로 우리는 개념적 의미가 상대적이라는 논의에 힘입어 우리는 개념적 의미가 고정적(김봉주: 위 글 참고)이라는 인식을 바꿀 수 있다. 개념적 의미는 역동적이다. 다만 상대적 고정성을 확보할 수는 있다. 특수 문맥이나 특수 상황에 의해 결정된 다른 의미보다는 시간적·공간적 고정성을 띠기는 하지만 그래도 바뀔 수 있고 변할 수 있다.[12)]

다섯째 문제는 개념적 의미가 탈문맥, 비문맥 속에서 설정된다는 오해다. 보통 일반성과 동일성, 추상성을 지향하는 비문맥적 의미와 다양성과 구체성을 지향하는 문맥적 의미로 나누는데 그렇게 나누는 맥락에는 언어에 대한 잘못된 인식이 전제되어 있다. 언어는 문맥을 배제시킬 수 없다. 배제시켰다 할지라도 그것은 통념에 의존하는 일반 문맥을 상정한 것이라 볼 수 있다. 이 점은 앞에서도 여러 번 강조되었지만 신현숙(1987: 297)에서의 예를 가지고 생각해 보자.

---

12) 이러한 개념적 의미의 상대성과 역동성에 많이 영향을 끼치는 것은 언어와 사회를 바라보는 관점이다. 이를테면 장애인을 바라보는 관점에 따라 장애인의 의미는 달라질 수 있다.
   (1) 몸의 기능이 뭔가 모자라는 사람
   (2) 몸이 불편한 만큼 몹시 거추장스러운 사람
   (3) 몸이 불편해 차별받는 사람
   (4) 몸이 불편한 만큼 새롭게 살 수 있는 사람

   (1)과 (2)는 장애인에 대한 지극히 부정적인 관점을 내포하고 있다. 이러한 부정적인 관점 때문에 장애인을 한때는 '불구자'라고 부르기까지 한 것이다. 우리나라의 장애인들에 대한 억압적 분위기는 바로 이런 의미를 구성해 주고 있다. (3)의 관점은 장애인들이 힘들게 살아가는 우리의 현실을 적극적으로 반영해 주는 관점이다. 이러한 관점은 사실을 사실대로 표상함으로써 부정적 현실을 사회에 고발하고자 하는 관점이 내포되어 있다고 볼 수 있다. (4)번은 주로 장애인들의 인권 운동을 주도하거나 돕는 사람들의 적극적 관점이다.

호랑이가 왔다.

ㄱ. 사전 의미: 호랑이 – 오다.

ㄴ. 문맥 의미: ({ㄱ}에 초점을 두고 풀이하면, 다른 것이 아니고)
호랑이 – 오다.

ㄷ. 상황 의미: (어떤 사람을 가리키면서) 호랑이 – 오다.

ㄹ. 추리 의미: (예전에 연극에서 호랑이 역을 했던) 호랑이 – 오다.

일단 문맥이나 화맥 기타 상황이 배제되면 의미를 알 수 없다. 동물로서의 호랑이인지 호랑이 별명을 가진 사람인지 알 수 없는 것이다. 동물로서의 호랑이라고 생각하는 것은 역사적으로 형성된 일반 문맥을 상정한 것이다. 특정 어휘가 문맥 없이 존재하는 것도 아니며 문맥을 배제시킬 수도 없고 설령 배제시켰다 하더라도 그것은 일반 문맥을 상정한 것이기 때문이다.

이런 관점과 앞에서의 개념적 의미의 여러 속성을 모두를 고려해 볼 때 개념적 의미를 다른 여러 의미의 기반으로 설정되는 논리는 수정되어야 한다. 리치는 개념적 의미 이외의 의미로 설정한 '내포적 의미, 사회적 의미, 정서적 의미, 반영적 의미, 연어적 의미' 등이 다양성의 측면에서 설정된 반면에 개념적 의미는 특별 취급을 하고 있다. 곧 개념적 의미는 모든 의미의 기본이요 기반으로 보면서 다양성에서 제외하고 있다. 이런 논리대로라면 다른 의미는 아래와 같이 설정된다.

개념적 의미 + a ＝ 내포적 의미
개념적 의미 + b ＝ 사회적 의미
개념적 의미 + c ＝ 정서적 의미
개념적 의미 + d ＝ 반영적 의미
개념적 의미 + e ＝ 연어적 의미

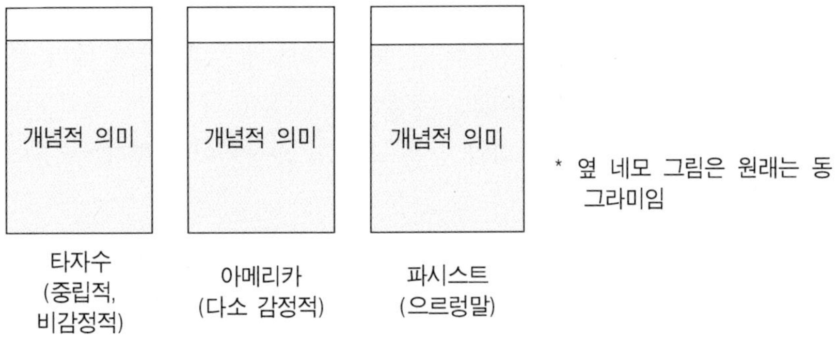

위와 같은 영역과 그림 설정은 리치(위 책)의 글을 바탕으로 필자가 재구성해 본 것이다. 개념적 의미 영역과 a, b, c, d의 영역의 차이는 낱말의 의미 양상에 따라 달라진다. 그렇다면 개념적 의미와 다른 의미의 경계가 그림처럼 나뉠 수 있는가 의문이 든다.[13] 위 그림에 직접 도움을 준 아래 그림(Leech 1974 / 1981: 45)을 보자.

특히 '파시스트'와 같은 으르렁말(부정적인 말)에서의 의미가 "개념

---

13) 홍사만(1985: 287－8)에서도 "개념적 의미와 내포적 의미, 개념적 의미와 문체적(사회적), 또는 연어적 의미와의 경계는 확연한 선을 긋기 어렵다"라고 언급했다. 다만 이러한 원인을 "근원적으로 의미 자체의 추상성이나 불투명성에 기인한 것으로 여겨진다(위 글 288쪽)"고 돌려 리치 의미 분류의 맹점을 의미 내적인 문제로 보고 있다.

적 의미가 보조적인 것으로 줄어드는(the conceptual meaning is redu-
ced to an ancillary consequence)(Leech 1974 / 1981: 48)”것이라 하고 이
를 의미의 부당한 쓰임으로 본 것은 스스로 개념적 의미를 확고한 것
으로 설정한 것에 모순된다. 모든 낱말이 의미를 가진 것이라면 긍정
적인 낱말이건 부정적인 낱말이건 나름대로 개념적 의미가 확고하게
설정될 수 있는 것이지 부정적 낱말이라고 개념적 의미가 축소되어
정당하지 않다는 논리는 이치에 맞지 않는다. 사실 리치는 개념적 의
미의 맥락성에 대해 앞의 책 곳곳에서 지적하고 있다. 이를테면 ‘개념
공학conceptual engineering(48－9)’에서 리치는 ‘인종차별정책apa-
rtheid’에 대해 설명하면서 이러한 선전 용어는 개념적 의미를 자기
쪽으로 끌어 쓰려고 하기 때문에 이런 용어의 좋은 연상을 자기 쪽으
로 하고 나쁜 연상을 상대방 적 쪽으로 하려고 한다고 쓰고 있다. 이
는 개념적 의미의 맥락적 성격을 잘 보여 주는 것이다. 굳이 의미 분
류가 필요하다면 개념적 의미도 다양성 측면에서 설정해야 한다. 따
라서 이런 관점대로라면 아래와 같은 그림도 수정되어야 한다.

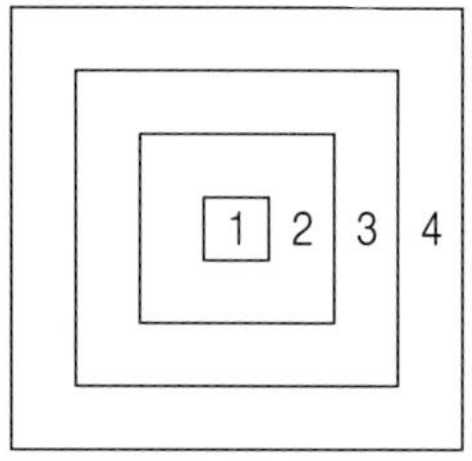

1. 사전의미
2. 문맥의미
3. 상황의미
4. 추리의미 － 신현숙(1987: 303)

* 위 네모는 원래는 동그라미임

위와 같은 그림도 사전의미(개념적 의미)가 다른 의미의 기반이 된

다는 논지에 따른 것이다. 이러한 상하 관계에 의한 계층화(종속화)는 사전적 의미가 중심 의미이며 기본 의미라는 절대 담론을 더욱 강화시키는 구실을 한다. 중심 의미에서 중심의 개념도 의심스러운 데다 설령 중심 의미로 설정한 중심의 개념을 그대로 받아들인다 하더라도 중심 의미는 사전의미가 독점하는 것이 아니라 의미가 설정되는 맥락에 따라 결정되는 것이다. 이런 맥락에서 개념적 의미를 "어떤 낱말 스스로가 지닌 논리적 / 인지적 / 외연적 내용으로서 언어 전달의 중심적 요소-Leech(1974 / 1981: 9) / 임지룡(1996: 36)"라고 설정한 것도 문제가 있음을 알 수 있다. 낱말 스스로 지닌 의미는 없다.

지금까지의 논증 맥락으로 볼 때 개념적 의미와 문맥적·맥락적 의미를 이분법적으로 보는 것은 잘못된 것임을 알 수 있다. 따라서 다음과 같이 각각을 소쉬르의 랑그와 파롤에 대입시키는 논리는 더더욱 위험하다. 지금까지의 비판 대상이 되는 논의를 핵심적으로 보여 주는 것이므로 인용하기로 한다.

문자적 의미는 소위(langue)로서, 어(語), 지식어, 언어소재로 불리는 단어의 내용으로 문맥과는 독립되어 해석되는 개념이다. 문자적 의미로는 S.Ullmann이 본 바와 같이(1962: 21), 부호적, 잠재적, 사회적, 고정적이며, 내 생각으로는, 추상적, 다수적, 독립적, 일반적, 대표적, 표준적, 일차적, 함의적이기 때문에, 일차의, 주의, 핵의, 표준의, 재료의 등으로 불리는 것으로 보인다. 개념에서는 원개념이 이에 해당한다.

그와는 반대로, 문맥적 의미는 상황적 의미와 같은 것으로, Ullmann이 보는 바로는(상동: 21), 부호해설적, 현실적, 개인적, 자의적인 데다가, 내 생각으로는, 구체적, 단일적, 의존적, 특수적, 심리적, 개신적, 명시적이다. 때문에 그를 문장적 의미, 이차적 의미, 사용된 의미, 주변적

의미, 생성적 의미 등으로 부른다.-김봉주(1988 / 1992: 85)

랑그는 추상적, 비현실적으로 존재하는 체계인 데 반해 문자적 의미는 현실적으로 유통되는 의미이다. 문자적 의미를 랑그에 대입하려는 전략 속에서 역시 리치와 마찬가지의 개념적 의미에 대한 권위 부여를 엿볼 수 있다.

지금까지의 필자의 논의에 비추어 혹시 필자가 개념적 의미의 실체 자체를 부정하는 것이냐고 되물을 수 있다. 그러나 그런 것은 아니다. 일반적 의미를 어찌 부정할 수 있겠는가. 다만 필자가 비판하고자 하는 것은 언어학자들과 우리 사회가 그런 의미에 부여한 권력 부여이다. 굳이 그런 의미 실체를 가시화시킬 필요가 있다면 '다수 의미'라고 이름 붙이는 것이 좋다고 생각한다. 담론 실천 주체의 다수가 쓰거나 받아들이는 의미 또는 다수 맥락 속에서 설정되는 의미라는 뜻이다.[14]

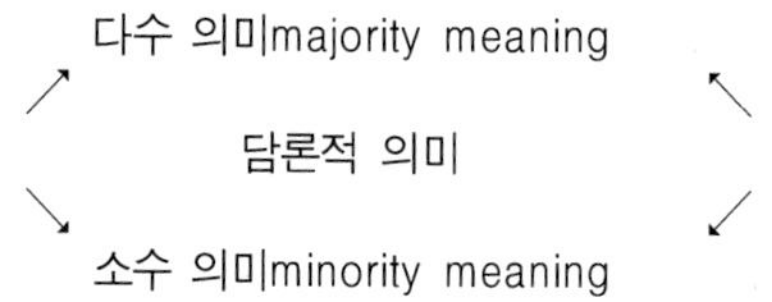

화살표는 다수 의미와 소수 의미가 서로 역동적 관계에 있음을 나타낸다. 다수 의미는 다양한 소수 의미로 분화될 수 있으며 소수

---

14) Deleuze & Guattari(1980) 4장에서의 다수 언어와 소수 언어에 관한 논의 참고.

의미는 다수 의미로 전화될 수 있음을 의미한다.

3. 구체적인 담론 전략을 위하여

　이제 우리는 언어가 맥락이요 담론이라는 측면에서 보면 기존의
개념적 의미도 결국 담론적 의미임을 알게 되었다. 물론 개념적 의미
만은 아닐 것이다. Taylor(1995: 130)에서의 지적처럼 "모든 의미가 어
떤 의미에서는 화용적이다(조명원·나익주 옮김 1997: 160)[15]."
　맥락과 담론 설정은 언어의 사회적 행위를 좀 더 구체적으로 과학
적으로 인식하고 실천할 수 있는 전략이다. 그런 차원에서 맥락을 문
제 설정성, 관계 설정성, 총체성, 생산성, 관점 설정성 다섯 가지 측
면에서 살펴보았다. 곧 우리는 문제 설정과 관계 설정을 통해 사회
언어의 본질과 문제를 가시화할 수 있으며 총체성을 통해 언어를 둘
러싼 논의의 분파성을 극복할 수 있다. 또한 생산성이란 측면을 통해
서는 맥락의 역동성을 엿볼 수 있다. 마지막으로 관점 설정성은 맥락
의 주된 흐름 파악을 가능하게 해 준다.
　이러한 맥락 설정으로 보면 그간의 개념적 의미 설정 맥락이나
대중들의 사전적 의미 생산과 소비의 진정한 의미를 알 수 있었다.

---

15) 그런데 인지언어학에서 추구하는 의미론은 자율주의 언어학에서의 의미론을 비판하는 맥락
　　은 좋지만, 그래도 의미의 원형성, 추상적 의미 유형에 매달리고 있는 느낌이다. 인지 체계
　　의 규명을 위한 전략의 맥락을 이해 못 하는 것은 아니지만 이 글의 관점으로 볼 때 자율
　　주의 언어학에서의 개념적 의미의 함정을 온전히 벗어난 것은 아니다. 곧 인지언어학에서
　　모든 의미가 화용론적이라고 할 때의 맥락은 이 글에서의 맥락과 담론 설정과는 달리 지극
　　히 추상적인 경험, 문화적 배경에 기대고 있다. 인지의미론에 대해서는 Lakoff(1987) / 이
　　기우(1994) 참고.

개념적 의미의 주된 특질로 설정되는 일반성은 보편성이 아니라는 데서 특수성이거나 특수성의 확장이며 이런 일반성은 개념적 의미가 통념으로 사회화되어 각종 부정적 담론으로 재설정되는 데 기반이 됨을 알 수 있었다. 또한 개념적 의미 설정은 절대적이 아니라 상대적이며 추상성을 본질로 구체적 현실을 은폐하는 비현실적 구실을 하기도 한다. 다음으로 고정불변의 의미가 아니고 담론 주체나 맥락에 따라 달라질 수 있는 역동성을 띠고 있다. 그리고 보통 개념적 의미를 탈문맥적·비문맥적 의미라고 하지만 맥락이나 문맥이 가시화되지 않았을 뿐이지 상대적으로 일반성을 띠는 특정 맥락·문맥이 상정된 것이다. 이러한 맥락으로 볼 때 리치가 개념적 의미를 의사소통의 기본·중요 의미로 설정하고 다른 분류 의미의 기반으로 설정한 것은 문제가 있다.

따라서 우리는 좀 더 과학적인 문제 설정이 필요하다. 의미를 분류할 경우 왜 분류하며 분류해서 얻는 효과에 주목해야 한다. 학자들의 추상적인 분류 체계가 오히려 구체적인 의미 양상에 대한 인식을 방해하는 경우가 있다. 그래서 필요한 것이 맥락과 담론 설정이다. 이러한 관점을 취하는 것은 기존의 의미 설정이나 분류 체계가 우리 삶 속에서 언어 의미로 인한 갈등과 조화의 문제를 과학적으로 짚어 주지 못하기 때문이다.

따라서 개념적 의미를 담론적 의미의 하나로 설정함으로써 개념적 의미의 사회적 본질을 가시화할 수 있다. 결국 개념적 의미는 의사소통의 기반이 되기도 하지만 통념에 기반하거나 보편적 통념으로 위장함으로써 구체적인 의미 인식과 그로 인한 언어 실천에 걸림돌이 되기도 한다. 이러한 개념적 의미에 대한 과학적 인식이 있어야 우리는 언어 실천, 언어전략을 올바로 수행할 수 있다. 이런 차원에서 굳이 의미 분류가 필요하다면 상호 역동적인 다수 의미와 소수 의미로 나눌 수 있다고 보았다.

혹시 필자가 이 글에서 논의한 여러 개념적 의미 가운데 혹자는 다른 여러 특수적 의미(사회적 의미, 함축적 의미)와 혼동한 부분이 있지 않느냐고 반문하는 사람도 있을 것이다. 그런 반문이 있다면 내 글은 성공한 것이다. 그것이 개념적 의미의 본질이기 때문이다. 학자들의 도식적인 틀에 개념적 의미를 가둘 수는 없는 일이다. 개념적 의미가 잘못된 통념으로 우리 삶을 헤집고 다니는 것은 더 이상 용납할 수 없는 일이다. 더 이상 흑인은 단지 얼굴이 검은 사람이 아니며 장애인은 단지 몸이 불편한 사람이 아니다. 동성애자들은 변태성욕의 대표논거가 될 수 없다.

의미는 본질적으로 다양성을 띤다. 문제는 그런 의미의 다양성을 어떤 방식으로 인식하고 실천하느냐이다. 의미 파악은 객관성, 정확성의 잣대보다는 설명과 이해의 합리성에 초점을 두어야 한다.

1. 반의어 분류를 향한 열정과 지나친 경직성

지금까지 반의어[1] 연구는 하위분류에 집중되어 왔는데[2] 다음과 같은 두 가지 반의 관계는 거의 예외 없이 같은 맥락으로 설정되었다.[3] 각각의 온전한 체계 속에서 아래 두 반의어를 보여 주어야 하지만 편의상 두 반의어만을 모아 보았다.

---

1) 용어의 갈등 문제는 관련된 논문 대부분에 등장한다. 대립어로 하자는 논의도 일리는 있으나 대중들과 학자들 모두에게 두루 통용되는 반의어라는 용어를 쓰기로 한다.
2) 갈래에 대한 종합적 정리는 반의어에 관한 학위논문과 전수태(1997)를 많이 참고하였다.
3) 아래 표 외에 학위논문의 경우 성열호(1983)는 이석주(1975)를, 윤기정(1990)은 임지룡(1989)을, 조순화(1994)는 임지룡(1992)을 따르고 있다.

〈표 1〉 상보반의어와 등급반의어 설정 현황(같은 연도 무순)

논자 \ 구별	모순관계: 상보반의어	반의관계: 등급반의어
Lyons(1968)	상보관계: 미혼 / 기혼, 남성 / 여성	반의관계: 크다 / 작다
Katz(1972)	모순어: 살다 / 죽다	반대어: 부유하다 / 가난하다
Leech(1974)	분류학적 대립(이분법): 삶 / 죽음	양극대립: 부유하다 / 가난하다, 크다 / 작다
Kempson(1977)	단순이원대립: 살다 / 죽다, 기혼 / 미혼	정도반의: 덥다 / 춥다, 젊다 / 늙다
Palmer(1981)	상보어: 남성 / 여성, 결혼한 / 독신인	반의어: 넓다 / 좁다, 늙다 / 젊다
Lehrer(1982)	정도상보어: 깨끗하다 / 더럽다	정도반의어: 무겁다 / 가볍다
Cruse(1986)	상보어: 참 / 거짓	양극반의어: 크다 / 작다 등가반의어: 춥다 / 덥다
이승명(1973)	반대어: 진실 / 허위, 있다 / 없다, 살다 / 죽다	대칭어: 크다 / 작다, 높다 / 낮다, 깊다 / 얕다
강사민(1980)	양분관계: 남 / 여	비교관계: 크다 / 작다
박선희(1984)	양분적: 남 / 여	양극적: 길다 / 짧다
장응철(1984)	양분대립: 남 / 여, 남 / 북	극성대립: 빈자 / 부자, 노인 / 젊은이
양태식(1984)	상보적 대립관계: 남자 / 여자, 출석 / 결석	극단적 대립관계: 크다 / 작다, 길다 / 짧다
이익환(1984)	모순대조관계: 남 / 여	반대관계: 뜨겁다 / 차갑다
정인수(1985)	단순이원반의어: 남 / 여	등급반의어: 크다 / 작다
최재홍(1986)	모순어: 남 / 여	반대어: 길다 / 짧다
김주보(1988)	상보적 의미대립어: 남자 / 여자, 기혼 / 미혼	정도적 의미대립어: 고 / 저, 장 / 단, 우 / 열
이석주(1989)	모순대립: 있다 / 없다, 살다 / 죽다	반대대립: 흑 / 백, 춥다 / 덥다, 높다 / 낮다
고명균(1989)	비등급적 반의어: 남 / 여	등급적 반의어: 길다 / 짧다
임지룡(1989 / 1992)	상보대립어: 남자 / 여자 정도상보대립어: 깨끗하다 / 더럽다	반의대립어: 길다 / 짧다, 세다 / 여리다
이신태(1992)	일반적 모순대립: 가짜 / 진짜, 남자 / 여자 논리적 모순대립: 생물 / 무생물	양극단적 반대대립: 크다 / 작다 중심지향적 반대대립: 좌 / 우, 위 / 아래

논자 \ 구별	모순관계: 상보반의어	반의관계: 등급반의어
유재복(1992)	이분반의어: 죽다 / 살다, 있다 / 없다	양극반의어: 크다 / 작다, 춥다 / 덥다
김영선(1986 / 1994)	양분적 맞섬: 죽다 / 살다	양극적 맞섬: 크다 / 작다
전수태(1995 / 1997)	단순상보반의어: 기혼 / 미혼, 남자 / 여자 종속상보반의어: 개인 / 단체, 초혼 / 재혼	단순정도반의어: 가깝다 / 멀다

    분명 위와 같은 분류는 반의어의 실상을 좀 더 깊고 넓게 규명한 결과이다. 그러나 이러한 분류가 학계에서나 아니면 중고등학교와 같은 교육현장에까지 보편적 일반화가 되고 있다는 것에 이의를 제기하지 않을 수 없다. 중고등학교에서, 중간항을 설정할 수 없으면 모순관계이고 그런 관계에 있는 반의어를 상보반의어, 중간항을 설정할 수 있으면 반대관계이고 그런 반의어를 등급반의어 또는 극성반의어로 가르친다. 그래서 '남 / 여'를 상보반의어의 예로, '노 / 소' 또는 '짧다 / 길다' 따위를 등급반의어로 예시한다. 이 지구의 중심을 이루고 있는 '남 / 여' 관계는 상보반의어의 단골 예로 등장하여 미묘한 의미를 불러일으킨다.

    그러나 위와 같은 분류에는 몇 가지 문제점이 있다고 본다. 첫째, 그러한 분류는 언어 내적인 체계 속에서 주로 고찰한 것이어서 반의어가 가지고 있는 사회적 의미 작용(signification)을 제대로 보여 주지 못한다는 점이다.[4] 둘째는 상보반의어와 등급반의어의 분류 체계를 인정한다 할지라도 특정 어휘가 어디에 속하느냐는 고정적인 것이

---

4) 위와 같은 연구는 대부분 구조주의 방법론을 따르고 있다. 구조주의에서도 맥락(문맥)을 강조하기는 하지만, 구조주의 자체가 언어 내적 체계 안에서의 문맥에 기대고 있다.

아님에도 대부분의 분류는 고정된 분류를 시도하고 있다는 점이다. 이를테면 '남 / 여'는 거의 모든 분류가 상보반의어로 설정하지만 꼭 그런가 생각해 볼 필요가 있다. 셋째 상보반의어냐 등급반의어냐의 판단은 논리학의 검증 장치를 차용하고 있는데 그것은 너무 경직된 방식이라고 본다. 반의어의 역동적 의미 작용이나 관계를 왜곡하고 있기 때문이다. 넷째는 상보반의어는 동일한 수평선 위에서 설정되는 것이 아닌 위계적인 것임에도 그러한 특성이 제대로 지적되지 않았다는 점이다.[5] 더욱이 이 글을 쓰게 된 동기는 반의어에 관한 거의 모든 논문이 Lyons(1968)에서의 구분 맥락을 무비판적으로 받아들이고 있다는 점이다. 그는 상보반의어 설정은 인간세계를 정상과 비정상으로 나누는 위계적 이분법(dichotomy)에 의해서 가능하다고 솔직하게 밝혔는데 그런 맥락이 거의 배제되어 왔다.

여기서 문제 삼는 이분법은 다양성을 무시하거나 배제시키는 흑백 논리를 말한다. 다양한 색깔이 있는데도 흑·백 두 가지 색깔로만 몰아가는 것이 위계적 이분법이다. 그러므로 나머지 색깔을 무시하는 차원이 아니라 필요에 의해 두 색깔만 골랐다면 그것은 위계적 이분법이 아니다. 다양성을 무시하는 이분법은 두 요소가 대등하게 존재할 수 없다. 그래서 위계적 또는 수직적 이분법이라 하는 것이다. 그러나 위계적으로 작동하지 않은 이분법이라 하더라도 실제 삶 속에서는 위계적으로 변질될 가능성을 지니고 있다고 볼 수 있다.

지금까지 지적한 문제들은 반의어 분류를 언어 내적 맥락과 언어 외

---

5) 대립어(the oppositions)가 실제로는 위계적(hierarchies)이라는 것은 페미니즘 언어학에서는 꽤 오래전부터 지적되어 왔다(Cameron, Deborah: 1985 / 1992: 84). 이 논문은 그러한 점을 반의어 분류론과 반의어 교육 문제에 구체적으로 개입하여 논증하는 것이다. 페미니즘 언어학의 최근 동향에 대해서는 Cameron(1998)(eds)에 잘 소개되어 있다.

적 맥락으로 분류하는 맥락 속에서는 지적할 수 없거나 발견될 수 없는 문제점들이다. 그렇다면 우리는 먼저 반의어 연구뿐만 아니라 언어 연구에서 맥락에 대한 과학적 인식이 왜 중요한지를 강조할 필요가 있다.

2. 맥락 설정과 의미 작용

어휘론이 낱말 관계를 주로 따지는 것이라면 맥락 설정(contextualization)의 필요성이 더욱더 제기된다. 낱말 관계는 언어 내적 질서에 의해 이루어지는 것보다 맥락에 의해 이루어지는 것이 더 많기 때문이다. 그리고 낱말 관계는 낱말의 의미 작용을 전제로 한다. 의미 작용은 형식과 대비되는 내용으로서의 의미보다는 그런 의미가 형식과 어떻게 결합하는가, 그리고 지시물에 대한 의미 부여, 언어가 소통되는 맥락에서의 의미 생성과 효과 등을 아우른다. 그러므로 의미 작용은 담론 실천이 주는 의미 효과이자 이것을 가능하게 해 주는 맥락이다.[6] 그래서 필자는 이 글에서 맥락의 역동성을 강조하기 위해 '맥락 설정'이란 말을 주로 사용할 것이고 그런 맥락 설정에 따른 의미의 생성과 효과를 강조하기 위해 의미 작용이란 말을 쓰겠다.

김영선(1994: 27)에서, 반의어 분류 연구사를 정리하면서 "맞섬말 분류 체계가 의미론적 관점에서 파악돼야 한다면, 낱말의 사전적 의

---

6) 이런 관점대로라면 의미론과 화용론의 경계는 무너진다. 다만 어느 분야의 장치를 주로 이용하느냐에 따라 전략적 차이가 있을 것이다. 아무튼 맥락과 의미의 개념을 어떻게 설정하느냐에 따라 화용론이나 담론의 논의를 의미론에서 할 수 있다. 이 글은 바로 그런 점을 보여 주는 논문이다.

미와 맥락적 의미 분석을 통해 파악해야 함에도 불구하고, 상황 의미를 한 유형으로 넣은 것은 대립항의 짝이 수시로 바뀔 수도 있다는 문제가 생긴다.”라고 지적하고 있다. 여기서 얘기하는 상황 의미가 어떤 것인지 잘 알 수 없지만 그것이 주관적 의미가 아니라면 대립어의 현실적 효용성과 가치로 볼 때 상황 의미는 문제가 아니라 오히려 적극적으로 고려돼야 할 의미다. 그리고 맥락적 의미와 상황 의미를 대비적으로 쓴 것으로 보아 맥락적 의미는 언어 내적인 문맥적 의미를 뜻하는 듯하다. 그렇다면 필자가 생각하는 맥락적 의미와는 다른 셈인데 실제 학자들이 나름대로 쓰는 ‘맥락’이란 말을 쓰는 맥락이 다른 경우가 많다. 이런 사정 때문에서도 ‘맥락’에 대한 자리매김이 필요하다. 필자는 주로 언어 내적 맥락과 언어 외적 맥락을 통합하는 차원에서의 맥락을 사용하기로 한다.[7]

이러한 통합의 필요성에 대해서는 김슬옹(1997ㄴ)에서 개념적 의미에 대한 일반 논의를 비판하면서 제기했었다. 개념적 의미 또는 사전적 의미, 일반적 의미를 보통 탈맥락적 의미라고 하지만 이 역시 보편적 또는 일반적 사회 담론이 개입한 맥락적 의미인 것이다. 이런 식의 해석은 언어 내적 외적 구분을 없앨 때 가능하다. 권영문(1996: 42)에서 ‘볼펜’의 ‘필기도구’라는 의미는 탈맥락적 핵심 의미라고 했지만 이 또한 맥락적 의미다. 어린아이가 볼펜을 갖고 놀 때에는 볼펜은 더 이상 필기도구가 아니다. 비정상적, 예외적 상황이라고 그것을 탈맥락적이라 할 수 없다. 핵심 의미라고 가치평가를 내리는 것 자체가 맥락적이다.

---

7) 이런 관점을 추구하는 언어학을 ‘통합언어학intergrational linguistics’이라 할 수 있다. 통합 언어학에 대해서는 Harris(1990), Baron(1992), Cameron (1992: 192－3) 참고.

맥락을 언어적 맥락과 비언어적 맥락으로 나누는 전략은 언어와 사회를 배타적으로 보는 관점이 깔려 있다. 언어는 사회를 반영한다는 관점도 이런 부류인데 언어는 사회를 반영하는 것이 아니라 사회를 구성하는 주요 매개변수이다. 소쉬르식 오류도 한몫을 한다. 소쉬르는 언어가 사회적인 것이라고 보았으면서도 언어과학을 정초한다는 이유로 살에서 피를 제거하듯 사회적 구체성을 배제시키면서 이분법적 구도를 부채질했다.

그러니까 맥락을 중요시하는 논의라 할지라도 위와 같이 이분법적 구도 속에서의 논의는 맥락을 논의해야 하는 진정한 의미를 감소시킨다는 점이다. 그렇다면 맥락을 정확하게 정의 내릴 수 있는가. 없다. 정확하게 정의 내릴 수 없는 것이 맥락의 본질이다. 맥락은 정확성, 규칙성이라는 잣대가 아닌 적절성에 기댄다.

그렇다고 여기서 논의하는 맥락은 상황이나 배경 따위의 느슨한 개념이 아니다. 맥락은 언어 행위 또는 담론의 조건이자 결과이다. 이때의 결과는 다시 원인으로 구성되는 과정적 결과이다. 세 가지 측면―일관성, 역동성, 복잡성―에서 필자는 이러한 맥락을 규정하고자 한다.

맥락을 일관성으로 보는 것은 '맥락'이 상황과 같은 막연한 개념으로 빠지거나 무조건적인 상대주의로 빠지는 것을 방지해 주는 전략이다. 일관성은 문제 설정과 관점 설정에 의해 구성된다. 문제 설정은 특정 사건이나 대상을 제대로 인식하기 위한 문제 틀이다. 문제를 설정하지 않으면 맥락은 설정되지 않는다. 우리가 처한 이 상황은 문제를 설정하지 않으면 단순한 객관적 대상이거나 실재일 뿐이다. 문제를 설정함으로써 상호 작용이 이루어지고 의미 작용이 이루어진다. '남 / 여'가 왜 상보반의어일까 문제를 설정함으로써 국어학자들이 '남／여' 관계를 어떻게 보고 있으며 우리 주변 사람들이 '남／여'의 의미를 어떻게 인식하고 실천하고 있는지를 알게 된다. 하나의 사건이나 대상에 대해 문제 설정은 복수로 이루어질 수 있다. '남／여' 관계를 상보반의어로 보는 사건에 대해 필자는 그것이 국어학자들의 보수적 사회인식의 성향으로 문제를 설정할 수도 있고 아니면 우리 사회의 경직화된 이분법적 흐름으로 문제를 설정할 수도 있고 아니면 생물학적·사회학적 여러 가지 측면에서 문제를 설정할 수 있다. 문제 설정은 관점 설정을 함의한다. 관점은 어떤 방향으로 사건을 인식할 것인가에 대한 가치관, 세계관을 말한다. 관점은 긍정적 관점／부정적 관점, 거시적 관점／미시적 관점 등과 같은 인식론적 관점이 있고, 노동자나 자본가 등과 같은 입장별 관점, 그리고 주제에 따른 주제별 관점이 있다. 물론 이러한 관점은 중층적으로 나타나며 관점에 따라 다양한 담론을 생산한다. 이를테면 '노동자'와 '근로자'라는 어휘 가운데 어떤 어휘를 어떤 의미로 쓸 것인가는 자본가와 노동자 각각 입장에 따라 다르다. 자본가라면 '노동자' '노동조합'이라는 말 속에 스며 있는 저항성 때문에 싫어할 것이다. 물론 다 같은 노동자라도 노동조합에서 활동하는 노동자는 '노동자'라는 말을 선호할 것이고 그렇지 않은 사람들은 '노동자'라는 말이 주는 육체지향의 위계성 때문에 근로자라는 말을 더 선호할 수 있다. 일의 가치를 어떤 관점으로 보느냐에 따라서도 많은 차이를 보인다. 또는 주제별로는 경제 관점으로 볼 것인지 아니면 사회나 문화 관점으로 볼지도 문제가 된다.

문제 설정과 관점 설정은 말하는 주체 마음대로 설정되는 것이 아니라 대상이나 사건과의 상호 작용 속에서 설정되거나 구성된다.

소쉬르 말처럼 관점이 대상을 창조하는 것이 아니라 관점은 대상과의 상호 작용 속에서 구성된다. 이러한 문제 설정과 관점 설정은 맥락의 구체성과 적절성을 확보해 준다. 인식과 실천 그 자체를 보여줌과 동시에 매개 고리 역할도 한다.

맥락 설정은 역동적이다. 맥락 설정에 참여하는 주체의 구성 맥락에 따라 끊임없이 재생산될 수 있다. 이러한 맥락의 역동성에서 먼저 주목할 부분은 주체가 구성되는 측면이다. 여기서의 주체는 선험적으로 주어지거나 고정화된 주체가 아니라 여러 가지 측면에서 구성되는 복수 주체다. 여기서의 '주체'라는 개념은 자율적인 생활양식을 뜻한다. 개인은 국가 또는 민족, 가족, 소비자 등 다양한 관계 속에서 상호 작용을 한다. 따라서 주체는 여러 층위에서 구성될 수밖에 없다. 국가나 민족 층위에서 구성되는 주체는 거시적 주체(대주체)다. 일제시대와 같은 식민지 상태에서 우리는 거시적 주체로 구성될 수 없었다. 한국어를 말해도 한국어의 주체가 아니었다. 미시적 주체(소주체)는 우리 사회 속에서 모든 관계 설정 속에서 구성될 수 있다. 가족 구성원으로서 또는 소비자로서 학생으로서 다양한 복수 주체를 상정할 수 있다. 거시 주체와 미시 주체가 서로 연관되기도 한다. 완성형 코드를 사용하는 통신망에서 한국인은 한국어의 거시 주체로 구성되지 못하고 동시에 개인적 미시 주체로 구성될 수 없다. 한국어를 마음대로 사용할 수 없고 개인의 욕망을 마음대로 표출할 수 없기 때문이다. 통신에서는 표현의 자유는 없고 개인도 자율적 주체가 아니다. 남녀를 상보적 반의어로 인식하고 그렇게 실천한다면 남녀관계에서 올바른 주체로 구성되는 것은 아니다. 타자(동성애자 등)의 자율을 제한하는 왜곡된 주체이기 때문이다.

맥락 설정은 복잡한 삶을 제대로 인식하고 실천하기 위한 전략이다. 맥락 설정에서 복잡성을 상정하는 이유는 우리 삶과 언어 자체가 그렇기도 하지만 어떤 사건이나 대상을 단순하게 또는 파편적으로 인식하는 것을 차단하기 위해서다. 이런 측면에서 상호 작용을 강조하게 되는데 복잡한 우리의 삶은 결국 상호 작용의 집합이다. 이런 차원에서 단편적으로 인식되어 왔던 언어 분석 틀들은 통합 구성되어야 한다. 이를테면 공시태와 통시태는 분리할 성질이 아니라 서로 어떻게 결합되어 어떤 의미 작용을 산출하느냐로 보아야 할 것이며 언어의 내용과 형식도 어느 것이 더 중요한가 어떤 요소가 더 지배적이냐를 따질 것이 아니라 상호 작용과 효과에 주목해야 한다. 전체와 부분의 관계 또한 마찬가지다. 부분은 단지 전체의 종속 요소가 아니라 부분이 전체를 바꿀 수 있는 가능성으로서의 부분이다. 결국 의미 작용은 이런 상호 작용의 결과이다.

3. 상보반의어 설정 욕망과 문제점

상보반의어와 등급반의어는 반의어 하위분류 가운데 핵심 영역을 차지한다. 이 둘을 나누는 기준이나 맥락은 여러 가지이지만 핵심 기준은 아래와 같이 중간 영역이 있느냐 없느냐이다. 나머지 성격들도 결국은 이런 기준을 확인하는 절차로 볼 수 있다.

〈표 2〉 상보반의어 판단 기준

	상보반의어	등급반의어
판단 기준	중간자 / 중간 영역이 존재하지 않는다.	중간자 / 중간 영역이 존재한다.
검증 방법	1) 한쪽을 긍정(부정)했을 때 다른 쪽의 부정(긍정)이 함의되어야 한다. 2) 두 대립어를 동시에 진술하면 모순이 된다. 3) 정도어로써 수식이 불가능하며, 비교표현으로 쓰일 수 없다.	1) 한쪽을 긍정(부정)했을 때 다른 쪽의 부정(긍정)이 함의될 필요가 없다. 2) 두 대립어를 동시에 진술해도 모순이 되지 않는다. 3) 정도부사로 수식될 수 있으며, 비교 표현이 가능하다.

위와 같은 구별 전략은 라이온즈(1968: 463 − 4)가 논리학의 모순관계와 반대관계를 판별하는 원리를 끌어들여 본격적으로 분류한 이래 거의 일반화되었다. 그렇다면 문제는 중간자 개입 여부가 과연 상보반의어를 가려 낼 수 있는 일반적 / 절대적 기준이 될 수 있는가이다. 도대체 상보반의어 판단의 핵심 기준인 '중간자'란 무엇인가. 지시물 그 자체의 중간자인가, 아니면 개념인가 어휘인가. 일단 어휘 차원은 아닌 것 같다. 중간항이 있다고 하는 대표적인 등급반의어 '길다−짧다'의 경우 중간 길이를 나타내는 어휘는 없다. '적당하다'라는 말이 있으나 이 말은 길이에만 쓰는 어휘는 아니다. 그렇다면 지시물인 경우는 어떤가. 지시물은 중간 영역이 분명 있을 수 있다. '길다 / 짧다'뿐 아니라 '남녀'의 경우도 있다. 물론 '남 / 여'의 경우는 남녀 자체를 가르는 기준이 생물학적, 사회학적 여러 복합적 기준이 존재하므로 지시물 그 자체가 모호할 수 있지만 없다고 할 수는 없다. 언어 특히 담론 차원에서는 얼마든지 있을 수 있다. 중간 영역이 없는 듯이 보이는 '미혼 / 기혼'의 경우도 "철순아 너 결혼했니?""글쎄

식은 올렸는데 아직 혼인신고는 못 했어."라고 한다면 철순이는 미혼인가 기혼인가. 철순이의 경우는 보통 미혼과 기혼을 나누는 기준이 혼인신고와 같은 법적 과정이나 아니면 결혼식 따위의 문화 관습으로 보더라도 헷갈리는 경우이다. 그리고 미혼이냐 기혼이냐를 따지는 사회적 맥락으로 보면 그것은 배우자가 있느냐 없느냐로 따지는데 그런 경우라면 동거의 경우도 중간 영역으로 볼 수 있을 것이다.

이런 복잡한 논의를 거치지 않고 사회적 통념으로 보더라도 동성애자나 양성애자들을 중성[8] 영역으로 설정할 수 있다. 사전[9]에까지 올라 있다. 인간의 성적 지향성(sexual orientation)은 너무도 다양하다. 이성애자들도 성적 지향성은 가지각색이다. 당연히 사랑의 관계 설정도 상대적이다. 이성애자를 정상으로 동성애자를 비정상으로 보는 이분법적 사고를 비판하고 있는 것이다. 정상과 비정상으로 나눈다 하더라도 그 관계는, 깡길렘과 푸코가 집중적으로 지적했듯이 시간과 지역에 따라 상대적이다. 동성애를 흔히 변태라고 부른다. 이성애자라도 변태는 있게 마련이다. 설령 변태라 할지라도 서로가 변태라면 그래서 서로가 좋다면 변태가 아니다(김슬옹: 1997ㄷ: 168) 물론 이들은 소수이지만 소수라고 해서 비정상으로 보는 것은 다수의 폭

---

8) 이신태(1992: 26)에서 "중성이 문법상 존재하지 않는 우리 국어에서는 '남 / 여'의 관계가 서로 모순관계를 형성한다고 할 수 있다."라고 하고 있다. 우리가 상보반의어 설정(모순관계)과 관련하여 논의하는 중간자로서의 '중성'은 이런 문법성을 가리키는 것은 아니다.

9) 한글학회 우리말큰사전에는 "〈생〉 수컷도 암컷도 아닌 것. 또는, 그 성질. 남자 같은 여자나 여자 같은 남자."라고 풀이하고 있다. 이희승 감수 국어사전에는 "(속어) 남자 같은 여자, 여자다운 맛이 없는 걸걸한 여자. 또는 여자 같은 남자"라고, 동아판 국어사전에는 "남성의 특징이나 여성의 특징이 뚜렷하지 못한 성질. 또는 그러한 사람"이라고 풀이하고 있다. 금성판 국어대사전에는 나오지 않는다.

력일 뿐이다. 우리는 왼손잡이가 소수라고 비정상으로 보지 않는다. 그리고 정상과 비정상의 잣대는 억압과 차별의 잣대이다. 우리 사회에서 비정상이라고 하는 장애인들에 대한 차별과 억압을 보면 잘 알 수 있다. 동성애자들도 비정상인으로 취급받는 데 그치는 것이 아니라 많은 인권 억압에 시달리고 있다. 설령 이들이 비정상인이라 할지라도 억압하고 차별할 어떤 이유도 없다. 그런데 끊임없이 그런 현상이 벌어지는 것이 바로 이분법이 정상인의 배타적 지배 질서를 확고히 하는 방향으로 작동하기 때문이다. 여기서 우리는 정상인을 준장애인으로 부르는 이유를 되새겨야 한다. 우리 사회 여건이 정상인을 언제든지 장애인으로 만들고 있기 때문이다. 우리나라 장애인의 대부분이 후천적 장애인이라는 사실이 그런 점을 잘 보여 주고 있다. '준장애인'이란 말도 역시 정상과 비정상의 배타적 경계의 문제를 지적해 주는 말이다. 아무튼 일부 편견이 개입되긴 했지만 보수적인 국어사전에조차 '중성'이란 낱말이 실려 있음을 주목할 필요가 있다.

남성과 여성은 인간의 다양한 성을 구성하는 한 측면일 뿐이다. 그렇다면 이런 '중성'이란 말 자체도 마뜩하지 않다. 중성이란 말 자체가 이미 양극단의 남녀를 먼저 설정하고 중성은 이도 저도 아닌 예외적 존재라는 의미가 작동하고 있다. 일반적인 중성에 대한 이해나 사전풀이에서도 '남성다운, 여성다운 특징을 지니지 못한 사람' 정도로 설정된다. 그러나 사회적 통념으로 보더라도 '중성'이란 말의 영역은 무척 복합적이다. 중성은 단지 여자도 남자도 아닌 또는 여자이기도 남자이기도 한 양성애자만 가리키는 것이 아니라 겉은 남자이지만 속으로는 여자인 사람도 있고 거꾸로 외형은 여자지만 속으로 남자인 사람도 있다. 그리고 중간 영역이라 하면 굳이 동성애자가 아니더라도 남자 같은 여자, 여자 같은 남자들을 얼마든지 설정할 수 있다. 중성이 복합적인 만큼 남성도 여성도 복합적이다. 이런 복합성에 주목하고 보면 양극성을 전제하고 중성을 설정하는 것 자체가 무리임을 알 수 있다. 역시 여성성과 남성성을 따지는 기준 자체가 복합적이다. 그 기준을 외형적 생김새로 한정하는 것은 잘못이다. 이런 관점에서 들뢰즈 / 가타리가 N개의 성을 주장한 맥락을 주목할 필요가 있다. 이들은 아예 남성성과 여성성이란 이원대립 자체를 인정하지 않고 인간의 성을 복수의 성으로 규정한다. 이들의 이런 생각은 프로이드에 대한 비판에서 출발한다. 프로이드는 모든 성의 문제를 폐쇄적 오이디푸스 틀 속에 가두고 남근 보편주의를 내세웠다고 본다. 남성에게 거세공포증을 부여한 것이라든가 "너는 소녀다, 너는 소년이다"는 식의 배타적 택일을 강요한 것이 그런 측면이다. 결국 이성애와 동성애의 질적 대립은 사실상 오이디푸스의 결과라는 것이다(Deleuze&Guattari 1972: 88). 따라서 이성애자일지라도 보편적 담론 속에서는 이성애적이지만 개인적으로는 동성애적일 수도 있다고 본다(Deleuze&Guattari 1972: 82).

인간의 성을 복수화시키고 최소한 중성을 인정하자는 것은 남녀 성차별을 차단하는 전략도 된다. 남자냐 여자냐는 이분법은 여자에 대한 성차별로 이어진다. 여자는 주로 몸이나 어두움, 소극성, 수동성 등의 의미 작용으로, 남자는 정신, 밝음, 적극성, 능동성 등의 의미 작용으로 우리 삶을 주로 구성해 왔다. 동양의 음양론도 이론상으로는 음극과 양극의 역동적 상호 작용에 의해 도가 발생한다고 하였으나 실제 구체적인 삶에서는 '남존여비'라는 말과 '여성＝음기＝

천기(賤氣)'라는 말에서 알 수 있듯이 남성을 위주로 한 배타적 이분법의 바탕이나 원리로 작동되어 왔다(김혜숙: 1995). 문제는 이런 맥락이 대립어의 기본적 특성인 것처럼 기술된다는 점이다.[10] 이러한 차별적 남성 위주의 이분법을 차단하기 위해 제3의 성을 인정할 필요가 있다. 그러니까 중성을 인정하자는 것은 단지 그들만의 인권을 보호하려는 차원이 아니라 성차별을 극복하려는 전략, 곧 여성, 남성 인간 모두의 권리 평등을 위한 것이다.

다시 한번 강조하거니와 성차별은 근본적으로 중간 영역을 인정하지 않는 이분법적 사고에서 발생한다. 남자냐 여자냐는 이분법은 남자 위주의 권력을 전제로 한 물음이다. 따라서 아래와 같은 검증 절차를 객관화하거나 절대시해서는 안 된다.

(1) ㄱ. 갑은 남자이다. → 갑은 여자가 아니다.
    ㄴ. 을은 여자이다 ← 을은 남자가 아니다.
(2) ㄱ. (?)갑은 매우 {남자 / 여자}이다.
    ㄴ. (?)갑은 을보다 더 {남자 / 여자}이다. ─ 임지룡(1992: 161)

갑은 여자가 아니라면 남자일 수도 있고 중성일 수도 있다. 따라서 "갑은 남자이기도 하고 여자이기도 하다."라는 말도 비문이 아니다. 굳이 위와 같은 검증 절차에 의해 모순관계를 설정한다면 등급반의어도 모순관계에 놓일 수 있음을 홍순성(1990: 92)에서 논증한 바 있다. 곧 "그녀의 전화 통화는 짧지는 않다." 하면 "통화가 길다"

______

10) "극성이란 양극(+)과 음극(−)을 지향하는 대립어의 고유한 의미 특성을 말한다. 이는 주역의 음양대립과 상통하는 것으로서(C.E.Osgood & M.M.Richards 1973) '양'(positive)은 적극적이며 긍정적인 반면, '음'(negative)은 소극적이며 부정적이다(임지룡 1992: 165−6)."

가 된다는 것이다. 특수 상황이라고 한정하긴 했지만 전화 통화는 우리 삶에서 아주 일반적인 상황이다. 등급반의어의 경우, 임지룡 (1992: 161)에서 라이온즈와 마찬가지로 양성애자의 존재를 인정하면서 위와 같은 검증 방법을 은연중에 절대화시키고 있다. 곧 임지룡님은 "최근 육체적으로나 정신적으로 남녀의 중간적인 존재인 양성 보유자, 또는 사망시점에 비해 법의학적 논란이 되고 있는 식물인간이 있기는 하지만, 남녀의 구별이나 생사의 문제는 언어적으로 절대적인 특성을 지닌다."고 했다. 양성애자의 존재를 인정하면서 왜 언어적으로 남녀의 배타적 구별이 절대적인 특성이라는 것인지 이해할수 없다. 이미 '중성'이란 말이 많이 쓰이고 있고, '여자 같은 남자', '남자 같은 여자', '게이, 레즈비언' 등의 언어가 많이 일반화되고 있다. 따라서 정도어로써 수식이 불가능하다고 했지만 가능할 수도 있다. 어차피 정도어 부사 '매우'는 부사어로서 '남자'라는 명사를 꾸미는 것이 아니라 '남자이다'라는 서술어를 꾸미게 되는데 그렇다면 '남자이다'를 '남자답다'로 바꾸면 자연스럽게 된다(갑은 매우 남자답다, 갑은 을보다 더 남자답다).

김창익(1993: 154)에서도 상보어의 예로 dead와 alive를 들면서 "물론 사망의 시점에 관한 법의학적 논란이 없는 것은 아니나 이는 상보어 간 의미 관계와는 전혀 무관한 것이므로 논외이다."라고 언급하고 있다. 죽었는지 살았는지 판단하는 것이 단지 논란의 수준인가. 지금도 수많은 사고로 삶과 죽음의 경계에서 왔다 갔다 하는 사람과 그를 지켜보는 사람들의 무서운 고통이 계속되고 있다. 왜 뇌사라는 말과 안락사라는 말이 생겼는가. 뇌사로 판정된 사람은 뇌만 죽었고 심장만 살아서 alive인가. 그가 살았다면 왜 우리는 그가 진정 살았

는지 죽었는지를 고민해야 하는가. 이런 문제는 단지 법의학적 논란
이 아니다. 우리 삶을 구성하고 있는 중요한 문제이다. 상보어 간 의
미 관계와 전혀 무관한 것이 아니다. 이런 중간 영역이 있는데 굳이
부정하면서 생과 사의 의미를 박제화시켜서 무엇을 얻고자 하는가.
물론 김창익(1993: 155)에서 상보어의 정도 차이가 있음을 인정하고
있다. continue와 cease의 경우는 어떤 경우이든 완벽한 상보성을 띠
는 것이고 dead와 alive는 라이온즈와 마찬가지로 정상적 상황이란
단서조건하에서만 상보성을 확보한다고 했다. 그렇다면 뇌사 상태가
비정상적 상황이란 뜻인데 필자는 그렇게 생각하지 않는다. 뇌사 상
태는 우리가 주변에서 또는 언론을 통해 간접적으로 접하는 사건일
뿐 아니라 누구든지 언제든지 생길 수 있는 인간의 사건을 구성하는
주요 요소라는 점이다.

의도적인 제3의 중간 영역을 설정하여 이분법적 대립을 벗어나려
는 전략도 있을 수 있다. 미국에서 흑인종과 백인종은 상보반의어이
다. 부모 중의 하나가 백인이라도 그 자식의 피부가 검으면 흑인으
로서의 차별을 받아야 한다. 그런데 근래 백인종, 흑인종, 황인종에
속하지 않는 사람들이 '다인종(멀티레이셜, 멀티에스닉)'이란 새로운
범주를 설정하는 흐름이 설정되고 있다. 이러한 제3의 범주는 백인
종 / 흑인종이란 이분법적 구도 맥락으로 보면 중간 영역으로 볼 수
있을 것이다. 이런 적극적인 다원화 전략으로 보더라도 '동성애자'의
존재를 인정하는 것이 좋다.

중간항을 인정하느냐 안 하느냐는 결국 범주화(카테고리화) 문제와
관련되어 있다.[11] 어차피 언어기호는 수많은 개체에 대한 일반화, 추
상화이므로 언어기호 자체가 범주화이다. 그러나 실제 담론 속에서는

일반화 / 추상화와 특수화 / 구체화는 역동적 관계를 구성한다. '남자'
는 수많은 남자의 실체를 일반화하고 있지만 구체적인 담론 속에서
이런 남자, 저런 남자, 요런 남자, 이런저런 남자, 요런 저런 남자 등
으로 구체화한다. 그런데 필자가 여기서 문제 삼고자 하는 것은 남자,
여자의 배타적 분류에 의한 범주화는 남자와 여자에 대한 제한된 지
식이나 협소한 관점에 의한 범주화라는 것이며 당연히 중간 범주나
제3의 범주는 놓칠 수밖에 없다는 것이다. 여기서는 인지언어학
(Taylor 1995: 5장, Lakoff 1987, 임지룡 1998 참고)과 에코의 기호학
(Eco 1984: 2장)에서 제기하는 백과사전식 문제 설정에 주목할 필요가
있다. 여기서 백과사전이 주는 이미지는 다양한 지식의 짬뽕이나 박
학다식으로서가 아니라 삶의 복잡성을 표상해 주는 의미 작용이다.
그런 면에서 인지언어학의 문제 설정과 기호학의 문제 설정이 서로
통한다는 점이다. 백과사전은 다양한 차이의 문화를 수용하게 해 준
다. 레이코프의 책 제목은 시사해 주는 바가 크다. 'woman, fire,
dangerous things'라는 세 요소가 서구 관점으로 보면 하나의 범주가
되기 어렵지만 아프리카 어느 지역에서는 하나의 범주가 될 수 있다
는 점이다. 문명인 / 야만인이라는 이분법적 편견으로 보면 그러한 범
주는 어떤 범주조차 되지 못하고 아예 범주로서 성립하지 못했다.[12]
우리가 남성·여성 이외의 제3 범주를 인정하지 않는 것은 바로 이

---

11) 중간항을 인정하느냐 안하느냐의 범주화가 중요한 것이 아니라 그것을 바라보는 시각의 차
　　이를 좁혀가는 것이 중요하다는 견해도 있다. 옳다. 여기서는 언어 측면 특히 어휘론, 의미
　　론 측면을 강조하는 것뿐이다.

12) 이런 측면에서 문명인이냐 야만인이냐로 나누는 이분법적 사고를 레비스트로스 / 안점남 옮
　　김(1996)에서 '야생적 사고'라는 문제 설정을 통해 통렬하게 비판하면서 범주 나누기 문제
　　에 대해 많은 지면을 할애하고 있다. 다만 레비스트로스는 구조주의 틀을 벗어나지 못해 분
　　류의 맥락과 효과를 충분히 보여 주지 못하고 있다.

러한 차이의 문화를 인정하지 않는 것이다. 에코의 지적대로 우리는 제한된 일반적 사전에 의한 범주화에 너무 타성적으로 젖어 있다. 그래서 그러한 범주화에 벗어난 것들은 모호한(fuzzy) 영역으로 배제시켜 온 것이다.

이분법은 또 다른 이분법을 먹고 산다. 상보어 설정은 지극히 이분법적인 틀 속에서 이뤄지고 있다. 역시 정상과 비정상, 정상과 예외라는 이분법이 있기에 그런 이분법적 분류가 가능한 것이다. 더 나아가 Alain Rey(1972: 5)에서의 비판처럼 "정상은 선험적인 것으로 비정상은 반가치를 지닌 것"으로 간주된다. 라이온즈도 상보반의어 설정은 인간을 정상적 인간 비정상적 인간으로 나누는 이분법을 바탕으로 하고 있다는 점을 솔직하게 밝혔다.

상보성(complementary)과 관련하여 더욱더 지적해야 할 점이 있다. 한쪽의 부정이 다른 쪽의 단언을 함의하고 한쪽의 단언이 다른 쪽의 부정을 함의하는 것은 **정상적인** 경우에서나 그렇다. 일반적으로는 이러한 함의의 어느 하나나 둘 다를 '취소'하는 것이 가능하다. 그러나 이러한 사실은 상보성이란 용어의 정상적 사용을 무효화하는 데 충분하지 않다. 이러한 상보성의 예로 '남성(male)'과 '여성(female)'을 일반적인 '정상성(normality)'의 원리로 예증함으로써 좀 더 분명해진다. 이 글에서는 이런 의도로 이해하면 된다. 성 구별의 적합성을 인정한다면 첫째 단계에서 '남성'과 '여성'이라는 정상적 이분법(normal dichotomy)을 상정하게 된다. 그리고 이러한 이분법은 상당수의 다른 생물학적·행위적 성질이 같은 사람이나 동물에게 '정상적(normally)'으로 관련되어야 할 것이다. 그렇지만 많은 경우 이분법적 분류가 생물학적으로 또는 행위적으로 불만족스럽다. '어지자지(hermaphrodite)'

또는 '동성애자(homosexual)'라는 용어는 이러한 '비정상성 (abnormalities)'을 설명하는 데 유용하다. 상보성에 해당되는 용어들은 매일같이 쓰는 어휘에서 '제한된 맥락(restricted context)'이라는 통념 으로 형성된 상호 전제, 믿음, 관습의 틀 속에서 같은 방식으로 작동 한다. —Lyons(1968: 461 − 2)

위와 같은 맥락으로 볼 때 라이온즈는 상보적 반의어의 한계를 분명하게 인식하고 있었던 것 같다. 다만 라이온즈는 동성애자나 양 성애자들을 비정상적 인간으로 보는 관점의 문제는 제대로 인식하고 있지 못했던 듯하다. 라이온즈가 위 글을 쓴 지도 벌써 30년이 지났 다. 지금의 라이온즈 생각은 어떤지 모르지만 우리나라 학계에서는 위와 같은 맥락이 끊임없이 확대 재생산되고 있다.

중간 영역을 비정상성으로 설명하는 위와 같은 흐름에 필자가 이 토록 흥분하는 이유는 그렇게 배제해서 설정된 정상 영역이 실제로 는 정상 영역이 아니라는 것이다. 다시 말해 정상 영역인 남녀가 과 연 서로 대등한 주체로 구성될 수 있는가 묻고 있다. 그럴 수 없다 고 본다. 비정상성이라 하는 중간 영역을 차이로서 인식하지 않는다 면 남녀도 차이로 구성되지 않고 차별로써 위계화된다는 점이다. 상 보반의어는 근본적으로 위계어이다.[13] 기존 국어학자들이 상보반의 어 설정 맥락에서 다음과 같이 서로 대등한 관계에 있는 것처럼 논 의했지만 실제로는 그렇지 않다는 사실이다.

---

13) Deleuze& Guattari(1980), 고길섶(1998: 40 − 9) 참고.

　물론 앞에서 밝힌 것처럼 위상화 차원에서 간혹 논의를 했지만 그런 논의들은 중간항을 인정한 상태에서의 논의이므로 위상화에 대한 정확한 인식이라 보기 어렵다. 그리고 '위상화'란 말은 배타적 이분법의 권력 관계를 보여 주기에는 이미지가 약해 '위계화'란 말을 쓴다. 계속 강조해 왔지만 상보적 반의어는 모순율에 바탕을 두기 때문에 철저히 배타적이며 어느 하나를 부정적으로 바라본다.

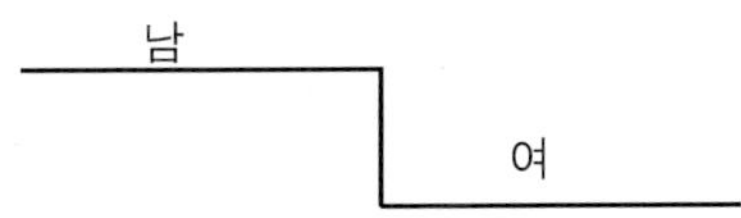

　그렇다고 남녀의 대립적인 의미 차이가 있음을 부정하는 것은 아니다. 필자는 여자를 남자와 똑같이 취급하자는 페미니스트가 아니기 때문이다. 똑같이 대해 주자는 평등주의가 아니라 차이를 존중해 주는 평등주의로서의 페미니즘을 존중한다.[14] 그러니까 위계적 이분법

---

14) 차이를 존중하자는 페미니즘도 두 갈래가 있다. 하나는 Irigaray / Trans by Gillian C.Gill(1985)에서처럼 남성성과 여성성을 인정한 상태에서 여성으로서의 정체성을 강조하는 쪽이고, 또 하나는 들뢰즈 / 가타리(앞 글 참조)처럼 아예 남성성, 여성성 자체를 부정한 상태에서의 복수성을 강조하는 쪽이다. 이리가라이 쪽에서는 들뢰즈 / 가타리가 성차를 고려하지 않는 쪽에서 차이 이론을 펼쳤다고 부정적으로 바라보고 있다. 이런 두 차이 이론의 대립 문제는 Braidotti(1994)에 자세히 설명되어 있다. 브라이도티는 기본적으로 이리가라이 쪽을 지지하면서도 들뢰즈의 리좀적, 노마드적 관점을 적극적으로 차용하고 있다. 일종의 중간적 입장이다.

에서는 이러한 성적 차이는 무시되고 성적 차별이 작동한다는 점이다. 왜냐하면 차이는 다양성 존중에서 오는 것인데 그렇다면 그러한 다양성은 중간 영역을 받아들이는 데서 설정되는 것이기 때문이다.

이분법의 이런 위계성은 수직적 나무 모델을 전제로 한다. 이분법은 이분법을 먹고 살며 이분법을 잉태한다. 그것은 획일적 구도이며 일종의 파시즘이다.

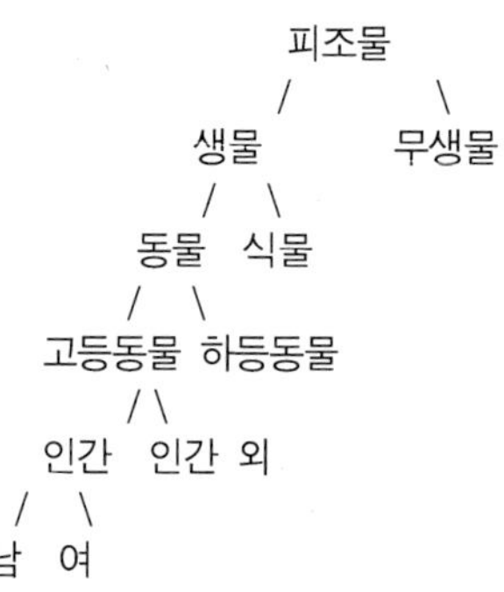

위와 같은 이분법적 분절에 의한 분류는 린네의 생물 분류에서 알 수 있듯이 분명하게 가시화시킬 수 있는 것에 대한 언어의 분절화이다. 푸코(Foucault 1966: 147)에서 지적했듯이 이러한 분류는 불확실한 것을 배제하는 방식으로 정립된다. 남자 같은 남자, 여자 같은 여자만이 확실한 분류 대상이며 따라서 정상이고 여자 같은 남자, 남자 같은 여자는 불확실한 대상이므로 분류 대상에서 제외된 것이다.[15] 데리다가 플라톤에서 헤겔까지 이르는 형이상학을 철학과

신학으로 이루어진 폭력으로 보고 이분법은 허구라고 하는 맥락도 위와 같은 수목 모델에 대한 비판으로 볼 수 있다.

그리고 '남/여'를 위계적 반의어로 보는 경우는 중간항을 논하는 것 자체가 무의미하다. 중간항은 비교 대상이 근본적으로 평면적인 상태에 있을 때 설정 가능한 것이기 때문이다. 권력을 기준으로 중간항을 설정할 수도 있겠지만 그럼 중성의 경우는 남녀 권력 사이에 있는 중간항인가. 그렇지 않다. 그리고 권력 관계는 맥락에 의해 결정되므로 그 중간 설정이 쉽지 않다. 그리고 우리는 남성과 여성을 각각 복수로 생각한다. 다양한 남성, 다양한 여성 그러한 기준에서 발생하는 복수성으로 볼 때 중간항을 논하는 것이 무의미하다.

학자들이 상보반의어를 설정하면서 논리학의 모순 개념을 도입하는 것은 상보반의어가 실제 그런 관계 개념으로 구성되어 있다고 생각해서이기도 하겠지만 그 이면에는 논리적 명징성 확보를 통한 보편화 시도, 그를 통한 언어과학의 정초에 관심을 가지기 때문이다. 이때의 과학은 정확성과 체계성을 추구하는 것인데 언어과학에서의 '과학'이 그런 식으로 설정되는 것을 반대한다. 원래 과학의 본질은 절차나 과정의 합리성에 있다. 문제를 발견하고 가설을 세우고 실험과 논리적 추론, 과학적 상상력을 통해 가설을 검증하고 법칙을 세우는 것이 일반적인 과학적 절차이다. 법칙 그 자체가 중요하기보다

---

15) 로버트 어그로스·조지 스탠시우/오인혜·김희백 옮김(1987: 8장)에서는 생물계의 위계 질서는 인정할 수 있느냐고 하면서, 다윈이 생물 분류에서 고등이니 하등이니 하는 말들을 쓰지 말자는 생물의 평등주의를 반박하고 있다. 아울러 인간 우월주의를 강력하게 내세우고 있다. 물론 특정 기준이나 관점에서 어느 것의 우열을 가릴 수는 있을 것이다. 그렇다면 특정 부문에서는 개가 인간보다 더 우월한 면이 있다. 생물이건 무생물이건 동물이건 식물이건 같이 어울려 살아야 하는 생태주의 관점으로 보면 이런 위계 관점은 옳지 않다. 박테리아 없이 어찌 인간이 있을 수 있는가.

는 법칙을 얻기 위해 어떤 과정을 거쳤느냐가 중요한 것이다. 이런 과정이나 절차로 보면 완벽한 정확성이나 합리성만 동원되는 것은 아니다. 검증되지 않은 가설도 등장하고 비과학적인 것처럼 보이는 과학적 상상력도 동원된다. 설령 결과적 법칙이 중요하다 할지라도 언어과학에서의 법칙이 수학적 법칙처럼 정확성에 초점이 맞추어질 필요가 없다고 본다. 언어 그 자체 체계의 정확성이 아니라 언어가 우리 삶과 어떤 방식으로 결합될 수 있는가 그래서 어떤 효과를 발휘하는가라는 유물론적 과학성에 초점을 두어야 한다고 생각한다. 그러므로 언어과학의 목표나 검증 기준은 정확성이 아니라 적절성, '똑바로'가 아니라 '제대로'로 이동해야 한다고 생각한다(김슬옹: 1998).

그리고 반의어 분류의 규칙성 지향은 대개 구조주의 방법론을 따르는 데서 생기는 한계이다. 구조주의 분석 방법론에서 주로 쓰이는 양분 자질(남자: [＋male], 여자: [－male])은 전형적인 이분법이다.[16]

기존의 상보반의어 설정은 각 낱말의 개념적 의미에 기초하고 있다. 이러한 개념적 의미는 고정된 보편적 일반화를 지향하고 있다. 전수태(1995 / 1997: 73－80)에서 반의어를 고정 반의어와 상황 반의어로 나누고 상보적 반의어 따위를 고정 반의어라고 한 것도 그 때문이다. 개념적 의미를 절대적 기준으로 어휘 관계를 설정한 것 자

---

16) 모든 구조주의가 그렇다는 것은 아니다. 열린 구조주의자인 레비스트로스나 옐름슬레우 등은 이분법을 극복하고자 노력한다. 그러나 최호철(1998)에서 정리된 바와 같이 닫힌 구조주의자들은 고정적 체계를 지향하면서 이분법적 분석 틀을 선호한다. 소쉬르는 두 측면을 다 지니고 있다. 랑그 중심의 연구지향성은 닫힌 구조주의 성향을 차이를 통한 가치 부여 성향은 열린 구조주의자의 모습을 보여 주고 있다. 우리나라 구조주의 언어학은 대부분 닫힌 구조주의자로서의 소쉬르를 계승하고 있다. 소쉬르의 근대성과 탈근대성의 양면성에 대해서는 김슬옹(2008ㄱ)에서 세종 사유와 비교하면서 자세히 밝혔다.

체가 다수의 주류 입장의 고착화를 지지해 주는 효과가 있다. 근본적으로 '남/여'라는 두 어휘 관계는 남녀가 어떤 방식으로 서로를 대하고 상호 작용을 하느냐에 따라 결정되는 것이다. 당연히 '남'도 아주 다양한 남이 있고 '여'도 아주 다양한 여가 있다. 개념적 의미로만 생각한다면 그러한 다양한 관계 설정을 설명할 수 없다. 어휘 관계는 어휘만의 관계가 아니라 삶의 관계이기 때문이다.

위와 같은 맥락으로 볼 때 이분법은 고정성을 특징으로 한다. 왜냐하면 이분법은 권력을 소유한 사람들 편이기 때문이다. 정해진 위계질서를 깨뜨리거나 변화시키지 않는 쪽으로 생활양식이 굳어지게 마련이다. 전수태가 "자극어와 반의어의 관계가 언제나 고정 불변이라는 가정에서 출발하였고 따라서 그 준칙도 고정된 것일 수밖에 없었는데 이 경우 우리는 이들 반의어를 '고정 반의어'라 부를 수 있다(1997: 73)."라고 자리매김한 것은 바로 그런 맥락이다. 당연히 상보반의어는 이런 고정 반의어 분류에서 으뜸을 차지한다. 전수태와 같이 비고정 반의어, 곧 상황 반의어의 효용적 가치에 대해 주목한 것[17]은 이조차 제대로 논의하지 않은 반의어 연구사에서 나름대로 가치가 있으나 고정 반의어에 대한 예외적 현상으로 자리매김한 것은 문제가 있다고 본다.

그동안 이분법적 사고의 위험성은 숱하게 지적되어 온 것이며[18] 이를 여기서 굳이 반복할 필요는 없다고 본다. 그러나 반의어의 존

---

17) 이런 쪽의 논의는 주로 어휘 연상이나 어휘 습득, 어휘 교육과 관련되어 논의되었다. 성열호(1983), 유재복(1992), 윤기정(1990), 이용주(1971), 임지룡(1986), 임지룡(1989), 장응칠(1984), 조순화(1994), 최문경(1991), 탁미경(1994) 등 참고.

18) 이분법적 사고의 문제에 대해서는 오세철 외(1980), 이홍탁(1980), 서정수·노대규(1983: 139–171), 마성식(1996: 188–210) 참고.

재 양상을 논하면서 이분법 그 자체를 다양한 사고방식의 하나로 설정한 심재기(1975: 135)에서의 고충에 대해서는 좀 생각해 볼 점이 있다. 심재기는 다치적 사고의 긍정성을 인정하면서도 이치적 사고의 불가피성을 여러 사람의 논의를 곁들여 논하고 있다.[19] 위계적 이분법 차원이 아니라면 이런 논의는 당연히 옳다. 이분법이건 다분법이건 다양한 사유 방식으로 우리는 받아들일 수 있다. '밤 / 낮', '어두움 / 밝음' 등 자연현상의 이항 대립은 이분법이 인간의 본질이 아닌가 하는 생각이 들게까지 한다. 그러나 우리는 지금 가치중립적인 사물이나 자연 세계 그 자체를 얘기하고 있는 것은 아니다. 우리는 지금은 언어를 가지고 얘기하고 있다. 그것도 의미 작용으로서의 언어를 얘기하고 있다. 구체적인 담론 속에서 그런 이항 요소는 주류 담론을 위한 위계적 이분법으로 작동하게 마련이다. 특히 상보적 반의어의 경우는 더욱 그렇다. '미혼 / 기혼'은 단지 결혼을 했느냐 안 했으냐로 작동하는 경우는 드물다. 주로 여성의 경우에는 성적 매력 등의 성 상품화 담론으로 작동한다. 이분법의 필연적 선험성을 강조한 심재기(1975: 141)에서도 반의어를 만들게 하는 기본 인자는 무엇인가라고 물으면서 "그것은 모든 반의어 쌍을 일정한 위상에 고착시키지 않으면 안 되는 우리 인간의식의 위상화(Phasalization)라고 볼 수 있다. '죽음'을 저쪽, '삶'을 이쪽으로 의식했을 때 '저승'과 '이승'이란 말이 생기고 '평화'는 여기, '전쟁'은 저기에 놓으려는 생각에서 평화를 가까이하고자 하는데, 가깝게 느끼는 것 역시 의식의

---

19) 김주보(1988: 3)에서도 비슷한 논의를 하면서 "의미대립어는 논리적 사고의 이분법에 의해 언어구조 내에서 의미의 대립적 관계에 있는 단어 쌍들로 구성된다."라고 하고, 이승명 (1978: 168)에서도 이분법을 인간의 본능으로 못 박고 있다.

위상화라고 생각된다."라고 언급하고 있다.[20]

'남녀'에 대한 이분법적 사고의 위험성은 카메론(Cameron 1985: 4 장, 1992: 5장)에서 자세히 다룬 바 있다.[21] 카메론은 남녀에 대한 언어학적 이분법에 대해 "이론적 편견을 마치 언어 자체의 특징이나 되는 것처럼 납득시킬 수 있는가"라고 묻고 있다. 곧 "남녀 대립에 관한 설명 거의 대부분은 언어학 밖에서 찾아야 한다. 그것은 인간 경험의 모든 영역에서 성적 이분법을 구축하려는 대단히 일반적이고 도 의식적인 남성 중심 사회의 사고방식을 반영하는 것이다.

다시 강조하거니와 상보성은 이분법에 기대고 있는데 이때 이분법 은 정상과 비정상이라는 또 다른 이분법에 기대고 있다. 이런 맥락 이라면 상보성이란 말 자체에 문제가 있다. 원래 상보성이라는 용어 는 물리학에서 먼저 일반화된 개념이다. 곧 양자역학에서 미시세계 현상을 기술할 때 파동과 입자와 같은 상반된 개념의 짝을 동시에 사용할 필요가 있을 때 쓰는 말이다. 상반된 성격이 배타적 조건으 로 존재하지만 하나의 짝을 이뤄 서로가 서로를 보완해 주는 개념이 다(W.하이젠베르크 / 최종덕 역: 1994: 45-55). 음운론에서도 우리말 [p] [b]는 각각 배타적 조건에서 나타나지만 동일 음소 / p / 를 구성하 므로 물리학에서와 비슷한 개념으로 쓰인다. 그러니까 라이온즈는 동질성과 이질성을 동시에 지니면서 서로 배타적 조건으로 나타난다

---

20) 이신태(1992: 19)에서도 비슷한 논의를 하고 있다.
21) 물론 김숙희(1986), 윤양헌 외(1986), 강주헌(1995), 김혜숙(1995), 신정애(1996) 등의 국내 논의, 로빈 레이콥(1991), 마리나 야겔로 / 강주헌 옮김(1994), 뤼스 이리가라이 / 박 정은 역(1996 / 1998) 등 관련 논의는 너무도 많다. 그러나 이들 논의는 대부분 남성언어, 여성언어 등으로 확연히 갈라진 언어 현상에 대한 분석들이다. 필자는 이들 논의에 힘입어 복수 성을 전제로 어휘론 / 의미론의 구체적인 언어학에서의 성차별 맥락 비판을 시도하고 있다.

[사진] 서울시 관악구(1998, 김슬옹)

고 해서 이러한 개념을 도입한 모양이지만 상보반의어의 경우는 짝이나 동질성을 강조하는 것이라기보다는 서로의 관계를 위계화시키는 이분법적 배타성이 강조된 것이다.[22] 그러므로 굳이 그런 반의어를 인정하는 맥락에서 용어를 선택한다면 배타적 짝말로 하는 것이 좋을 것이다. 배타적 반의어를 상보적 반의어로 부른다면 그러한 명칭은 허구적이거나 배타적 성질을 감추는 격이 된다.

어떤 어휘가 상보반의어냐 등급반의어냐는 어휘 자체의 속성이기보다는 맥락에 의해 결정된다. 유사어로 알고 있는 '근로자', '노동

---

22) 물론 '남/여'를 상보 반의어로 보는 이유는 단지 복잡하고 다양한 사회의 이면에서 더욱 명확한 판단을 내려야 할 필요성이 있기 때문에 중간자를 인정하지 않는다고 볼 수 있다. 문제는 그렇지 않은 경우 부정적 측면이 더 많다는 것이다. 필자의 강의를 들은 가톨릭대학교 대학원 학생들은 남/여'의 이분적인 것이 자라나는 학생들에게 일방적으로 잘못되어 있고 다양한 성을 가르쳐야 한다는 것은 동의하였다. 다만 다음과 같이 역시 맥락적 고려가 필요하다고 보았다. "고등학교 이전까지는 이분법적인 분류방식을 갖추고 난 다음 고등학교 때 다치적 사고와 이분적인 성이 잘못되어 있다는 것을 가르쳐도 충분하다. 어릴수록 보여지는 사실적인 것은 '남/여'로 구분되어 있지 않을까? 변별적 능력이 생기는 그 이전까지는 가치관에 혼란을 야기할 수 있다고 본다. 일방적인 이분법을 가르치는 것은 분명 잘못되어 있으나, 아이들의 기준과 사고력을 고려하지 않는 것은 아쉬움이 남는다. 어쩌면 어른들의 시각에서 바라보는 것일 수도 있기 때문이다." 교육은 단계와 과정을 고려하는 것이므로 이와 같은 문제설정에 기본적으로는 동의한다. 문제는 실제 그런 절차가 제대로 지켜지지 않을 경우 문제 상황이 어렸을 때부터 고착화된다는 점이다.

자’도 우리 사회에서는 반의어로 작동되기도 한다. 흔히 일반적으로 상보반의어라 보는 것도 등급반의어가 될 수 있으며, 등급반의어라 생각되는 것도 우리 실제 삶 속에서는 상보반의어로 작동한다. 다시 말해 우리가 흔히 등급반의어로 생각하기 쉬운 것도 이분법적 맥락에서 상보반의어로 작동한다. ‘롱다리─숏다리’가 대표적이다. ‘길다─짧다’가 등급반의어이므로 ‘롱다리─숏다리’도 등급반의어로 생각하기 쉽지만 실제 우리 삶 속에서는 상보반의어다. 중간 다리를 인정하지 않기 때문이다. 롱다리가 아니면 숏다리다. 롱다리에 대한 상대적 우월적 가치가 부여된 것이다.

이런 경우는 실제 지시물의 세계는 중간 영역뿐만 아니라 다양한 영역이 있는 것임에도 우리 현실에서 이 말이 쓰이는 맥락은 한결같이 이분법적 반의어로 작동한다. 홍순성(1990: 92)에서의 지적처럼 ‘크다 / 작다’의 경우도 이분법적으로 작동하는 경우가 대부분이다. 곧 “그녀가 키가 크지 않다.”면 작은 것이다. ‘반공주의자’와 ‘용공주의자’도 분명히 중간 영역이 존재하지만 우리 사회의 주류 담론 속에서는 중간 영역이 존재하지 않는다. 필자가 청와대 앞에서 나는 반공주의자가 아니라고 외치면 나는 빨갱이(용공주의자)로 몰려 금방 잡혀갈 것이다.[23] 특히 이런 이념어인 경우는 어휘와 의미 자체가 획일화될 가능성이 높다. 이를테면 필자가 경제적 측면에서는 공산주의를 지지하고 정치적 측면에서는 자본주의를 지지하면 나는 무슨 주의자인가. 무슨 얘기인고 하면 어떤 ‘주의’를 결정하는 요소는 다양한데도 국가의 지배 이데올로기에 의해 풍부한 사고와 생활양식이

---

23) 김슬옹(1996). 담론에 따른 어휘 의미 분석 모색. 〈연세어문학〉 28집. 연세대 국어국문학과. 212쪽 참조.

단순화되고 차단된다.

그럼 상보반의어 설정 자체가 잘못됐다는 것인가. 아니다. '남 / 여'를 배타적 이분법으로 생각하는 사람들이 꽤 많으므로 그런 실체를 어찌 부정하겠는가. 문제는 왜 어휘 분류에서 그런 실체만을 상정하는가이다. 보편적 일반화는 파시즘으로 흐를 가능성이 많다. 그리고 배타적 이분법은 잘못된 사회현상이다. 그런 실체가 있다 하더라도 그것을 보편적 일반화시키는 것은 일종의 폭력이다. 거기다가 그런 분류 방식만을 학생들에게 일방적으로 가르치는 것도 크게 잘못됐다. 학생들에게 성 문제는 다양한 성 쪽으로 가르치되 이분법적 성이 우리 사회에서 많은 문제가 있을 수 있음을 가르쳐야 한다.

그렇다면 구체적인 대안 언어전략은 무엇인가. 먼저 이분법적 어휘는 다분법적 어휘로 분화될 수 있음을 주지할 필요가 있다. 서정수·노대규(1983: 140)에서 이런 측면을 잘 보여 주고 있다. "어떤 일을 '좋음'과 '나쁨'의 두 가지로 나누는 대신에 '아주 좋음', '상당히 좋음', '약간 좋음', '아주 나쁨', '상당히 좋음', '약간 좋음', '아주 나쁨', '상당히 나쁨', '약간 나쁨' 등의 정도 차이로 나눈다면 다치적 사고방식이 된다." '남 / 여'의 경우도 비슷하게 적용할 수 있다. "섬세한 남자, 우락부락한 남자, 말괄량이 여자, 남자 같지 않은 남자, 여자 같지 않은 여자, 여자 같기도 하고 남자 같기도 한 남자." 등등.[24] 다음으로는 들뢰즈 / 가타리의 주장처럼 양극성(남성, 여성)을

---

24) 그레마스는 기호4각형을 고안하여 대립된 요소가 다양한 복수 항으로 분절될 수 있음을 보여 준 바 있다. 곧 남성, 여성, 비남성, 비여성, 여성 같기도 하고 남성 같기도 한 사람, 여성 같지도 않고 남성 같지도 않은 사람 등으로 복수화한 바 있다. 그러나 이때의 복수성은 대립적인 양극성(남성성, 여성성)을 전제로 한 것이다. - 그레마스 / 김성도 엮고, 옮기고 씀 (1997), 박인철(1993: 115) 참고.

부정하고 다양한 복수성으로 설정하는 전략이 있다. 생물학적(외형적) 성에 절대적 가치를 부여하지 않는다면 가능한 얘기이다.

이런 맥락에서 보면 '좋음'과 '나쁨'도 건너지 못할 강 양쪽에 있는 어휘들이 아니라 정도의 차이를 보여 주는 어휘들이다. 좋은 사람이 나쁜 사람이 될 수도 있고 나쁜 사람이 좋은 사람이 될 수도 있다. 우락부락한 남자가 섬세한 남자가 될 수도 있고 그 반대의 경우도 있다. 그렇다면 '반의어'라는 말 자체를 바꿔 보는 것이 어떨까. 먼저 '대립짝말[25])'이란 말이 떠오른다. 대립되어 있지만 짝이 되는 말이다. 아니면 '최대차이말'이라고 하는 것은 어떨까. 차이가 최고로 벌어졌을 때 반대가 되는 것이기 때문이다.[26)]

그리고 '상보반의어'만 본다면 일단 맥락에 따라 두 가지 갈래로 나눌 수 있다. 이분법적 맥락으로 작동되는 어휘는 '이분법적 반의어' 또는 '배타적 반의어'라고 할 수 있을 것이며 그렇지 않은 경우는 대립적이지만 서로 보완해 주는 의미로, 기존 용어 그대로 '상보적 반의어'로 할 수 있을 것이다. 그리고 기존 반의어 유형을 모두 검토해야 하겠지만 일단 분명한 것은 중간자 개입 여부를 가지고 상보반의어와 등급반의어를 나누는 것은 문제가 있다. 그 밖에 상보반의어는

---

25) 짝말이란 말은 허웅(1983: 174)에서 반의어란 뜻으로 쓴 용어다.

26) 이러한 생각은 니체의 발상에 힘입은 바 크다. 니체는 "사건의 템포에 있어서의 차이성에 의하여 정지와 운동, 고정과 이완 이들 모두는 그 자체로는 현존하고 있지 않으며, 사실상 정도 차이를 나타내고 있는 데 불과한데, 어떤 척도를 지닌 광학에 대하여 대립되는 듯이 보이는 대립이다. 여하한 대립도 없다. 우리가 가진 대립의 개념은 논리학상의 대립에서 얻어진 것에 불과하며 그리고 여기로부터 잘못 사물 속으로 꾸려 넣어진 것이다.(니체 / 강수남 옮김: 1988 / 1994: 338쪽)" 물론 이러한 생각은 석가나 노장, 원효 등 많은 선현들이 강조했다. 장자는 "'된다'가 있으면 '안 된다'가 있고, '안 된다'가 있으면 '된다'가 있다. '옳다'에 의거하면 '옳지 않다'에 기대는 셈이 되고, '옳지 않다'에 의거하면 '옳다'에 의지하는 셈이 된다(장자 / 안동림 역주: 1993 / 1997: 59)"고 얘기하고 있다.

절대적이고 등급반의어는 상대적이라는 지적이 있어 왔다. 많은 어휘가 그렇긴 하지만 '남 / 여'의 경우는 어울리는 집단에 따라 남성성과 여성성이 달라질 수 있으므로 절대적인 기준은 되지 못한다. 아무튼 여기서는 맥락에 따라 대립관계가 바뀔 수 있음만 지적해야겠다.

이렇게 필자가 힘겹게 용어를 바꾸고자 하는 것은 기존 용어가 우리의 이분법적 사유나 극단적 사고방식의 표상을 심화시킨다고 보기 때문이다. 우리는 은연중에 반대말 놀이를 통해 타자에 대한 차이와 공존을 비껴가 서로 맞받아쳐야 하는 대립과 갈등의 존재임을 키워 가는지 모른다.

4. 반의어 유형 설정의 애증

반의어 유형 설정은 반의어 연구에서 무척 중요한 구실을 한다. 임지룡(1989: 24)에서의 지적처럼 반의어 유형을 '바르고 정밀하게 설정하기'란 쉽지 않다. 그러나 맥락의 문제 설정을 도입하면 '바름'과 '체계성'이란 강박관념에서 어느 정도는 벗어날 수 있으리라고 생각한다. 반의어 유형 설정의 고충에도 불구하고 많은 연구가 이루어진 것에 경의를 표하면서도 '바름'과 '체계성'에 대한 지나친 열정이 오히려 경직화된 분류를 양산해 온 것이 아닌가 생각한다. 물론 기존의 유형 분류가 무조건 잘못됐다거나 무의미하다는 것은 아니다. 그 나름대로의 맥락과 의미가 있고 다양한 관점에 따라 다양한 분류를 할 수 있기 때문이다. 다만 그 분류에서 반드시 등장하는 상보반의어와 등급반의어를 구분하는 맥락이 너무 경직화되어 있음을 지적했다. 그런 경직성의 대표적인 보기로 이른바 상보반의어의 대표 격인 '남 / 여'를 들었다.

그렇게 획일적 분류를 한 이유는 우리 삶 속에서의 의미 작용과 관련하여 맥락의 중요성을 놓쳤거나 아니면 배타적으로 바라보았기 때문이다. '남 / 여'에 대한 직접적 논증에 앞서 맥락 설정과 의미 작용에 대해 거칠게나마 논의를 해 본 것은 그 때문이다. 우리는 맥락을 일관성과 역동성, 복잡성으로 파악했다. 맥락은 화용론에서나 필요한 개념이 아니라 국어학 연구의 모든 분야에서 적극적으로 도입해야 할 개념이다. 맥락은 언어 행위의 조건이자 결과이기 때문이다. 언어 행위 그 자체보다는 어떤 맥락에서 이루어졌으며 어떤 효과를 거두고 있는가가 중요하다.

'남 / 여' 두 어휘와 관련된 문제는 너무도 민감하고 복잡한 문제이다. 그만큼 이 두 어휘가 불러일으키는 의미 작용도 복잡하다. 그런데 이 어휘를 집중 분석한 것은 우리 삶 속에서 차지하는 비중에 비해 너무 쉽게 연구자들의 분류 틀에 갇혀 버렸다는 문제의식 때문이었다.

필자가 먼저 문제 삼은 것은 '남 / 여' 관계에서 중간자나 중간 영역이 없다고 할 수 있는가였다. 그래서 필자는 중간 영역에 해당되는 '중성'이란 실체와 언어가 충분히 존재함을 밝혔고 '중성'이란 말조차 남녀의 양극성을 전제로 한 편견이 개입된 말임을 설명했다. 그리고 이런 중간 영역의 실체와 언어를 라이온즈가 인정했음에도 중간자로 인정하지 않은 것은 그런 중성을 비정상적 인간으로 양극성의 인간을 정상으로 보는 또 다른 이분법이 깔려 있음을 비판했다.

따라서 필자는 중성을 인정하지 않는 이분법은 남성 위주의 권력을
합리화시키는 위계적 / 수직적 이분법임을 강조했다. 우리 사회는 위계
적 이분법이 너무 지나쳐 많은 문제를 불러일으키고 있다. ‘남자냐 여
자냐’, ‘미혼이냐 기혼이냐’, ‘공부 잘하는 아이 못하는 아이’, ‘서울대
출신과 그 외 출신’, ‘규범과 일탈’ 등등. 결국 중간자 개입 여부를 가
지고 모순관계(상보반의어)를 가려내는 논리학적 장치는 어느 한쪽을
부정적으로 보는 수직적 나무 모델을 양산했다. 따라서 복잡한 인간세
계를 구성해 주는 언어에 그런 장치를 무조건 차용하는 전략은 문제가
있다. 이러한 위계적인 이분법은 수직적 나무 모델을 바탕으로 한다.
린네로 상징되는 이분법적 분류학은 바로 이러한 나무 모델이다.

상보반의어 설정은 당연히 각 어휘 관계의 고정성을 바탕으로 하
고 있다. 어휘 관계는 맥락에 따라 결정되는 유동적인 것임에도 고
정적인 관계로 파악해 어휘 관계가 우리 삶 속에서 일으키는 다양한
의미 작용을 놓치게 된다. 이러한 고정적인 어휘 유형 설정은 대부
분 개념적 의미를 바탕으로 하고 있다. 개념적 의미는 의미 작용의
구체성을 배제시킨 주류 담론에 의한 보편적 일반화이다.

‘남 / 여’는 위계적 이분법으로 보면 상보반의어이고 정확히 말하면
배타적 또는 이분법적 반의어이다. 그러나 위계적 이분법은 우리가 지
양해야 할 사회현상이며 그렇지 않은 계열도 있다. 그렇지 않은 계열
로 보면 상보반의어는 아니다. 아무튼 상보반의어 설정을 보편적 담론
으로 여기는 학계 풍토는 시정되어야 하며 상보반의어를 판별해 내는
논리학적 / 언어학적 장치는 위계적 이분법의 사회모순을 심화시키는
장치이다. 이러한 이분법을 차단하기 위해 아예 ‘반의어’나 ‘대립어’라
는 용어를 ‘대립짝말’ 또는 ‘최대차이말’ 등으로 바꾸는 것을 적극적으

로 검토할 필요가 있다. 그러므로 전략은 다중적이어야 한다. 이는 우리 사회의 실체를 그대로 드러내면서 적극적인 대안을 모색하는 방법이다. 그리고 설령 상보적 반의어와 등급반의어를 설정한다 할지라도 어떤 어휘가 어떤 유형에 속하느냐는 맥락에 따른다.

　언어학자들의 상보반의어 설정 맥락은 우리 사회 현실을 그대로 반영한 것으로 볼 수도 있다. 그러나 특정 검증 장치를 통해 국어교육 분야에까지 일반화시킨 것은 분명 언어학자의 책임이 크다. 우리는 인간의 다양한 육체와 성을 있는 그대로 보지 못하고 관습화된 차별적 언어를 통해 인식하고 있는 셈이고 차별적 언어의 훈육화에 언어학자들이 의식적 / 무의식적으로 영향을 끼치고 있다는 점이다.

3장 노동자 어휘 담론

1. 언어에 대한 인식의 구체성을 위하여

김영삼 정권이 들어선 이래 우리는 이 정권이 강조한 어휘[1]를 원하건 원하지 않건 우리 삶의 중심부로 끌어 오게 되었다. 대표적인 어휘만 보더라도 '문민정부, 개혁, **성역** 없는 수사, 역사바로세우기' 등 많은 예를 들 수 있다. 물론 이런 어휘 자체가 문제가 되는 것이 아니라 이런 어휘를 유포하는 권력[2] 구조와 유포돼 쓰이는 사회적 맥락이 문제이다. 따라서 이들 어휘는 김영삼 정권과 국민과의 자리매김에 적극적인 역할을 하고 있음을 알 수 있다. 김영삼 정권과 이를 지지하는 사람들의 의도는 아래와 같을 것이다.[3]

---

1) 흔히 어휘를 낱말의 집합적 개념으로 정의한다. 실제 우리 말글살이에서는 낱말이 개별적 단위로 이루어지는 것이 아니므로 우리 말글살이를 기준으로 하면 '낱말'이란 용어보다 어휘라는 말이 더 적절하다. 설령 어떤 특정 낱말 하나를 가리킨다 할지라도 어휘라는 말을 쓸 수 있다. 다른 낱말을 전제로 하기 때문이다.

2) 이 글에서는 권력은 정치권력만을 가리키는 것이 아니다. 그렇다고 푸코가 모든 현상 속에 내재되어 있다고 한 미시 권력을 뜻하는 것도 아니다. 이데올로기적 대립에 따르는 이데올로기적 지배 현상을 가리킨다.

3) 이들 어휘들은 여러 가지 맥락으로 볼 때 김영삼 정권의 공적이나 긍정적인 면을 사실적으로 드러내 주는 측면도 어느 정도 있으나 실제 상황은 의도하는 바와 달리 어휘나 의미 왜곡을 통해 국민을 기만하는 측면이 강하다. 더욱 문제 되는 것은 왜곡과 기만이 수구 보수 언론을 통해 지속적으로 대량으로 살포(?)되는 과정에서 많은 사람들이 왜곡과 기만의 실상을 못 알

문민정부니까 뭔가 다르다.
김영삼 정권은 뭐니 뭐니 해도 <u>개혁</u>을 추구하는 정권이다.
문민정부니까 <u>성역</u> 없는 수사를 한다.
김영삼 정권은 <u>역사바로세우기</u>의 위대한 작업을 진행하고 있다.

물론 이런 담론을 받아들이는 양상은 국민 개개인, 아니면 계급·계층별로, 집단별로 다양할 것이다. 다양한 만큼의 다양한 효과를 발휘할 것이다. 위와 같은 담론을 그야말로 철석같이 믿고 따르는 사람들이 있는가 하면 또 어떤 사람들은 최소한 다음과 같은 물음을 던질 수 있으리라 본다.

<u>문민정부</u>라고 해서 달라진 게 무엇인가.
지금까지 추구해 온 <u>개혁</u>이 진정한 개혁인가.
<u>성역</u> 없는 수사가 과연 이루어지고 있는가.
도대체 <u>어떤 역사를 어떻게 바로 세웠는가.</u>

이런 물음을 던지고 보면 위 어휘들의 사용방식과 의미가 다르고

아차리는 데 있다. 더욱 문제가 되는 것은 그런 실상을 인식하면서도 그에 대한 대항 등의 실천에는 소극적이라는 점이다. 그러한 소극적인 자세가 바로 언어 왜곡이 이루어지는 사회 모순의 한 원인이 되는 셈이며 더 나아가서는 침묵이나 소극적인 측면이 그런 왜곡을 도와주는 셈이다. 지식인의 적극적인 역할은 바로 이러한 실상을 폭로하거나 대안 제시에 앞장서는 데 있다. 물론 그러한 역할은 각 개인의 성향과 입장에 따라서 구체적인 방법이 다를 것이다. 그리고 대중들을 지배하는 언어 전달매체의 대부분이 왜곡하는 편에 서 있어(우리나라 방송, 신문 등의 중앙 언론 대부분이 수구 보수 세력의 지배 담론을 전달하거나 생산하는 역할을 하고 있다) 한계는 있을지라도 그럴수록 우리는 다양한 방법의 대항 담론이 필요한 것이다. 필자는 언어를 연구하는 입장에서 언어를 중심부에 놓고 그러한 역할의 방향을 찾아보고자 한다. 따라서 이 글은 그러한 언어 왜곡이 일어나는 원인의 한 측면을 조명해 보는 데에 있다. 그런 의도를 위해 담론 입장에서 논의를 하고 적절한 상황에서 기존 어휘론이나 의미론의 성과도 참고하는 것이다.

대립된 의미 양상이 서로 갈등의 기제가 되고 있음을 알 수 있다. 따라서 다양한 어휘 사용방식에 따른 서로 다른 의미 맥락을 짚어 보자는 것이다. 굳이 위와 같은 어휘만을 문제 삼자는 것이 아니다. 우리 주위에 이런 예는 얼마든지 있다. 왜 집권층과 자본가는 근로 자라는 어휘를 선호하고 민주화 운동권 사람들은 노동자라는 말을 선호하는가.[4] 왜 우리 사회는 '반공'이란 어휘가 때로는 인권 탄압의 기제로 작동하는가. 이루 헤아릴 수 없다. 우리가 쓰는 모든 어휘가 사실 이런 문제 제기로 들어올 수 있다. 필자는 이런 문제 제기에 따른 어휘 분석을 위해 최근 활발히 논의되고 있는 담론의 논의를 수용하고자 한다. '담론'이란 논의 자체가 폭넓게 이루어지고 있지만 이 글에서는 한국의 언어 현실에 대한 문제 제기를 충족시켜 주는 범위 안에서 담론에 대해 2절에서 언급하기로 한다. 그리고 3절에서 는 담론이 간제적 학문 이론 차원에서 활발히 논의되고 있지만 국어 학계에서는 아직 활발히 논의되고 있지 않으므로[5] 왜 의미론이나 어휘론 연구에서 담론을 수용해야 하는가를 논의해 보겠다. 필자가 담론을 수용한다고 해서 그 이론에 한국어를 대입하는 우를 범하지 는 않을 것이다. 4절에서는 기존의 담론 이론의 장점을 적극적으로 활용하여 한국어 담론을 추구하되 기존 담론에서 미비한 점을 극복 해 줄 수 있는 어휘 의미 분석 체계를 시도할 것이다.

우리가 이 글에서 문제삼고자 하는 언어 행위는 학자들의 머릿속 에서만 존재하는 언어 체계도 아니요, 언어는 인간만이 지닌 것이라

---

4) 강내희(1992: 34), 강진숙(1993: 44) 참고
5) 이 글에서 추구하는 담론 차원의 국어학계에서의 논의는 국어교육과 관련시켜 논의한 김상욱
   (1992)이 보인다.

는 교만한 인간의 도구로서의 언어도 아니다. 구체적인 우리의 삶의 제반 문제에 적극적으로 개입하여 작동하고 있는 그런 살아 있는 언어 세계를 논의하고자 한다. 그런 맥락에서 한국어 어휘 쓰임새를 분석할 수 있는 실마리를 푸는 데에 이 논문의 보람을 얻고자 한다.

2. 언어와 담론

담론은 원칙상 의미를 생산하고 교환하는 인간의 모든 실천 행위를 가리킨다. 말하기, 쓰기 등의 언어 실천[6] 행위부터 그림, 건축 등 다양한 표현 행위에 이르기까지 그것이 의미 실천 행위인 한에서 모두 담론인 것이다. 그러나 대중적으로 주된 의미 실천 양식은 언어이고 보면 그런 측면에서 담론은 언어의 실천적인 측면을 다루는 언어 이론이라 할 수 있다.[7] 언어 이론이라고 해서 언어 자체를 연구하는 이론이라는 뜻이 아니라 언어를 연구의 중심부에 놓는 이론이라는 뜻이다. 이런 측면에서 언어 자체에 대한 이론이라 할 수 있는 구조주의 언어학이나 변형생성문법 등의 이론과는 층위가 다르다.[8]

---

6) 담론에서는 '실천(practice)'이라는 말을 자주 쓴다. 이때의 실천의 의미는 단순한 인간의 모든 행위를 나타내는 것이 아니라 인간의 생산 활동이나 그것을 전제로 한 행위를 말한다. 물론 인간의 사회적 실천을 생산 활동이라는 하나의 형태로 한정하는 것은 아니다(모택동 / 이등연 역 1989: 10). 현대사회는 문화적 행위도 큰 비중을 차지하기 때문이다. 담론에서 '실천'을 어떻게 보느냐는 이데올로기를 어떻게 바라보느냐에 달려 있다. 이에 대해서는 본문에서 논의되므로 일단은 이데올로기에 따른 '사회적 실천'이라는 폭넓은 말로 이해하기로 한다.
7) 담론의 전반적 흐름에 대해서는 다이안 맥도넬 / 임상훈 옮김(1992), 강내희(1992) 참고.
8) 담론 이론은 열린 이론이다. 열렸다는 것은 두 가지 측면에서 생각할 수 있다. 하나는 학문의 분파성을 지양한다는 점이다. 인간의 언어로써 이룩하는 인간의 모든 행위가 연구 대상이므로 학문의 배타적 분파성이 있을 수 없다. 앞에서 얘기한 인간이 사회적 실천 행위로서의

결국 이 글에서 제일 먼저 필요한 것은 언어를 어떻게 바라보아야 하는 관점(시각)의 정립이다. 따라서 담론에서는 언어를 사회적 실천 행위로 본다는 의미를 구체적으로 되새겨 보아야 한다. 그것은 언어는 고정적인 체계가 아니라 사회생활을 해 나가는 사람들의 능동적 행위의 결과라는 것이다. 사회적 실천으로서의 언어 행위가 담론인 셈이다. 그러므로 담론은 구체적인 언어 현상을 중요시한다. 우리나라 국어사전에 실려 있는 몇십만의 어휘는 그 자체로는 의미가 없다. 그 많은 어휘를 사람들이 어떤 사회적·제도적 관계 속에서 어떤 방식으로 쓰고 있느냐가 중요한 것이다. 추상적이거나 비현실적인 랑그를 주된 연구 대상으로 삼은 소쉬르식의 구조주의(형식주의) 언어학이나 선험적이거나 관념적인 언어능력을 연구의 대전제로 삼은 변형생성문법은 구체적인 언어 실천 행위를 밝히는 데 한계가 있다는 데서 담론 연구의 필요성이 제기된다.

위 논의와 더불어 생각해 볼 것은 언어와 사회와의 관계이다. 언어 실천 행위는 단순한 개인적 발화가 아니라 사회적 행위이거나 아니면 그것을 전제로 한 행위이기 때문이다. 이런 관계는 사회언어학적 관점과의 대비를 통해서 더욱 분명하게 이해할 수 있다. 담론에서는 '언어는 사회를 반영한다'는 사회언어학적 명제를 비판한다는 점이다.[9] 사회언어학은 이익섭(1994: 14)에서 정리된 대로 "언어를

다양한 표현 행위를 모두 대상으로 삼는다는 측면도 여기에 포함될 수 있을 것이다. 또 하나는 실천을 매개로 하는 이론이므로 고정된 체계라고 할 수 없다. 물론 지향하는 담론에 따라 당연히 이론 체계가 있을 수 있으나 구조주의 언어학이나 변형생성문법처럼 특정한 이론 체계가 절대적이지 않다는 점이다.

9) 이 명제에 대한 구체적인 비판은 Deborah Cameron(1990: 79-96 / Edited by John E.Joseph·Talbot J.Taylor: 1990: 4장)을 보라. 이곳에서의 사회언어학은 주로 미국 쪽의 사회언어학을 가리킨다. 관념론적 언어학과 담론과의 차별성은 맥도넬(1992)에서의 옮긴

사회와 유리된 모습, 일종의 추상적인 체계로서가 아니라 바로 <u>그 사회 속에서의 언어 사용을 관찰의 대상</u>으로 삼는, 다시 말하면 어떤 말이 누가 언제 누구에게 어떤 목적으로 한 말인지를, 즉 그 언어 항목의 사회적 분포 및 의미를 필수적인 고려의 대상으로 삼는 언어학(밑줄: 글쓴이)"이다. 이런 맥락은 담론의 추구 방향과 비슷해 보이지만 근본적인 차이가 있다. 곧 사회언어학은 사회 속에서의 언어 사용 그 자체에 초점을 맞춘 반면에 담론은 어떠한 언어 사용에서 왜 그러한 언어 사용이 일어나게 됐는지의 맥락에 초점을 둔다. 곧 사회언어학은 언어와 사회의 관계를 적극적으로 본 것은 좋으나 언어를 은연중에 고정화시키고 있다.[10] 곧 사회가 먼저 있고 언어가 있는 듯이 논의하는 것은 사회와 언어를 이분법적으로 보는 전제가 깔려 있어 언어의 적극적인 사회적 구실을 오히려 소홀히 하고 있다. 이를테면 지역 차이라는 사회적 상황이 있고 나서 방언이 형성된 것이 아니라 지역이 분할돼 가는 과정에서 방언이 그 과정의 한 요소로 설정되는 것이다. 결국 담론 차원에서 중요한 것은 방언의

이 서문에서 간단하게 이루어진 바 있다.

10) 고정화된 측면의 한편에는 이미 사회적으로 규범화되어 있는 언어 체계를 전제로 하고 있는 듯하다. 이익섭(1994: 15 – 7)에서의 예증의 보기를 가지고 검토해 보자. 이익섭은 사회언어학과 생성문법 이론과의 차이를 설명하는 과정에서 "철수한테서 편지가 왔습니다."라는 문장의 사회언어학적 분석을 "이 문장의 화자는 '철수'의 형일 수는 있어도 동생일 수는 없을 것이다. 왜냐하면 한국어에서 형을 이름으로 지칭하는 법은 없으니까. 또 이 문장의 청자는 화자의 하위자일 수는 없을 것이다. '–습니다'와 같은 합쇼체 어미는 상위자에게만 쓰이기 때문이다."와 같이 설명한다. 이러한 추론 방식은 "한국어 = 규범언어"로 한정한 것이다. 그러나 우리 주위에서 형제 나이 차이가 얼마 안 나는 경우 "철수한테서 편지가 왔습니다. 야, 이 녀석아 형한테 '철수'가 뭐야, 버릇없게시리"와 같은 대화를 얼마든지 볼 수 있는 것이다. 글쓴이도 함께 큰 두 살 아래 이종 동생이 내 이름을 함부로 불러 자주 싸우곤 했다. 이런 언어 행위가 규범 언어가 아니라든가 버릇없는 언어라고 할 수는 있어도 구체적인 한국어가 아니라고 할 수는 없는 것이다.

차이 그 자체가 아니라 방언이 형성되는 구조나 권력적 배경과 효과
이다. 성차별과 결부시키는 성별과 언어 관계에 대한 관점이나 해석
을 보면 그 차이를 더 분명하게 알 수 있다. 사회언어학의 논의에서
는 언어가 남성어와 여성어로 분리된 것으로 본다. 이를테면 영어에
서 여성 명사에만 특별한 접미사를 붙인다든가 우리나라 말에서 여
성 직업인들에게만 붙는 '여-(여의사, 여판사)'라는 접두사, 또는
'여사'와 같은 여성 호칭어를 예로 들고 이러한 언어적 장치가 성차
별의 기제가 된다는 것이다. 그러나 담론에서는 극단적으로 말하면
모든 언어가 성차별 언어가 될 수도 있고 안 될 수도 있다고 본다.
다시 말하면 위에서 지적한 여성어조차 성차별 언어로 작동하는 것
은 그 언어적 장치 그 자체에 있는 것이 아니라 어떤 방식으로 쓰
이느냐에 달려 있다고 보는 것이다.

언어와 사회와의 관계에 대한 여러 논의 중에 담론과 밀접한 유
사성을 지닌 것은 화행론 또는 화용론에서의 논의이다. 오스틴
(Austin: 1962)은 모든 발화는 행위를 수반한다고 하여 실제 상황 속
에서 언어의 의미를 강조했기 때문이다. 그러나 행위를 수반하는 사
회적 조건의 본질 곧 권력 문제 등이 언어 자체에서 비롯되는 것으
로 보고 있다.[11] 곧 발화 행위가 일어나는 근본 원인과 맥락을 소홀
히 하고 있는 것이다.

이로써 담론에서 언어를 어떻게 바라보느냐는 그 윤곽이 드러난
셈이다. 그렇다면 이제는 구체적인 언어 현실에 대한 해석이다. 그러
기 위해서 먼저 관념론적 언어학에서 설정되는 언어 단위에 대한 문

---

11) 부르디외 외 / 정일준 옮김(존 톰슨 1995: 52-6) 참고.

제를 짚고 넘어갈 필요가 있다. 담론에서 논의되는 언어 단위는 통사론에서의 문장, 형태론에서의 형태소·낱말, 음운론에서의 음운, 화용론에서의 담화, 텍스트 언어학에서의 텍스트와 같이 고정화되어 있지 않다. 대개는 문장 이상의 진술을 대상으로 하지만 그것이 담화건 텍스트이건 상관이 없다. 언어 실천이 이루어지는 맥락이 중요하므로 그러한 맥락 분석을 위해서 다양한 언어 진술이 동원된다. 그렇다고 음운, 낱말 등의 미시 단위가 논의 대상이 아니라는 것은 아니다. 논의의 필요가 있으면 언제든지 음운, 낱말을 중점적으로 따지되 그것의 이데올로기적 분석을 위해서는 음운이나 낱말이 논의된 폭넓은 언어 자료(담론)가 필요하다는 것이다. 이를테면 마이크로소프트사에서 한글 윈도의 한글 코드인 통합완성형 담론이 논쟁거리가 되었을 때 음운 단위의 코드인 조합형, 음절 단위의 코드인 완성형에 관한 열띤 토론이 있었다. 이때 음운, 음절이라는 언어 단위가 중심 논의가 된 것이다. 다만 그 맥락 분석을 위해 마소사가 발표한 발표문, 완성형을 처음으로 제정한 정부의 고시문, 이에 대한 각종 언론의 보도 자료가 언어 자료로서 동원되었다.

언어 단위와 더불어 생각해 보아야 할 점은 언어 자체의 성질이다. 곧 언어는 크게 내용적 요소인 의미와 형태적 요소인 기호와 음성·음운으로 되어 있는데 이들 요소를 어떻게 바라보느냐이다. 물론 담론은 모든 요소가 논의의 대상이 된다. 다만 담론은 언어의 이데올로기적 성질을 중요시하다 보니 자연스레 의미[12]를 더욱 중요시한다. 이때의 의미는 단순한 언어적 의미가 아니라 사회적 구조와

---

12) 따라서 페쇠가 Michel Pêcheux / Trans by Harbans Nagpal(1982)에서 언어학의 의미론(또는 언어철학)을 통해 담론의 이론체계 설정을 시도한 것은 그만 한 이유가 있는 셈이다.

거기에 참여한 주체의 언어 행위에 의해 결정되는 의미이다. 곧 담론에서는 의미를 '물적·사회적 구성물(다이안 맥도널 / 임상훈 옮김: 1992: 35)'로 본다. 이는 기존 언어학에서 언어 내적으로 결정되는 의미와는 다른 것이다. 담론에서의 의미를 기존 언어학에서의 의미와 구별하기 위해 이 논문에서는 일단 '담론적 의미'라 부르기로 한다. 이는 4장에서 더 자세히 논의할 것이다.

의미와 관련시켜 담론에서 중요한 것은 이데올로기이다. 여기에서의 이데올로기는 알튀세르가, 초기 마르크스가 허위의식으로서 파악했던 이데올로기나 아니면 그 후 특정 계층이나 계급의 신념 따위를 이데올로기로 보는 관점을 극복한 것으로 사회구조 속에서의 물질적 실체를 강조한 이데올로기를 말한다.[13] 맥도널(1992: 39)에서 재해석하여 정리했듯이 "모든 사람들에게 그들이 살고 있는 실제 관계에 대한 상상의 관계를 부여하는 의미 체계"를 말한다. 이런 이데올로기 개념에는 흔히 두 가지 비판이 따른다. 하나는 지배 이데올로기 위주로 파악하여 다양한 권력 관계를 설명하는 데 한계가 있으며 또한 괴란 테르본 / 최종렬 옮김(1994)의 지적처럼 '상상의 관계'가 지닌 모호성이다.[14] 이 글에서는 이런 비판 맥락을 그대로 따르는 것은 아니지만 비판 자체가 무의미한 것은 아니라고 본다. 따라서 우리는 알튀세르가 이데올로기를 적극적으로 해석한 맥락을 따르되 다양한 담론 실천의 필요성에 의해 이데올로기 개념을 다시 정리할 필

---

13) 담론에서의 이데올로기론이 설정되기까지의 논의는 Terry Eagleton(1991) / 여홍상 옮김 (1994) 1장, 2장 참고.
14) 알튀세르가 이데올로기의 물질성을 논했다 하지만 결국 역사를 하나의 상상적인 것으로 만들어 버린 것이라고 비판할 수 있을 것이다. - 괴란 테르본 / 최종렬 옮김(1994: 역자 서문 171쪽).

요를 느낀다. 곧 이데올로기는 사람들의 사회에서의 실제 관계를 부여해 주는 신념이나 믿음, 가치로 보되 그것이 특정 계급에 의해서가 아니라 사회 전체의 물질적 구조로부터 오는 것으로 폭넓게 정의하고자 한다.[15] 이렇게 정의함으로써 이데올로기를 지배 이데올로기, 저항 이데올로기 등으로 보는 이분법적 분류를 벗어날 수 있으면서 다양한 실제 관계를 설명해 줄 수 있게 된다. 이는 문화적 요소의 비중이 점점 더 커지는 현대사회와 다양한 언어 실천 관계를 설명해 주는 데 더 유리한 장점이 있다. 부르디외가 아비투스[16]라는 새로운 이데올로기를 설정하고 '언어시장'이라는 틀 속에서 문화의 층위를 강조한 맥락도 같은 맥락이라 볼 수 있다. 물론 그렇다고 해서 지배 이데올로기와 저항 이데올로기와 같은 맥락을 부정하는 것은 아니다. 우리나라와 같이 민주화가 덜 된 나라나 후진국일수록 그러한 이데올로기가 첨예한 편이다. 실제로 이 글에서는 다양한 어휘 향상 가운데 주로 지배 이데올로기와 관련된 어휘를 다루고 있다.

결국 의미 결정에 직접적으로 개입하는 것은 이데올로기라 할 수 있다. 의미는 대개 언어의 기표를 통해 가시화된다. 가시화된다고 해서 의미가 온전히 드러난다는 것이 아니라 언어적 상징체계에 의해 드러난다는 것이다. 이데올로기는 기표를 통해 가시화되지는 않는다. 단 의미를 결정해 주는 것이므로 이데올로기는 상징적 의미 체계라

---

15) Terry Eagleton(1991) / 여홍상 옮김(1994) 1장 참고. Göran Therborn(1980) / 최종렬 옮김(1994)에서도 이데올로기 개념을 알튀세르의 기본 맥락을 따르되 폭넓게 설정하고 있다. 곧 괴란 테르본은 "이데올로기는 허위, 오인, 실재적 성격과 대립으로서의 상상적 성격과 같은 특정한 내용을 함축하는 것이 아닌, 의식 있는 행위자들로서 그들의 삶을 살아가는 인간 조건의 측면"으로 정의하고 있다.

16) 아비투스(Habitus)는 프랑스 사회학자 피에르 부르디외가 주창한 개념으로, 인간의 행위를 낳는 무의식적 성향, 또는 행위자의 주관성 속에 내면화된 사회 질서를 의미한다.

할 수 있다.[17] 결국 언어가 각각 말하는 주체나 계층·계급에 따라 달라지는 것은 언어 행위에 이데올로기가 개입하기 때문이다.

언어의 기능 측면에서 담론을 살펴보자. 언어는 기본적으로 의사소통 기능을 한다. 그러나 담론에서 중요시하는 것은 비소통 기능을 하는 경우이다. 그리고 더욱 문제 삼는 것은 언어 소통 기능을 이데올로기화하여 비소통 상황을 왜곡하는 경우이다. 이를테면 프랑스 대혁명 기간 중에 귀족 언어와 각 지방어로 분할되어 있던 언어적 상황이 부르주아 계급이 혁명을 주도하면서 그들 계급 중심의 언어가 표준어(national language)로 설정되면서 그 언어가 의사소통의 주된 도구로 굳어진다. 다만 담론에서 주목하는 것은 그러한 과정에서 부르주아 계급 언어 중심의 언어 통일이 프롤레타리아 계급에 대한 억압의 기제로 작동하는 것을 주목하는 것이다.[18] 우리나라도 서울 중심의 중류, 중산층 언어가 표준어로 설정됨에 따라 표준어가 서울 외 지역에 대한 차별의 기제로 어느 정도 쓰이고 있음을 알 수 있다. 이런 예는 너무나 많다. 이를테면 의사가 쓰는 전문어와 환자가 쓰는 일상어가 다를 수 있다. 문제는 의사가 자신의 전문어를 권위주의로 내세우면서 환자에 대한 멸시나 억압으로 작동하는 데 문제가 있는 것이다. 물론 그렇다고 같은 계층·계급의 언어라고 해서 다 동일하다는 것은 아니다. 왜냐하면 언어를 쓰는 사람이나 입장에 따라 어휘 사용 양상이나 의미 양상이 다르기 때문이다. 모든 의사가 같은 의식, 같은 행위 양식을 가진 것은 아니다. 그러므로 환자를 대하는 태도와 의술에 대한 관점에 따라 그들의 동일한 전문어라 할

---

17) 이데올로기와 의미의 관계에 대해서는 고길섶(1994) 참고.
18) 페쇠(앞 책: 8-9) 참고.

지라도 그 전문어 담론, 의미는 달라지는 것이다. 마찬가지로 환자도 병에 대한 관점과 병원, 의사에 대한 관점에 따라 똑같은 일상어라 할지라도 의미 생산은 달라진다.

결국 언어 행위는 통합의 기능도 하지만 분할의 기능도 한다. 그것은 체계로서의 언어는 서로 공유하나 실천 행위로서의 언어는 사회적인 입장에 따라 다른 방식으로 작동되기 때문이다. 문제는 다른 방식으로 작동되는 것이 아니라 어떤 입장, 어떤 맥락에서 작동하느냐이다. 그렇다면 이제 우리의 물음은 언어가 무엇이냐는 정적인 물음보다는 언어가 왜 문제인가라는 동적인 문제로 옮아가게 된다. 더 나아가서는 언어로써 우리가 무엇을 이뤄나갈 것이냐로 이어져야 할 것이다.

이제까지의 구별 맥락 때문에 언어 체계로서의 언어(랑그)와 담론의 상호 관계를 배타적으로 바라보아서는 안 된다. 페쇠Pêcheux(앞 책: 58)의 지적처럼 "언어는 차이화되는 담론 과정(discursive processes)의 공통 토대"가 된다는 점이다. 페쇠는 이 점을 구체적으로 논증하기 위해 폴 헨리(Paul Henri)와 발리바르(Balibar)의 논의를 수용하여 언어의 '상대적 자율성(relative autonomy)'으로 설명한다. 곧 언어의 위상은 담론 과정이나 담론 실천 상황에 따라 달리 작동하는 방식에 의해서 결정된다는 것이다. 이는 언어와 계급 문제에 대한 논쟁 과정을 통해 쉽게 이해할 수 있다. 러시아의 극좌 언어학자로 평가되는 마르(Marr)는 언어는 토대 위에 있는 상부구조로 보아 언어와 계급의 관계가 필연적이라고 설명했고 스탈린은 이를 반박하여 언어는 상부구조가 아니므로, 언어는 계급과 전혀 관계가 없는 것이라 하였다.[19] 페쇠는 이에 대한 발리바르의 평가를 인용하면서 언어의 '상대적 자율성'의 논거로 삼고 있다. 곧 발리바르는 둘 다를 부정하여 "언어가 계급분화와 계급투쟁에 대해 '무관심indifference'하다 해도, 계급들마저 언어에 대해 '무관심'한 것은 아니다non-indifference. 오히려 그들은 그들 적대의 장 특히 정치투쟁의 장에서 결정적인 방식으로 언어를 사용한다(페쇠: 앞 책: 59 쪽에서 재인용)."고 했다. 곧 언어의 계급성은 언어 자체에 내재되어 있는 것이 아니라 담론 과정에 의해서 결정되는 것이다. 이런 맥락 때문에 페쇠는 "담론과 언어의 대립은 구체와 추상 대립과 일치하지 않는다. 담론성은 파롤이 아니다. 그것은 랑그의 '추상화'에 거주하는 '구체적인' 개별 방식이 아니다."라고 했던 것이다.

페쇠의 논의에 따라 좀 더 진행시켜 보면 언어가 상대적 자율성을 가졌다는 것은 언어의 의미는 언어를 사용하는 주체와 입장에 따라 달라질 수 있다는 명제로 이어질 수 있다. 페쇠는 이를 담론 과정과 담론 구성체로 설명한 것이다. 담론 구성체란 특정한 입장에 따라 무엇을 말할 수 있고 말해야 하는지 결정하는 특정한 형태(연설, 설교, 팸플릿, 보고서, 강령 등)로 명시되는 것들을 말한다(페쇠 앞 책: 111쪽). 이러한 담론 구성체에 의해 구체적인 의미를 생산하는 사회적 과정이 담론 과정인 것이다. 의미 생산 과정은 곧 주체 형성 과정이라 할 수 있다. 주체는 일단 둘로 나누어 볼 수 있는데 하나는 구체적인 담론 속에서 말하는 주체(소주체 the subject)이며 또 하나는 주체를 주체이게끔 하는 대주체(the Subject)이다. 곧 대주체는 이데올로기를 행사하는 국가나 민족 등의 권력이라고 할 수 있다.[20] 이러한 대주체는 은연중에, 담론 과

---

19) 마르와 스탈린 논쟁에 대해서는 Max K.Adler(1980), 김하수(1990) 참고. 스탈린 견해는 요제프 스탈린 / 정성균 역(1989)에서 번역 소개됨.

정에 개입한다. 물론 주체는 역시 페쇠(앞 책: 155-70)에 의하면 대주
체에 의한 이데올로기를 따르기도 하고(동일시identification) 단순히 거
부하기도 하며(반동일시(counter-identification) 새로운 저항 이데올로기
를 생산하기도 한다(역동일시dis-identification).

이제까지의 논의는 이 논문의 중심 논의로 볼 때 번거롭다 싶을
정도로 폭이 넓다. 그러나 중심 논의를 위한 시각 조정을 위해 폭넓
게 논의해 보았다.

3. 의미론과 어휘론에서 담론 논의의 필요성

먼저 관념론적 언어학의 하위 분야인 어휘론이나 의미론에 담론을
적용하는 것은 담론의 기본 취지로 볼 때 불필요할 수 있다. 왜냐하
면 담론은 어떤 특정한 언어 단위에 대한 논의가 아니기 때문이다.
그러나 2장에서 논의하였듯이 담론을 논하는 목적을 위해서라면 다
양한 언어 단위 설정이 얼마든지 가능한 것이다. 곧 논의의 대상이
무엇이냐가 문제가 아니라 그 대상을 어떤 방식으로 다루느냐가 문
제다. 또한 담론에서 의미의 중요성은 앞 장에서 말한 바이며 낱말은
여러 언어 단위 가운데서도 빼어난 이데올로기적 현상이다. 굳이 이
데올로기를 결부시키지 않더라도 언어 문제가 논의되는 것은 주로
어휘를 통해서이다. 국어순화나 국어운동에서 다루는 말 바꾸기는 주
로 낱말 바꾸기이다. 그렇지만 여기서 주목하고자 하는 것은 말 바꾸

---

20) 페쇠(앞 책: 83-93쪽).

기가 아니라 사용 방식에 따른 낱말 의미의 차이와 어휘 차이 등이다. 페쇠(앞 책: 111)가 "낱말들, 표현, 명제 등은 그것들을 사용하는 사람들이 가진 입장에 따라 그 의미를 바꾼다."고 한 것이 그러한 맥락이다. 그런 만큼 어휘는 담론 실천의 주요 전략 도구가 된다.

어휘와 의미 연구에서 담론 방법론을 강조하고 이점을 논증한다 할지라도 필자는 기존의 여러 방법론을 부정하지 않는다. 왜냐하면 언어를 바라보는 관점과 기준이 다르기 때문이다. 의미론만 보더라도 구조 의미론이건 심리 의미론이건 인지 의미론이건 나름대로의 관점이 있고 그 관점 나름대로의 장점이 있기 때문이다. 그러므로 어떤 이론이 더 나은 이론이라는 식의 배타적 관점은 위험하다고 생각한다. 물론 특정한 관점을 세워 그 관점에 따라 나머지를 비판할 수는 있을 것이다. 이 글에서 지향하는 것은 바로 그런 점이다. 구체적인 우리 삶 속에서 특히 각종의 권력, 계층·계급 등의 다양한 사회 구성 요인에 따른 언어 양상을 위해서라면 담론의 입장이 기존의 다른 입장보다 더 그러한 점을 잘 드러내 줄 수 있다는 것이다. 결국 상투적인 얘기지만 무엇을 위해 어떤 관점으로 어떻게 연구하느냐가 문제다. 이러한 점을 임지룡(1992)에서의 논의를 바탕으로 생각해 보자.

임지룡은 의미론에 관한 다양한 논의를 검토한 뒤 의미론의 거시적인 지향점(목적)을 다음과 같이 정리하고 있다(1992: 23-4쪽).

－목적
첫째, 의미론은 의사소통의 신비를 밝히는 데 기여하게 된다는 점이다.
둘째, 의미론은 인간 정신활동의 신비를 밝히는 데 기여하게 된다는 점이다.

위에서 보듯이 담론에서 지향하는 바와 그 관점과 접근 태도가 다르다. 먼저 위에서는 의미론의 궁극적인 목적이 의사소통과 인간 정신활동이 신비를 밝히는 하나의 방편임을 내세우고 있으나 담론은 의사소통의 신비가 아니라 의사소통이 이뤄지는 맥락을 규명하고자 한다. 오히려 의사소통이라는 대전제 아래 그러한 점이 억압의 기제로 작동하는 비의사소통의 사회적 메커니즘을 밝히고 극복하려 한다. 따라서 담론은 인간 정신활동의 신비를 밝히기 위해서가 아니라 인간이 사회의 여러 여건 속에서 생산 활동을 하며 살아가는 과정에서의 문제를 다룬다.

구체적인 연구 방법론에서도 다르다. 임지룡(1992: 25)에서 설정한 예문을 가지고 생각해 보자.

(1) 저 꽃은 무궁화이다.
(2) 그녀는 우리 회사의 꽃이다.
(3) (?) 그는 우리 회사의 꽃이다.

일단 담론에서는 위와 같은 문장 단위로는 의미 분석을 할 수 없다. 이러한 문장이 쓰이는 구체적인 사회적 조건이 고려되어야 한다. 물론 임지룡이 위와 같은 어휘 층위의 의미 분석을 위해 어휘소 자체의 의미 분석, 의미 장, 의미 관계 등이 검토되어야 한다고 했는데 그러한 점을 공유할 수는 있다. 단 담론에서는 그러한 검토는 보조 수단이어야지 절대적이어서는 안 된다.

그렇다면 담론 차원에서의 의미 분석의 장점은 무엇인지 생각해 보자. 다음 장에서 세밀하게 분석이 될 터이므로 여기서는 간단하게 나마 언급하기로 한다. 위 예문 (2)의 경우 위 문장대로라면 '꽃'은 '여자를 나타내는 비유적 의미' 또는 '귀염받거나 주목받는 여자' 등이 의미를 추출할 수 있다.[21] 그러나 만일 위 문장을 우리나라 구체적 현실을 결부시켜 분석한다면 '상품화된 여자를 비유적으로 나타낸 말' 등의 의미가 추출된다. 그래서 꽃이라는 화려한(?) 명칭 뒤에서는 차심부름, 똑같은 노동을 하고도 승진에 대한 남자와의 차별, 은근한 성희롱의 대상 등으로 쓰일 터이니 실제 구체적인 노동 현장에서 '귀염받거나 주목받는 여자'라는 의미 분석은 그야말로 의미가 없다. (3)에서의 '(?)'는 남자(그)의 경우에는 과연 쓸 수 있겠는가라는 의문에서 비문인지 아닌지 판단하기 어렵다는 의미에서 쓴 듯하다. 이런 의문 자체가 (2)에의 성차별 이데올로기로서의 의미가 작용했기 때문이다. 글쓴이의 경험에 의하면 양적인 면에서의 여성 위주의 직장에서 (3)과 같은 어휘 선택을 목격할 수 있다. 물론 그때는 농담이라는 맥락 속에서 이루어진 것인데 그 농담은 성차별 이데올로기가 전제가 된 것이라 볼 수 있다. 결국 담론에서는 비문이냐 아니냐를 따지는 것은 무의미하다. 그 판단 기준이 대부분 표준어 체계나 보편적인 의미 체계를 전제로 한 것이기 때문이다.

물론 관념론적 의미론에서의 추상적인 의미 분석이 무조건 잘못됐다는 것은 아니다. 아래와 같은 보기를 보자.

---

21) 임지룡(1992)에서는 의미를 분석하지 않았음.

장애인
(1) 신체가 부자연스러운 사람
(2) <u>신체가 부자연스러워</u> 차별받고 억압받는 사람

장애인에 대한 첫 번째 의미 분석이 기존 의미론이 보통 지향하는 의미 분석이거나 전제가 되는 한 예가 되고 두 번째 의미가 우리나라의 장애인 정책과 특정 계층의 장애인에 대한 인식, 대우[22] 등을 고려한 담론적 의미 분석이다. 그럴 경우 두 번째 의미에서 밑줄 친 부분과 같이 담론적 의미는 기존 의미론의 의미 분석이 전제되거나 연계되어 있다.

이 연계성에 대해서는 다음 장에서 자세히 논하기로 하고 다음으로는 어휘론 분야에서 따져 보자. 의미론과 어휘론은 김광해(1993: 24)에서의 지적처럼 동전의 앞뒤 관계로 특히 어휘 의미 연구는 어휘론 연구의 기본이 된다.[23] 그런데 기존 어휘론의 여러 논의는 역시 우리 사회에서의 역동적인 어휘 양상을 보여 주는 데 한계가 있다. 추상적인 의미 분석이나 보편적인 의미를 바탕으로 여러 어휘 양상을 파악하기 때문이다. 대표적인 어휘 관계 연구만 보더라도, 김종택(1992: 20)에서 정리한 대로 "동음어, 동의어, 유의어, 다의어, 위상어, 관용어 등의 의미 연구는 의미 자질의 분석을 통한 의미 표준화 작업이 선행된 후라야 가능하다"라고 밝히고 있다. 여기서 의미 표준화 작업이 보편적 의미 분석을 뜻하는 것으로 담론에서는 이러

---

22) 장애인에 대한 정부 정책은 말할 것도 없고 각종 장애인 시설이 땅값, 집값이 떨어질 것을 우려한 그 잘난 성한 사람들의 이기주의 때문에 제대로 건설조차 이루어지지 않고 있다.
23) 의미 자질의 분석과 기술, 개별 어휘 의미의 표준화 작업 등은 학문적 목적 이외도 교육적, 실용적 차원에서도 가장 중요한 일이다(김종택 1992: 20).

한 작업이 무의미할 수 있다. 좀 더 구체적으로 이런 접근 방식의 한계를 살펴보자. 김광해(1987)에서 노동자에 대한 유의어를 다음과 같이 들고 있다.

노동자(勞動者)(명) 일꾼, 노공(勞工), 근로자(勤勞者), 노인(勞人), 노역자(勞役者), 노무자(勞務者), 노동꾼

위와 같은 유의어 설정은 각 어휘의 다양한 쓰임새를 은폐시킬 수가 있다. 심지어 '노동자'와 '근로자'는 우리 현실에서는 대립적 양상 속에서 쓰이는 경우가 많다. 그 차이에 대해서는 다음 절에서 자세히 논의하기로 한다.

다음으로는 반의어를 통해 다시 검증해 보자. 이를테면 기존 어휘론에서 '반공'과 '용공'은 반의대립어[24]로 설정된다. 그러나 실제 남한 사회에서 과연 반의대립어인가. 그렇지 않다. 반의대립어라면 '늙었다-어리다'에서의 '젊다'처럼 중간항 설정이 가능해야 한다. 그러나 우리 사회에서의 국가 권력에 의하면 반공이 아니면 용공이 된다. 곧 상보대립어로 쓰인다는 점이다. 그렇다면 이런 실상을 그대로 인식시켜 주는 것이 진정한 사회 발전을 위해 도움이 될 것이다. 만약에 교육 현장에서 실제 현실은 상보대립어인데 그것을 반의대립어로 가르친다면 그것은 현실 왜곡이 되면서 모순을 은폐하거나 확대

---

24) 임지룡(1989) 참고. 반의대립어, 상보대립어는 논리학에서는 각각 '반대관계', '모순관계'라 한다. 반의대립어는 '극성 대립반의어'라기도 하며 '노-소'처럼 중간 단계를 허용하는 반의어로 양쪽을 부정해도 모순이 생기지 않는다. 상보대립어는 양분 대립반의어라기도 하며 '남-녀'처럼 중간항을 허용하지 않고 한쪽의 긍정이 나머지 부정을 뜻하게 되고 양쪽을 부정하면 모순이 된다.

재생산하는 구실을 하게 된다.

유의어 문제도 마찬가지다. 기존 어휘론에 의하면 '용공'과 '반정부'는 전혀 유의어로 구성되지 않는다. 그러나 지배(반공, 극우) 이데올로기에 따르면 '반정부＝용공'이라는 등식이 얼마든지 성립할 수 있는 것이다.[25] 우리는 그동안 독재 권력에 의해 반정부 민주 인사들이 용공주의자로 몰려 숱한 고통을 당한 것을 생생히 기억하고 있다. 이런 절박한 우리의 현실 속에서 '반정부'와 '용공'이 유의어가 되는 맥락을 설명해 주지 않는다면 무슨 의미가 있겠는가.

물론 기존 어휘론의 많은 성과를 부정하고자 하지 않는다. 이를테면 개념적 의미를 바탕으로 설정한 여러 어휘 양상은 일상생활의 의사소통의 전제가 되기도 하고 교육 과정에서 어휘력 확장에 많은 기여를 하기도 한다. 곧 지금까지 어휘론이나 의미론 연구는 많은 성과를 거두었지만 우리 삶 속에서 역동적으로 작동하고 있는 어휘의 세계에 꽤 소홀한 느낌이다. 이를테면 사전적 의미를 바탕으로 한 고정적인 어휘 체계에 한정시켜 논의가 주로 이루어져 그러한 어휘가 우리 삶 속에 어떤 자리매김을 하고 있는지 별로 주목하지 않았다.

그러므로 일상생활에서의 어휘 선택 문제는 어휘 자체의 추상적인 고정된 의미보다도 실제 삶 속에서 어휘를 선택하는 역동적 상황이 더 중요하다. 따라서 어떤 어휘가 우리 삶의 실천 과정 속에서 어떤 관계를 맺고 작동하는지가 중요한 논의라는 것이다. 어휘 담론이 필요하다는 것이다.

---

25) 축어적으로는 다른 단어나 표현들도 특정한 담론 구성체 안에서는 동일한 의미를 가질 수도 있다(페쇠 앞 책: 112).

4. 담론에 따른 어휘 의미와 그 관계

이제까지 논의한 담론에 따른 어휘 의미를 '담론적 의미'로 설정하기로 한다. 논의의 편의를 위해 3장에서의 '장애인' 의미를 다시 인용해 보자.

> (1) 신체가 부자연스러운 사람
> (2) 신체가 부자연스러워 차별받고 억압받는 사람[26]

곧 (2)가 담론적 의미가 된다. 이 의미는 다음과 같은 장애인 차별을 가져오는 이데올로기에 의한 구체적 의미가 된다.

한국토지공사가 장애인들에 대한 효율적인 치료와 교육 등을 위해 분당 새 도시에 집단화한 장애인 시설을 건설하고 있으나 인근 주민들이 반대해 난항을 겪고 있다. 특히 성남시는 이들 시설이 주민들이 기피하는 시설이라는 이유를 들어 법적 하자가 없는데도 공사 중지 명령이나 건축 허가를 보류하고 있어 장애인들의 반발을 사고 있다.
7일 한국토지공사 분당사업단에 따르면 새 도시 건설 당시 분당구 야탑동 목련마을 일대를 장애인 아파트를 비롯한 각종 장애인들을 위한 사회 복지시설이 들어서는 지구로 지정했다는 것이다. 이에 따라 현재 목련마을에 4백 50여 명의 장애인들이 살고 있으며, 지체부자유아 1백20명을 수용해 가르치는 성은특수학교가 들어서 있다. 또 앞으로 4백40명을 수용해 물리치료와 요양을 할 수 있는 시각장애자 시설

---

26) 비슷한 예로 '흑인'의 경우를 들 수 있다. '살빛이 검은 사람'은 개념적 의미이고 '살빛이 검어 차별받고 억압받는 사람'은 담론적 의미이다.

과 지체장애자 복지시설이 들어설 계획이다.

그러나 인근 건영·성환·대원·대진아파트 등 1천3백여 세대 주민들은 토지공사가 다른 입주민들의 사정을 전혀 고려하지 않은 채 장애자 시설을 집단화해 자신들의 아파트 단지가 피해를 입고 있다며 더 이상의 장애자 시설이 들어서는 것을 반대하고 있다.

이에 따라 야탑동 222 일대 지하 1층, 지상 3층으로 지어질 계획이던 지체 장애자 시설인 가나안복지관은 지난해 10월 공사를 시작했으나 주민 반발을 이유로 착공 한 달 만에 시로부터 공사 중지 명령을 받았다.

또 서울 ㅂ교회에서 지어 시각 장애자를 수용할 계획이었던 이 부근 시각 장애자 복지시설도 주민들의 반대로 건축허가가 보류돼 착공조차 하지 못하고 있다. 장애인들은 "적법한 절차에 따라 짓는 건축물을 시가 단순히 민원을 앞세워 공사를 제지하는 것은 월권행위"라며 반발하고 있다. 토지공사 관계자는 "장애인들의 편의를 위해 복지시설을 집단화시킨 것인데 이런 부작용이 생길 줄은 몰랐다"고 말했다. 성남/ 김기성 기자 ─ 한겨레신문 1996년 2월 8일[27]

위와 같은 비인권적 상황은 지역이기주의 이데올로기, 자본주의 이데올로기와 장애인 차별 이데올로기가 결합하여 나타난 현상이다. 위 지역뿐만 아니라 전국의 많은 지역에서 비슷한 현상이 벌어지고 있다. 다음과 같은 경우는 자본주의 이데올로기와 허구적인 정부의 장애인 정책에 따른 차별 이데올로기가 결합하여 나타난 현상이다.

장애인 고용에 앞장서야 할 정부 등 공공기관이 법이 정한 장애인

---

27) 인용 방식에 대해서 미리 말해야겠다. 우리는 이제 좀 길다 싶은 많은 인용을 볼 터인데 그것은 담론에서 추구하는 구체적 상황 분석을 위한 것이다.

의무고용비율에도 훨씬 못 미치는 장애인을 고용하고 있는 것으로 나타났다. 25일 노동부가 국회에 제출한 국정감사자료에 따르면 7월 말 현재 정부 및 지방자치단체의 장애인고용인원은 전체 적용대상 인원인 27만 9천8백49명의 0.83%인 2천3백9명으로, 장애인고용촉진법에 규정된 장애인 의무고용률(2%)을 크게 밑돌고 있다. 정부투자기관 및 정부출연기관의 경우에도 장애인 고용률은 각각 0.66%, 1.5%로 나타났다.

민간기업은 장애인 고용이 2%에 못 미칠 경우 미고용 장애인 1인당 월 15만 9천 원씩을 납부하는 데 비해 정부 등 공공기관은 의무고용률을 어겨도 아무런 제재를 받지 않고 있다. 오상석 기자 / 한겨레신문 1995년 9월 25일

이런 맥락 속에서 장애인 차별 이데올로기에 의한 담론적 의미를 추출할 수 있는 것이다. 그렇다면 (1)과 같은 의미는 쓸모가 없는 것인가. 그렇지 않다. 이런 의미는 최소한의 의사소통을 가능하게 하는 보편적 의미로 기존 의미론의 용어를 그대로 차용하면 '개념적 의미'라 할 수 있다. 보통 사전적 의미라고도 한다. 노대규(1988: 30)에서의 다음과 같은 자리매김을 부분적으로 수용하기로 한다.

언어 표현의 개념적 의미는 의사소통의 중심적 요소로서, 논리적 내용이나 인식적 내용, 또는 외연적 내용을 가리킨다. 그리고 개념적 의미는 보통 사전적 정의로 표시된다. ……처녀의 개념적 의미는 [+인간, -남성, +성인, -결혼, -성적 경험] 등과 같은 의미 특성으로 분석될 수 있다.

부분적으로 수용한다는 것은 위 인용문에서 '의사소통의 중심적

요소'라고 한 것은 인정할 수 없기 때문이다. 이 논문의 취지대로라면 담론적 의미가 중심요소가 된다. 두 의미의 차이는 언어 단위 측면에서도 알 수 있다. 개념적 의미는 낱말 그 자체로만 추출되는 의미이다.[28] 그러나 담론적 의미는 대화나 담화 이상의 언어 단위가 설정되어야 추출할 수 있다. 아래 1994년 철도 파업 때 철도청장이 발표한 담화문을 보자.

> 제복과 제모를 벗어 버리고 쟁의 복장인 <u>붉은</u> 조끼의 착용, '단결 투쟁'이라 쓴 <u>붉은</u>색의 머리띠를 두르고 '투쟁 승리'라는 <u>붉은</u> 깃발 등을 준비하여 가족까지 동원, 농성을 계속하고 있는 실정입니다.─철도청장, '국민에게 드리는 말씀'('붉은' 수식은 글쓴이 것임)

위에서 '붉다'의 개념적 의미는 위 담화 내용이나 문맥을 고려하지 않더라도 "핏빛이나 익은 앵두의 빛깔과 같다(한글학회, 우리말큰사전)"라는 의미가 추출된다. 그러나 담론적 의미는 위 담화뿐만 아니라 그 당시의 사회 상황, 권력 관계를 고려해야 한다. 곧 그 당시는 노동 탄압이 극심하던 때─지금도 그렇지만─이고 반공 이데올로기가 민주화 운동이나 노조 운동의 억압 이데올로기로 극성을 부리던 때이므로 위에서의 '붉은'의 담론적 의미는 "공산주의 사상을 가

---

28) 물론 페쇠는 "낱말, 표현, 명제는 그 자체의 축자적 의미를 갖지 않는다(a word, expression or proposition does not have a meaning 'of its own' attached to it in its literalness)─페쇠: 앞 책: 112)"고 하여 개념적 의미(축어적 의미)를 부정하였다. 그러나 이것은 실제 현실에서는 개념적 의미로 존재하지 않는다는 것과 담론 과정에서 의미가 바뀌는 것을 강조하기 위한 것이지 개념적 의미 자체를 부정한 것은 아니다. 왜냐하면 "개념적 의미가 다른 낱말이나 표현들도 특정한 담론 구성체 안에서는 동일한 의미를 가질 수도 있다(페쇠: 앞 책 같은 쪽)."고 하였기 때문이다. 곧 '개념적 의미가 다른'이란 표현은 개념적 의미를 인정한 표현이라 볼 수 있다.

진"이란 뜻이 된다.

물론 개념적 의미도 사전적 의미라고 하는 데서도 알 수 있듯이 좀 더 따져 올라가면 담론적 의미가 될 수 있다. 왜냐하면 사전은 대개 표준어 정책의 결과로 표준어는 근대화 과정에서 형성된 지배 이데올로기에 의한 것이기 때문이다. 그러나 여기서의 개념적 의미는 담론적 의미가 배제된 기본적인 의사소통을 가능하게 하는 추상적 또는 고정적 의미 체계로 설정하기로 한다. 굳이 이분법적 분류의 위험성을 안고 이렇게 분류하고자 하는 것은 담론적 의미는 개념적 의미를 매개로 이데올로기적 효과를 발휘하기 때문이다. 곧 장애인을 억압하는 집단은 추상적인 개념적 의미로만 인식하게 하여 '장애인'의 담론적 의미를 은폐한다. 담론적 의미를 스스로 내세우지도 않고 드러내지도 않기 때문이다. 따라서 개념적 의미와 담론적 의미는 역동적인 상호 영향 관계에 있다. 결국 어휘 의미는 다음과 같이 분류할 수 있다.[29]

---

29) 말글살이에서 언어 의미의 중요성은 전문가나 비전문가나 두루 인식하는 바이지만 실제 의미의 체계를 세우고 그 속내를 밝히는 일은 그리 쉬운 일이 아니다. 학자들마다 대개 체계가 다르고 의미를 밝히기 위한 이론도 가지각색이다. 여기서는 우리 말글살이에서 역동적으로, 구체적으로 작동하고 있는 어휘 의미를 좀 더 합리적으로 설명할 수는 차원에서 분류해 보기로 한다. 사실 '역동적' 현실을 '분류'한다는 것은 모순이다. 무릇 분류라는 것은 정적인 상태를 전제로 하기 때문이다. 그러므로 여기서의 분류는 어휘 선택에 따른 갈등을 가시화시키기 위한 보조적 장치일 뿐이지 여기서의 분류 자체가 언어 현실을 보여 주는 것은 아니다. 담론에서는 궁극적으로 의미 분류 자체를 반대한다. 언어는 이데올로기적 의도에 따라 얼마든지 바뀌고 바뀔 수 있는 대상이기 때문이다.

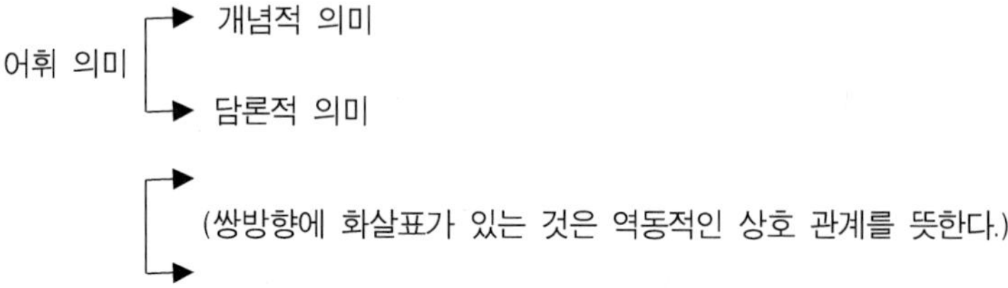

두 의미 관계를 좀 더 세밀하게 따져 보자. 앞 '장애인'의 의미 분석 (1), (2)에서 보면 담론적 의미는 개념적 의미를 바탕으로 이데올로기에 따라 분화된 것임을 알 수 있다.

담론적 의미는 언어를 실천하는 입장이나 방식에 따라 다른 의미라는 점을 좀 더 구체적으로 따져 보자. 곧 다양한 계급이나 계층에 따라 다를 수 있다. 곧 '장애인'을 다음과 같이 생각하여 장애인 인권 운동을 벌이는 사람들이 우리 사회에는 많다.

정신지체인복지관에 근무하는 사람으로서, 11월 15일치 한겨레신문 3면에 실린 사설 '특수학교 설립 막은 경기고 위력'을 읽으며 '아직도 우리 사회의 장애인에 대한 의식의 수준이 이것밖에 되지 않는 구나' 하는 생각을 하게 됐다. 장애가 결코 장애인, 부모, 가족의 책임이 아닌데도 아직 우리나라는 장애인이 겪는 어려움과 부담을 사회보다는 개인이 지고 있다.

장애아동을 둔 부모들은 단지 장애아동을 두었다는 이유 하나만으로 심적·물질적으로 많은 부담감을 안고 살아간다. 한 예로 유치원 교육의 경우 장애아동은 보통아이들보다 3배 이상의 돈을 내고 조기 특수교육을 받아야 하는 등 엄청난 경제적 부담을 져야 한다. 이런 상황에서 이번에 98년까지 6개 교의 특수학교가 문을 연다는 것은 장애아동을 둔 부모나 우리에게는 매우 반가운 소식이었다. 그러나 이렇게 학교 문을 열기도 전에 반대에 부닥치다니 안타까운 마음 금할 길이 없다.

특수학교나 기타 장애인 기관이 들어서는 것을 반대하는 모든 사람들에게 부탁한다. 장애가 결코 멀리 있는 남의 일이 아니라는 걸, 그리고 그 책임이 개인에게 있는 것이 아니라 우리 모두가 져야 할 공동의 일임을. 마지막으로 장애인도 인격을 지닌 사람임을 잊지 말고 살았으면 하는 마음이다.

－ 김은영 / 한겨레신문 1995년 11월 16일 '국민기자석'에서

위와 같은 담론은 '장애인'의 담론적 의미를 적극적으로 희망적으로 표상한 것이다. 물론 또 다른 의미도 있을 수 있을 것이다. 이런 점을 앞의 억압적 의미와 더불어 다음과 같은 그림으로 표상할 수 있다.

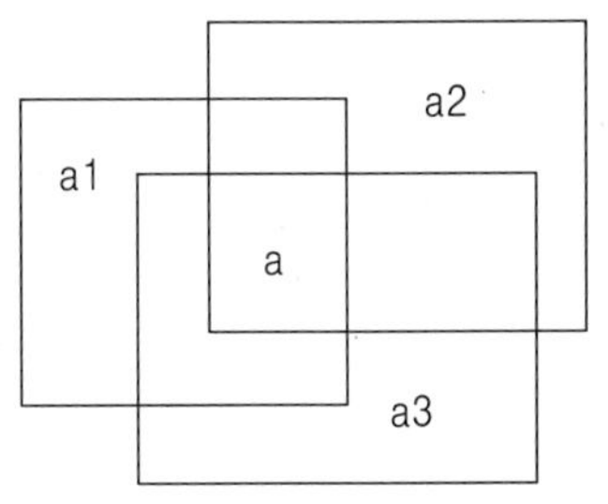

a: 개념적 의미
a1: 담론적 의미1
a2: 담론적 의미2
a3: 담론적 의미3
aN: 더 많은 담론적 의미 가능성

담론적 의미는 엄격히 말하면 한 주체나 집단만의 담론에 의해서 형성되는 것이 아니고 이데올로기적 대립에 따른 대립적인 주체나 집단의 담론에 의해 형성되는 것이다. 이를테면 장애인에 대한 담론적 의미는 비장애인 담론과의 대립뿐만 아니라 '장애인'이 작동하는

다양한 담론의 대립 등에 의해 발생하는 것이다. 이 점을 좀 더 분명히 하기 위해 한 예를 더 들어 보자.

'문민정부'라는 복합어를 통해 생각해 보자. 이 낱말의 개념적 의미는 '군부 출신이 아닌 사람이 정당한 선거를 통해 정권을 담당한 정부'라는 의미이다. 따라서 정부는 이런 개념적 의미에 지배 이데올로기를 부여하여 문민정부니까 뭐든지 군사정부보다 낫다는 담론을 생산한다. 곧 지배 이데올로기 측면에서의 '문민정부'의 담론적 의미는 '군부 출신이 아닌 사람이 정당한 선거를 통해 정권을 담당하였으므로 올바른 정책을 수행하는 정부'라는 뜻이 된다. 물론 다른 이데올로기에 의해 똑같은 의미를 표상할 수는 있다. 이를테면 김영삼 대통령과 같은 고향 사람이라면 지역 이데올로기에 의해 같은 의미로 생각하게 된다. 인권 탄압의 주된 대상이 되고 있는 노동자들의 입장이라면 문민정부의 의미는 '민간인 출신에 의한 독재 정권의 정부'라는 의미를 띠게 된다. 꼭 노동자 입장이 아니더라도 아래와 같은 실정을 인식했다면 똑같은 담론적 의미로 표상할 것이다.

첫 번째는 법 집행의 일관성과 공정성이 없다는 것이다. 이 점은 우리나라가 법치주의 국가임을 표방했고 그것이 민주주의의 근본 토대라고 볼 때 무척 중요하다. 대표적인 보기로 매번 '성역 없는 수사'를 내세웠지만 대통령 자신과 재벌 등 분명한 성역이 존재하고 있다. '성역'의 개념적 의미는 '거룩한 지역'이다. 그러나 김영삼 정권의 담론적 의미는 반정부 또는 진보세력인 재야, 노동계, 야권 등의 활동 영역을 의미한다. 역설적이게도 전직 대통령들, 친여권 인사 등은 성역도 아니고 보통 구역도 아닌 성역보다 더 거룩한 지역이다. 그래서 명동 성당에서의 노동자들 투쟁 지역은 성역이어서 침입한 것이고 재벌들은 보호받게 된 것이다.

둘째 소외 계층에 대한 탄압이다. 이는 노동 정책과 농촌·농업 정책의 퇴보를 통해 잘 나타난다. 노동자 해직이 더 늘었으며 탄압의 구체적 근거가 되고 있는 노동악법이 개정되지 않고 있다. 그런데도 노태우가 독일에서 '우리나라에는 양심수가 하나도 없다.'는 거짓말을 흉내나 내듯 김 대통령은 우리나라를 식민지 다루듯 하는 미국에서 아주 좋은 노동 여건을 가지고 있다고 전 세계에 자랑까지 하였다. 또한 농촌에 대한 실질적 정책은 퇴보시킨 채 국제화다 우루과이다 하여 농촌을 황폐화시키다시피 하였다(이런 농촌 정책을 호도하는 말이 '신토불이'라는 말이다. 실제적인 농민을 위한 정책은 세우지 않고 신토불이라는 추상적 구호만 외친다고 황폐화된 농촌이 복구가 되겠는가.).

셋째는 조세 정의의 붕괴이다. 조세는 국민들의 빈익빈 부익부 등의 경제적 불평등을 바로잡을 수 있는 유일한 규제 기준이다. 그런데 금융 실명제, 부동산 실명제가 거의 유명무실화된 것은 물론이고 최근의 금융소득 종합과세는 금융 소득이 연간 4천만이 넘는 0.24프로의 특권층을 위한 세제 개혁이다(한겨레 21, 1995.9.28. 77호 참고). 뿐만 아니라 중산층을 끌어안는다는 명목으로 직접세는 줄이고 간접세는 높였다.

넷째 인권 탄압이 오히려 늘었다는 점이다.[30] 대표적인 두 가지

---

30) 공무원에 의한 인권침해가 전체 인권침해 사건의 48.5%를 차지하고 있으며, 공무원 가운데 경찰에 의한 인권침해가 대부분이라고 조순형 의원(민주)이 14일 주장했다. 조 의원은 이날 법무부 국감 질의자료를 통해 "최근 5년간 일어난 4천127건의 인권침해 사건 중 공무원에 의한 것이 1천892건으로 전체의 48.5%를 차지하고 이 중 경찰에 의한 침해건수는 1천446건으로 76.4%"라며 "이는 6공의 평균 43%보다 높은 비율로 문민정부 들어

사례만 들어 보자. 하나는 간첩 만들기를 포함한 국가보안법 적용으로 인한 양심수가 늘었다. 노태우 정부하에서는 양심수가 33%였으나 김영삼 정부에서는 48.5%로 늘었다. 또 하나는 중산층을 위한 재개발 정책으로 도시 빈민들의 강제 철거에 따른 인권 탄압이다. 아래의 장애인 노점상 이덕인 씨 진상조사위원회가 1996년 1월 12일 각 언론사에 보낸 취재의뢰서가 그러한 점을 극명하게 보여 준다.

> 철거용역반과 전경 등 1천여 명의 공권력은 한겨울에 포클레인으로 포장마차를 찍으며 물대포를 쏘아 대는 등 만행을 저질렀습니다. 이덕인 씨는 포위망을 뚫고 내려오다가 행방불명되었고 실종 62시간 만인 11월 28일 새벽에 포박당한 상태에서 발견되었습니다. 뿐만 아니라 이덕인 씨가 안치된 인천의 길병원에 또다시 공권력이 난입하여 시신을 탈취한 뒤 강제 부검을 실시했습니다. 검찰과 경찰은 변사 사건으로 수사를 종결하고 말았습니다.[31]

다섯째는 통일 정책의 퇴보이다. 국가보안법의 무분별한 남용이 늘었다는 것이 대표적인 증거이기도 하거니와 노태우 군사 정부가 성사시킨 '남북기본합의서'까지 무용지물로 만들고 북한을 적으로 간주하는 대결 정책을 추구하고 있기 때문이다.

여섯째는 환경 정책의 퇴보이다. 이제 환경 정책은 중요한 생존 정책이자 군사정부가 개발을 명목으로 파괴한 생활환경을 회복해야 함에도 오히려 더 파괴하는 데 정부가 앞장서고 있다. 정지환(1996: 78)에 의하면, 환경정책의 상징인 그린벨트가 80년 이후 전체 허용 면적

공무원에 의한 인권침해가 오히려 증가했다"고 말했다. - 조선일보, 1994.10.14.
31) 정지환(1996: 79)에서 다시 따옴.

의 68.8%가 정부의 공공건물에 의해 훼손되었는데 90년대 들어서 80년대 말까지의 연간 훼손 면적의 2.6배나 더 훼손되었다는 것이다.

위와 같은 맥락 때문에 아예 문민정부라는 말 대신에 문민독재, 문민황제라는 새로운 어휘가 등장했다.

결국 개념적 의미는 이와 같은 담론의 대립이 사상되거나 없는 비담론적 의미를 말한다. 언어적 실천 행위 이전의 언어 체계 안에서의 의미라고도 할 수 있을 것이다.

그런데 같은 개념적 의미를 공유하면서 담론적 의미가 다른 서로 다른 어휘가 대립할 수 있다. 이는 페쇠가 "한 담론 구성체 안에서 담론 과정을 통해 낱말들 사이에 바꿔치기(치환, substitution), 바꿔말하기(paraphrases), 이명선택(synonymies) 등의 방식으로 일정한 관계를 만들어 의미를 생산해 낸다.[32]"는 맥락과 같다.

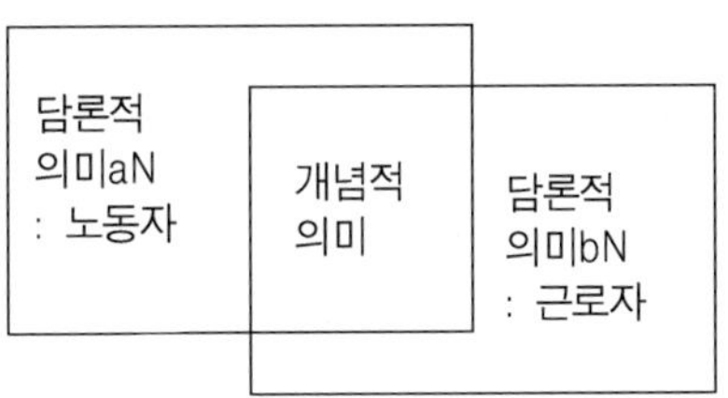

---

32) 페쇠(앞 책: 112). 개념적 의미를 달리하면서 담론적 의미를 공유할 수도 있다. 3장에서의 '반정부'와 '용공'의 관계가 그런 경우이다. 아래와 같이 도식화할 수 있다.

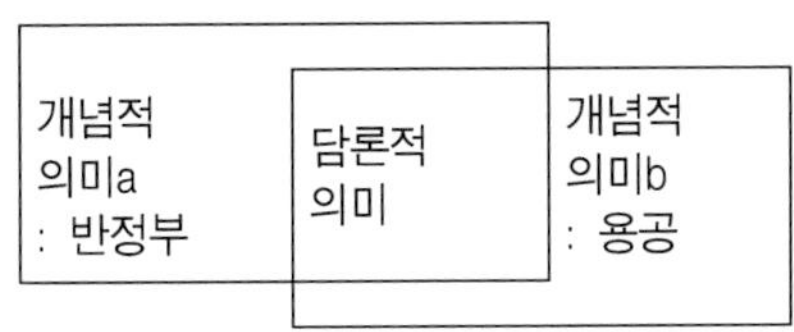

곧 '노동자'와 '근로자'는 '노동(근로)을 하고 대가로 받은 임금(소득)으로 살아가는 사람들'이라는 개념적 의미는 같다. 그러나 서로 대립하는 담론적 의미를 갖는다. 동일한 부류의 사람들을 노동자로 부르기도 하고 근로자로 부르기도 한다. 또 어떤 부류의 사람들은 '노동자' 대신 '근로자'라는 어휘를 선택하는 것을 또는 '근로자'라는 어휘 대신 '노동자'라는 어휘를 선택하는 것을 반대하곤 하는데 그 이유가 무엇이냐는 것이다. 물론 같은 어휘라 할지라도 역시 다양한 담론적 의미가 있을 수 있다. 앞 그림에서 'N'은 각 담론적 의미도 다양할 수 있음을 보여 주는 것이다. 먼저 우리나라 현실에서 '노동자'와 '근로자'의 대립적인 담론적 의미를 따져 보기로 한다.

장명국(1992 개정판: 406)에서는 아래와 같이 구별하고 있다.

> 현행 노동법에는 노동자라는 개념이 아니라 근로자로 표현함으로써 노사 간의 관계가 아니라 근로자와 사용자의 관계로 나타나 있다.
>
> 임금노동자가 명확한 개념이라 한다면 근로자란 노동자 · 농민 · 도시 수공업자 등 일하는 모든 민중을 포괄함으로써 노동자로 하여금 자기 존재와 지위, 역할에 대한 과학적 인식을 결여하게 한다. 또한 노동기준법이란 표현 대신 근로기준법 등 특히 노동법 제정 당시의 상황에 머물러 노동이란 말을 가능한 한 근로라는 말로 치환시키고 있다. 노동자가 주체가 되어 자주적으로 단결하여 노동자 자신의 존재와 지위 역할을 명확히 하기 위하여 근로자는 노동자로 개정되어야 한다.

곧 여기서의 노동자는 단순히 어느 시대나 있었을 '일하는 일꾼'이라는 뜻이 아니라 자본주의 체제에서 형성된 임금노동자를 뜻한다. 자신의 노동력을 제공하고 그 대가로 임금을 받아 살아가는 사람들인 것이다. 이러한 노동자는 역사적으로 보면 기존의 농노와 같은 일꾼과는 달리 신분적 예속에서 벗어나는 자유를 얻은 반면에 노동력을 상품화한 것이다. 더욱이 자본주의 모순 속에서 자본가와의 계약 불평등에 의한 억압의 대상이 되어 왔다는 데 문제의 본질이 있다. 결국 노동자는 자본가와의 대립적 구조에서 계급성을 바탕으로 획득한 어휘라면 근로자는 단지 그런 대립적 구조의 배경이 없는 어휘다. 다음 두 사설을 먼저 보자.

오늘 전체 노동자들과 많은 국민의 관심을 모은 가운데 전국민주노동조합총연맹(민주노총)이 출범한다. 정부의 탄압과 사용자 쪽의 따가운 눈총을 떨치고 험난한 도정의 첫발을 내디디는 민주노총은 스스로 무거운 책무를 내걸고 있다. 앞으로 민주노총이 풀어 가야 할 과제는 막중하다. 그런 책무와 과제들을 해결하기 위한 실천적 노력은 노동운동의 전진을 위해서뿐만 아니라 한국 사회의 발전과도 맥락을 같이 하고 있다는 점에서 높게 평가될 것이다.

민주노총은 '선언'에서 이렇게 밝히고 있다. "우리는 민주노총의 깃발을 높이 들고 자주·민주·통일·연대의 원칙 아래 뜨거운 동지애로 굳게 뭉쳐 노동자의 정치·경제·사회적 지위를 향상하고, 전체 국민의 삶의 질을 개선하며, 인간의 존엄성과 평등을 보장하는 통일조국, 민주사회 건설의 그날까지 힘차게 투쟁해 나갈 것이다."

민주노총이 표방한 목표들은 결코 만만한 것이 아니다. 노동자의 노동·생활 조건 개선과 국민의 권리보장·생활향상이 그렇고, 정치·경제적 민주주의 실현, 자주적인 민족통일을 이루는 일이 또한 그렇다. 그러나 이들은 노동자들의 지위 향상을 위한 기본요건이자 노동운동이 추진하지 않으면 안 될 시대적 책무다. 민주노총이 내건 목표와 당면과제들을 해결해 나가는 데서 필연적으로 제기되는 문제는 조직·투쟁·정치 역량의 확대강화일 것으로 보인다. 조직 면에서는 광범한 미조직 노동자들을 조직화하고 현재의 기업별 노조형태를 산업별 체제로 전환해 내며, 분열된 노조 운동을 자주적, 민주적 개편을 통해 통일하는 것이 주요 과제로 떠올라 있다. 활동과 투쟁 면에서는 기업별 울타리를 뛰어넘어 연대활동과 공동 투쟁이 강조되고 있다. 또한 경제적 요구를 위한 활동과 정책·제도 개선을 위한 활동을 정확히 결합하는 일이 매우 중요하리라고 판단된다.

민주노총이 강령에서 '정치세력화'를 과제로 설정하고 있는 것은 정치적 역량의 증대와 정치적 진출의 확대를 의도하는 것으로 보인다. 이것은 현실적인 당위성과 노조의 고유한 임무에서 나왔다고 생각된다. 그렇다면 민주노총이 어떻게 정치역량을 키우고 정치적인 활동을 어떤 방향에서 추진할 것인지가 주요 과제가 된다. 이 밖에도 민주노총이 어떤 운동 이념과 노선, 그리고 운동기조를 펴 나갈 것인지도 운동 발전에서 핵심 요건이 될 것이다.

노동운동의 새 지평을 여는 민주노총이 노동운동의 전진을 위해서뿐만 아니라 우리 사회의 발전을 위한 추진동력으로서 구실을 다하기를 기대한다.　　　　　　　　　－한겨레신문 1995년 11월 10일 사설

철도－지하철 파업 등 최근 사태의 큰 고비는 일단 넘겨지고 있다. 그래서 이 시점에서 우리는 이번 소란의 본질을 규명하고 성격을 규정함으로써 국민의 올바른 인식을 촉구하려 한다. 이번 사태는 한마디로 1%의 계급혁명주의자 잔재 및 직업적 급진 운동가들과, 이른바 규찰대, 선도대 등 그에 동조하는 20% 정도의 적극 가담자들이 시도한 또 한 차례의 정치투쟁이었다. 나머지 70－80%의 '노동대중'의 경우는 이익 동기와 조직논리에 부응해서 참여했지만, 투쟁의 리더십과 헤게모니는 그 1%와 20%가 장악했음은 물론이다.

그 핵심 지도부는 노조와 전기협의 '얼굴을 가진 지도급'보다는, 잘

드러나지 않은 안팎의 진짜 실세가 잡고 있다고 봐야 할 것이다. 이들의 장기적인 목표는 실현될 리 없는 그 어떤 변혁일 것이고, 단기적인 목표는 기존 노총 타도와 급진적 제2 노총 건설이었다. 그들은 이 목표를 위해 이익동기에서 파업에 참여한 70%의 '노동대중'을 국가와의 불법적인 전면대결로 몰아세웠다. 그러나 아무리 단순 '노-사 분규'의 외양으로 교묘하게 가장했어도 핵심 지도부의 이 같은 본질적 의도는 감춰질 수 없는 것이고, 이 점은 28일에 있었던 서울지하철노조 기술 2지부장의 폭로에 의해서도 분명하게 확인되었다. 유감스러운 것은 이 명백한 실상이 그렇게 널리 알려져 있지 않다는 점이다. 심지어는 집권 측 민주계도 '공안정국' 운운의 비난을 들을까 봐 더 신경을 곤두세우지, '급진적 1%'의 헤게모니 장악이 함축한 체제적 위험성에 대해선 별 인식이 없는지 아무 말이 없다는 점이다. 70%의 대중이 조성한 무정부적 공백과 마비상태는 참으로 어처구니없게 순식간에 1%에 의한 권력장악으로까지 비약했음을 역사상의 전례는 보여 주고 있다. 1%는 항상 그것을 노리는 것이다. 그러나 구시대의 잔재인 그런 1%의 기도는 우리 대다수 민주시민과 시민 사회가 깨어 있는 한 절대로 성공할 수 없다. 그런 방식으론 노동대중의 복리 증진은커녕 그들의 삶을 오히려 훼손할 뿐이다. 근로자의 복리는 노-사-정 간의 합의된 '룰'에 따라 매사를 공동체적 안목에서 해결하려는 자세에서만 보장한다. 이럼에도 우리 사회 일각에는 노동 운동을 구시대적 이데올로기의 편향된 발상으로 왜곡시키려는 잔재세력이 끈질기게 준동하고 있다. 이것을 우리 시민사회는 자유민주 수호의 차원에서 철저히 투시하고 대처해야 할 것이다.

- 조선일보 1994년 06월 29일

위 두 사설 가운데 첫 번째 사설은 노동자의 정당한 권리를 위한 세력화를 지지함으로써 앞에서 밝힌 노동자의 담론적 의미를 내보이고 있다. 그러나 두 번째 사설은 파업이 일어나게 된 진정한 배경설명 없이 정부와 사업자 입장에서 노동운동을 일방적으로 몰아붙이고 있다. 노동 악법과 우리나라의 여러 여건상 '노-사-정의 공정한 룰'이 적용될 수 없음에도 이런 막연하고 추상적이며 편파적인 논리를 들이대고 있는 것이다. 이런 맥락에서의 '근로자'는 당연히 정당한 권리의 주체로서의 노동자가 아님은 분명하다.

또 두 어휘의 담론적 의미를 달리 만드는 데는 노동에 대한 잘못된 인식이 개입되어 있다. 노동을 흔히 육체노동과 정신노동으로 나눈 이분법적 사고가 투영되어 있다. 사실상 육체로만 또는 정신으로만 하는 노동은 없게 마련이다. 그러나 역사적으로 그런 구분이 이루어져 왔고 육체노동자만을 주로 노동자라고 불러 왔다. 단순한 구별이요 호명이 아니라 차별과 억압, 멸시를 동반하는 구별이요 호명이었다. 실제 자본가(사용자)에 의한 관리가 달랐다. 곧 사무직원(정신노동자)에 대한 관리는 인사 관리로, 생산 직원(육체노동자)을 대상으로는 노무관리라 하여 따로 관리했던 것이다.[33] 이런 차별적 모순이 노동자의 담론적 의미를 규정하는 구실도 한 것이다. 물론 육체노동자에 대한 차별이 정신노동자에게 유리하게 작용한 것은 아니다. 정신노동자도 육체노동자에 대한 상대적 특혜를 누린 대신에 자신의 권리는 제대로 확보하지 못했다. 이런 측면이 근로자라는 어휘에는 담겨 있지 않다. 최근에는 정신노동자와 육체노동자에 대한 차별이 많이 없어졌지만 아직도 지배 이데올로기는 차별을 끊임없이 요구하고

---

33) 황대석(1993 제이정정증보판: 3).

있다. 전교조를 인정하지 않는 정부의 태도가 잘 말해 준다.

두 어휘의 차이는 '노동', '근로'가 결합하여 나온 복합어에서 드러나기도 한다.[34] '노동, 노동자'는 주로 저항 이데올로기와 관련된 '노동혁명, 노동조합, 노동운동' 등과 같은 말로 생산됨을 보여 준다. 반면에 '근로'는 '근로봉사, 근로소득, 근로소득세, 근로의무' 등과 같이 지배 이데올로기와 결합함을 보여 준다. '소득, 봉사, 의무' 등은 지배 질서에 순응하게 하는 전략적 어휘이기 때문이다.

노동자와 근로자의 담론적 의미는 '노동절'과 '근로자의 날'의 갈등에서 선명하게 드러난다.[35] 우리나라는 1923년 '조선노동연맹회'

---

34) 사전(한글학회: 1992, 우리말큰사전)에서 조사한 결합 양상은 아래 세 가지 갈래가 있다.

    (1) a. 노동계급 / 근로계급, 노동관계 / 근로관계, 노동권 / 근로권, 노동기본권 / 근로기본권, 노동삼권 / 근로삼권, 노동시간 / 근로시간, 노동전수권 / 근로전수권, 노동절 / 근로자의 날, 노동력 / 근로력, 노동보호법 / 근로보호법

       b. 근로계약 / 노동계약, 근로조건 / 노동조건

    (2) 근로대중, 근로봉사, 근로소득, 근로소득세, 근로의무, 근로자, 근로주의, 근로포장, 근로하다, 근로학교

    (3) 노동가, 노동가치설, 노동공산주의, 노동공세, 노동공제회, 노동과정, 노동과학, 노동관료, 노동교육, 노동귀족, 노동금고, 노동기사단, 노동꾼, 노동능력, 노동당, 노동량, 노동력인구, 노동무정부주의, 노동문제, 노동법, 노동보험, 노동보호법, 노동복, 노동부, 노동부장관, 노동분배율, 노동분쟁, 노동불안, 노동브로커, 노동비용, 노동사회학, 노동삼법, 노동생리학, 노동생산력, 노동생산성, 노동시장, 노동식민, 노동심리학, 노동요, 노동운동, 노동위생, 노동위원회, 노동은행, 노동의무, 노동이동, 노동인구, 노동일, 노동임금, 노동자, 노동자계급, 노동자관리, 노동자재해보상보험, 노동자주, 노동자혁명, 노동재해, 노동쟁의, 노동쟁의조정법, 노동정책, 노동제, 노동조사, 노동조합, 노동조합법, 노동조합운동, 노동조합원, 노동조합주의, 노동주, 노동지대, 노동집약적 산업, 노동청, 노동청장, 노동통계, 노동판, 노동하다, 노동헌장

    (1)번은 한뜻말로 설정되어 있는 것인데 (1a)는 '노동 - ' 쪽에서 풀이가 되어 있는 것이고 (1b)는 '근로 - ' 쪽에 풀이되어 있는 것이다. 풀이되어 있는 쪽의 복합어로 봐도 무리가 없을 듯하다. (2)는 '근로'에만 관련된 말이고 (3)은 '노동'에만 관련된 말이다.

35) 세계 노동절 유래와 그것이 우리나라에 수용되는 과정이 여기서의 두 어휘의 담론적 의미를 보여 준다. 유래와 과정은 잘 알려진 사실들이지만 의미 추출을 위해 다시 되짚기로 한다. 노동절의 직접적인 유래는 미국 노동자들의 8시간 노동제 쟁취를 위한 투쟁에서 비롯된다.

주최로 최초로 노동절 기념식이 시작되어 노동조합을 중심으로 노동절을 기념해 왔다. 해방 이후에는 조선노동조합 전국평의회(약칭: 전평)을 중심으로 5월 1일을 노동절로 행사를 치러 왔다. 그러나 전평이 미 군정의 좌익 탄압에 의해 무너짐에 따라 형식적 행사만을 치러 왔고 1953년에 정부는 '노동조합법, 노동쟁의조정법, 노동위원회법' 등의 악법으로 노동 통제의 기반을 마련하기에 이른다. 1959년 이승만 자유당 정권과 한국노동조합총연맹(대한노총)이 노동조합연합회 결성일인 3월 10일을 노동절로 하여 행사를 해 왔으나 이는 진정한 노동자를 위한 날이 아니라 형식적인 날일뿐이었다. 따라서 여기서의 '노동절'은 '노동부, 노동부장관'과 같은 어휘와 같은 맥락이다. 다시 말해 이런 어휘에 개입한 '노동자'의 담론적 의미는 당연히 위에서 설정한 담론적 의미가 아니다. 그리고 박정희 군사 정권이 등장하면서 명칭이 '근로자의 날'로 바뀌었다. 군사 정권은 1963년 제정 공포한 '근로자의 날 제정에 관한 법률'에 의하여 3월 10일을 한국노동조합총연맹이 주축이 되고 사용자 단체가 후원하고 모든 근로자에게 유급 휴가를 주는 날로 확정했던 것이다. '노동', '노동자'라는 담론적 의미 속에 내포되어 있는 계급의식을 희석시키기 위해 '근로자'라는 말로 바꾼 것이다. 정부와 자본가가 주는 시혜적 혜택의 날로 변질된 것이다. 결국 '근로자'라는 말은 박정희 군사 정권이

1861년 남북 전쟁 이후 노동자 수가 증가하고 독점 자본가가 탄생함에 따라 노동자를 상품으로 보는 모순이 심화된다. 저임금과 중노동을 참다못한 노동자들은 8시간 노동을 요구하는 파업을 전개했다. 1889년 7월 국제노동자 대회에서 미국 노동자들의 8시간 노동제 쟁취를 위한 투쟁을 전세계에 확산시키고 단결을 과시하기 위해 5월 1일을 국제적인 노동자의 날 (May Day)로 할 것을 결정함에 따라 이루어진 것이다. 노문연(컴퓨터 통신 나우누리 동호회) 여러 자료, 김윤환·김낙중(1980) 참고.

지배 이데올로기를 재생산하는 과정에서 나온 말이다.

그러나 1980년대 이후 노동 운동이 활성화되면서 대한노동조합총연맹이 주도하는 근로자의 날 행사와 의미를 형식화하고 5월 1일 노동절을 실질적으로 복원하여 행사를 치르면서 이원화 양상이 되었다. 1989년부터 정부의 탄압에도 세계 노동절 기념 대회를 부활시키기 위한 투쟁이 본격화되어 해마다 수만 명의 노동자가 참석한 가운데 노동절 기념 대회가 열려 왔다. 그러다가 1994년 1월 25일 국회에서 당정 협의를 통해 근로자날을 5월 1일로 옮기기로 함에 따라 다시 명칭 논쟁이 터졌다. 정부는 절차의 어려움 때문에 예전처럼 '근로자의 날'이 되어야 한다고 주장했고 노동계는 메이데이의 전통과 의미를 살려 '노동절'로 주장했던 것이다. 그 당시 정부와 민자당이 내세운 표면적인 이유는 노동절로 할 경우 현행 국경일에 관한 법률을 개정해 삼일절, 제헌절, 광복절, 개천절 등 4대 국경일과 비슷한 수준의 기념행사 등을 가져야 하는데 어차피 대통령령으로 되어 있는 기념일에 관한 규정에 따라 날짜를 옮긴다 하더라도 근로자들의 경우 유급으로 쉬는 것이므로 굳이 국경일로 격상할 필요도 없고 어울리지 않는다는 주장이었다. 노동절의 '절'이 4대 국경일의 '-절'과 다른 의미인데도 엉뚱한 표면적인 이유를 댔지만 실제 본뜻이 다른 데 있다고 볼 수 있다.

날짜를 바꾼 것만으로 노동자를 위한 정책을 폈다고 생색을 내는 꼴이다. 그러나 실제 정책을 보면 그것은 허구임이 드러난다. 노동자 복직 문제와 노동 악법 철폐, 실제 노동자들에 대한 구체적인 정책을 보면 잘 알 수 있다.

노동자 복직 문제부터 보자. 김영삼 정권은 선거 공약으로 노동법을 개정하겠다고 하고 이유 없이 해고되는 노동자들이 자신의 정권 아래에서는 생기지 않을 것이라고 하였다. 실제 1993년 3월 10일 정부는 과거 정권의 정치 탄압에 의해 해고된 5천3백 명의 복직 신청을 받았으나 실제 복직된 것은 5백 명뿐이었다. 더욱 큰 문제는 더 많은 해고 노동자가 생긴다는 것이다. 전국 해고 노동자 원상 복직을 위한 투쟁위원회(전해투)에 의하면 1992년 100여 명에 불과하던 해고 노동자가 1993년에는 160명, 1994년에는 302명, 1995년 올해는 200여 명이 되고 있어 그 수치는 전두환, 노태우 군사 정권 때보다 많으면 많았지 적지 않은 것이다. 노동 악법의 경우도 전혀 개정의 노력을 기울이지 않고 있다. 현 노동법 가운데 부당한 법률로 개정하거나 삭제해야 할 부분은 26개 조항에 이른다. 대표적으로 손꼽히는 것이 '복수노조 금지 조항 노동조합법 제3조 5호, 정치활동 금지 조항 노동조합법 제12조, 제3장 개입금지조항 노동조합법 제12조의 2와 노동쟁의조정법 제13조의 2, 공무원과 교사의 단결권에 관한 노동조합법 제8조 단서, 공무원과 방위산업체 근로자의 쟁의 행위에 금지에 대한 쟁의조정법 제12조 2항 등이 있다.[36]

　　이로써 보면 '노동절'(노동자의 날)의 '노동자'와 '근로자의 날'의 '근로자'는 앞에서 분석한 각각의 담론적 의미와 일치함을 알 수 있

---

36) 이런 측면에서 노총이 정부의 이홍구 국무총리 참석 아래 연 올해 5월 1일 장충 체육관에서의 '근로자의 날' 행사와 민주 노총준비위의 '노동자의 날' 행사 모습 차이는 명칭의 차이를 극명하게 드러내 준다. 근로자 날의 행사에는 코란도 휘밀리 경품에서부터 태진아, 인순이 등의 인기가수 출현 등 화려해진 모습이 '근로자의 날'이라는 깃발과 함께 화려하게 펼쳐졌다. 아니나 다를까 그 화려한 행사(?) 뒤 벌어진 노동자에 대한 대대적인 탄압은 '근로자의 날'의 허구적인 면을 잘 보여 준다. 의미 있는 축제가 돼야 할 날이 단순히 쉬는 날로 전락한 느낌을 준다. ―이성희(1995, 아니, 노총 당신네들마저……, 사회평론·길 6월호) 참고.

다. 곧 '노동절'은 노동자가 주체가 되어 노동자로서의 의미를 되새기고 일한 보람을 나누면서 권리를 적극적으로 찾으려는 날이라면 '근로자의 날'은 단순한 사회 구성원으로서의 근로자가 일한 보람만을 단순한 축제로 나누는 날이라 할 수 있다.

이제까지 살펴본 바에 따르면 '노동자'의 담론적 의미는 '노동을 하고 대가로 받은 임금으로 살아가면서 자본가와 대등한 자격에서 자신의 역할과 권리를 적극적으로 구현해 가는 사람'이라고 할 수 있을 것이다. 반면에 지배 이데올로기에 의한 '근로자'의 의미는 '근로(노동)를 하고 대가로 받은 소득(임금)으로 살아가는 사람으로 자신의 역할과 권리에 대해서는 적극적이지 않은 사람'이라고 할 수 있다.

여기서 우리가 다시 유념해야 할 것은 지금까지의 '노동자'와 '근로자'의 담론적 의미는 남한 사회에서 이 어휘들을 둘러싼 주된 흐름이 그렇다는 것이지 모든 어휘가 이렇게 표상되는 것은 아니라는 점이다. '노동귀족'이란 말이 있다. 수입이나 지위가 높아져서 의식과 생활이 자본가처럼 되어, 노동계급의 권익을 위한 싸움에 반대하거나 소극적으로 되어 버린 노동자를 뜻한다. 이런 경우는 '노동자'의 담론적 의미가 다른 것이다. '노동부, 노동부장관, 노동청' 등에서의 '노동'의 의미도 같은 맥락에서 볼 수 있다. 이런 어휘는 겉으로는 노동자를 위한다고 해놓고는 실제는 '자본가 입장에서 일한 곳 또는 그런 곳의 사람'의 의미로 굳어진 어휘이다.

이와 같이 개념적 의미와 담론적 의미의 충돌, 담론적 의미끼리의 충돌 등으로 인하여 많은 어휘 대립이 일어나기도 한다. 먼저 1995년 한국통신(한통) 노조가 준법투쟁을 벌였을 때의 사건과 관련된 예문을 보자.

나는 회사에서 주는 월급 그대로 받고 시키는 대로 일만 하는 평범
한 소민이다. 그런데 민주정부가 들어서고 나서 가장 헷갈리는 말이
있다. 준법투쟁을 한다는데 "준법투쟁 가담자 사법처리"라는 기사라든
지 작년의 "준법운행하면 사법처리"라는 기사이다. 우리나라의 법이
뭔가 잘못되어 있다는 느낌이다. 법을 집행하시는 분들이 법을 지키
면서 투쟁을 하면 사법처리를 한다니 무슨 말인지 모르겠다.
　　ー장왕규(하이텔 통신 이름: jwk7536), 하이텔 큰마을(Plaza), '불법
은 준법이고, 준법은 불법인 세상에서' 1995.05.26.

'준법'이란 말의 개념적 의미는 '법을 지킨다'는 것이다. 따라서 '준
법투쟁'의 개념적 의미는 '법을 지키면서 투쟁한다'는 의미다. 이런
의미를 정부는 노동자 탄압 이데올로기에 의해 '준법을 빌미로 하는
반정부 노동 불법 투쟁'이라는 의미를 부여한 것이다. 결국 '준법투
쟁'을 해석하는 관점 자체가 다르다. 정부와 제도 언론에서는 불법
이라고 하고 진보 진영에서는 그야말로 준법이라고 상반된 해석을
내리는 것은 그 때문이다. 논쟁의 초점은 정부는 한통 노조의 준법
투쟁이 일정한 절차를 거치지 않은 쟁의 행위이므로 불법이라는 것
이며 한통 노조와 그 밖의 노동 운동 진영은 단체행동일 뿐이라는
것이다. 단체행동은 헌법 제33조에 규정되어 있는 기본 권리다. 이
규정은 파업, 태업 등의 쟁의 행위 이외의 완장 착용, 집회, 준법 투
쟁 등도 포함이 되기 때문에 하위법인 노동법과 끊임없이 갈등을 불
러일으킨다. 쟁의 행위는 노동법 3조에 규정되어 있는 것으로 투쟁
행위이므로 일정한 절차를 거치지 않으면 불법으로 본다. 이와 혼동
되는 노동쟁의는 노동쟁의조정법 2조에 규정되어 있는 것으로 단순
한 투쟁 행위에 돌입하지 않은 분쟁 상태를 말한다. 노동쟁의조정법

을 단순하게 해석하면 정부 쪽 주장이 맞을지 모르나 헌법, 다른 노동법 등의 전체적인 맥락에서 보면 뒤쪽이 더 타당하다.[37]

또 다른 예로, 지난해 한양여자전문대에서의 '서클, 동아리'의 논쟁이 그런 면을 잘 보여 준다. 이 논쟁은 한양 여전 동아리 연합회가 무우회라는 춤 동아리가 본래의 모습을 잃었다며 탄핵을 하면서 일어났다.[38] 박정순 연합회장은 "동아리는 취미가 같은 사람들이 모여 여가 시간을 이용해 같은 취미 활동을 하는 서클과는 다른 개념으로 동아리는 개인적인 성격이 강한 서클과는 달리 개인적이고 소비향락적인 사회현상에 대해 비판과 함께 건강한 대학문화를 이끌어 내기 위해 노력하는 자주적이고 공동체적인 모임[39]"이라고 했고 무우회 회원들은 '동아리는 서클의 순수 우리 이름에 지나지 않아 동아리연합회의 이번 결정은 받아들일 수 없다'고 했다. 곧 연합회는 담론적 의미에, 무우회는 개념적 의미에 주목한 것이다. 그러한 주목에 의한 개념적 의미는 담론적 의미로 전화된 것이다. 물론 서클을 동아리라고 한다고 해서 그 성격이 바뀌는 것은 아니다. 곧 이 논쟁은 언어 의미를 통한 구체적인 성격 논쟁인 것이다.

개념적 의미를 아예 왜곡하여 담론적 의미화시키는 경우도 있다. 6공 초기에 수구 정치인이 개혁 바람에 물러가면서 쓴 '토사구팽'이란 말이 그런 경우이다. 이 말은 이 말에 대한 비판 담론을 통해 확인해 보자.

---

37) 김형배(1976 / 1994: 중판), 노동부 공보관실(1995: 1), 장명국(1992), 정선훈(1995) 참고.
38) 이현두, '동아리 – 서클' 같은가 다른가, 동아일보, 1995년 5월 1일자 8쪽.
39) 실제로 '동아리'라는 말은 '패거리' 정도의 부정적인 말로 거의 쓰지 않는 말이었으나 국어운동 학생회에서 '서클'을 대신해 쓰다가 80년대 민중문화 운동과 더불어 이와 같은 적극적인 의미로 재창조된 말이다.

판은 썩었는데 흘러나오는 문자 속은 기특하다. 요즘 지상에 오르내리는 정치인들의 말을 대하노라니 문득 그런 느낌이 든다. 말을 가지고 국민을 편안하게 하는 것이 정치의 본령이라면, 언어와 정치는 불가분의 관계이다. 그런데 그 말들이 타락할 대로 타락했다. 무슨 사고만 터지면 뼈를 깎는 아픔이니 십자가를 지는 고통이니 해 가며 그럴듯하게 돌라댄다. 그러나 정작 그 말이 잊히기도 전에 똑같은 사고를 다시 일으킨다. 뼈를 깎고 십자가를 질 사람들이 그런 일을 저지르는지, 차라리 그런 말치레나 없었다면 아예 속은 편했을 것이다. 고위 공직자의 재산공개 파동 이래 항간에 유행한 말의 하나가 토끼가 죽으면 개를 삶는다는 뜻의 '토사구팽'이란 한참 어려운 문자였다. 앞뒤의 사정을 헤아리면 그런 비유는 그 말의 내력에 대한 지독한 모욕이다. 말이 제자리를 찾는 것과 함께 정치도 제자리를 찾으라는 바람으로, 그렇게 훼손당한 말뜻의 원상회복을 위해 이 글을 쓴다. 본래 이 말은 황석공이 전했다는 '삼략'의 중략에서 따왔는데, 정작 원본에는 뒤의 두 행(天高鳥死 良弓藏, 敵國滅 謨臣亡)만이 실려 있어 첫 행마저도 후인들의 첨서인 듯하다. 한신이 모반 유방에게 잡히자, 자신의 처지를 탄하며 이 경구를 되뇌었다고 한다. 기껏해야 10만의 병졸을 거느릴 재목인 유방이 항우를 깨뜨리고 천하를 통일하는 대업에서, 병사가 많으면 많을수록 잘 다스리는 '다다익선'의 지략을 익힌 한신이 으뜸가는 공을 세웠다. 그러나 난세가 평정되면 공신이 귀찮아지는 세상의 이치에 따라, 그는 유방의 아내 여후와 소하의 음모로 목숨을 잃는다. 삼략을 직접 전수했다는 장량은 그런 치세의 도리를 깨닫고 신선과 노닐겠다는 핑계로 일찌감치 물러나지만, 한신은 그 도리를 따르지 않다가 화를 입은 것이다.

　재산공개에서 물의를 빚고 쫓겨난 어느 고관이 읊조렸다는 토사구팽은 바로 이 경우를 빗댄 듯하다. 그러나 그것은 실로 중대한 착각이다. 뇌물과 투기로 치부한 그들의 행각은 어떤 의미로도 창과 화살

속에 온몸을 내던지고 천하를 평정한 한신의 기개와 비길 수 없기 때문이다. 독재정권에 기대어 그들이 뒤쫓은 토끼는 기껏 자신의 영달과 축재였으며, 이리저리 주인을 바꾸며 먹이를 탐한 처신도 충직한 사냥개의 태도는 아니었다. 말장난을 그치고 조용히 물러났던들, 국민에게 추한 퇴장의 몰골은 보이지 않았을 터이다.ㅡ정운영(1993)에서

‘토사구팽’이라는 정확한 개념적 의미 추적과 ‘토사구팽’이란 담론을 쏟아낸 정치인의 실제 행위를 결부시켜 잘못된 전략을 폭로하고 있다. 위에서의 지적과 같이 일종의 말장난이라고 할 수 있으나, 결코 단순한 말장난이 아니라 그러한 어휘가 수구 세력끼리의 권력 싸움과 은폐 이데올로기에 의해 나온 것이므로 섬뜩한 언어 행위라고 볼 수 있다. 이로써 보면 개념적 의미와 담론적 의미의 분류와 상호 역동적 관계 설정은 오히려 담론적 의미 분석에 더 효율적임을 알 수 있다.

마지막으로 기존 의미론에서 담론적 의미와 혼동되는 사회적 의미와의 차이를 따지면서 논의를 마무리 짓기로 한다. 노대규(1988: 32)에서 사회적 의미를 “어느 한 언어 표현이 사회적 환경에서 사용될 때마다 나타나는 의미를 가리킨다. 다시 말하면, 화자나 청자가 어떤 말을 하거나 들을 때 연상되는, 그 말이 내포하고 있는 사회적 상황이 바로 그 말의 사회적 의미이다”라고 자리매김하고 있다. 이런 정의만으로는 그 차이를 분명히 알 수 없다. 그러나 사회적 의미를 규정하는 요소를 보면 쉽게 차이를 알 수 있다. 곧 노대규(위 글)에서 “언어 표현의 사회적 의미를 나타내 주는 요소, 곧 사회적 상황을 드러내 주는 요소로, 화자와 청자 또는 방청자의 연령, 성별, 직업, 사회적 지위, 친숙성, 장소 그리고 개인적, 시대적, 지역적 말씨” 등

을 들었다. 이들 요소들은 사회 성원의 사회적 위치를 규정하는 고정된 요소들이다. 곧 사회적 의미는 이러한 화자나 청자의 고정된 요소에 의해 드러나는 것인 반면에 담론적 의미는 이들 요소에 개입하는 권력관계의 이데올로기에 의해 규정되는 의미인 것이다.

4. 맺음말

그동안 많은 사람들이 지적한 대로 언어는 이데올로기 갈등의 중요한 매개체이다. 특히 어휘는 바흐친이 강조한 대로 빼어난 이데올로기적 현상이다. 따라서 낱말의 실제적(담론적) 의미는 언어 체계 안에서 주어지는 것이 아니라 이데올로기적 언어 실천 행위인 담론 과정에 의해 결정되는 것이다.

이러한 언어의 이데올로기적 성격을 보면 "단일 민족 단일 언어"라는 명제를 다시 한 번 생각하게 된다. 단일 언어라는 것이 대외적으로나 아니면 국가 지배를 위해서 유용할지는 몰라도 그 이면에 더 많은 갈등을 내포하고 있음을 알 수 있다. 이 글에서는 주로 지배 이데올로기 유포에 적극적으로 활용되고 있는 어휘들의 담론적 의미를 살펴보았다. 왜곡과 억압의 실상을 보여 주는 담론적 의미의 더욱 명확한 인식을 위해 우리는 개념적 의미를 설정하게 되었다. 의사소통의 기본 전제가 되는 개념적 의미는 담론적 의미의 토대가 됨으로써 의미 왜곡에 적극적으로 개입하고 있음을 알게 되었다. 우리는 이러한 논의 결과를 아래 네 그림으로 집약해 볼 수 있다.

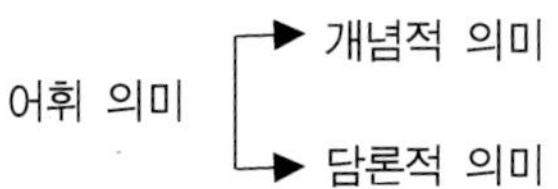

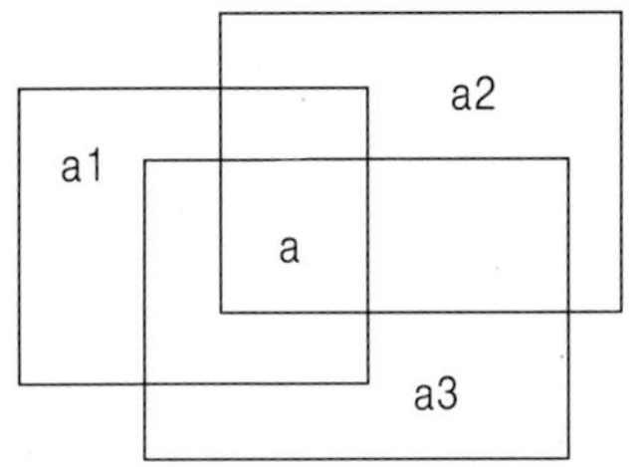

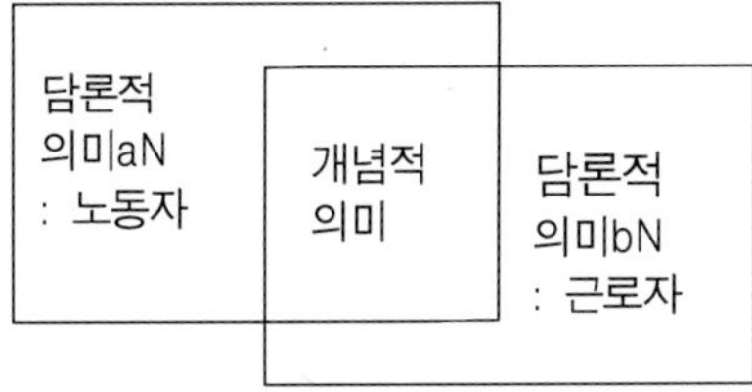

이런 맥락에서 개념적 의미와 담론적 의미의 상호 관계를 규명함
으로써 두 가지 이점이 있음을 알게 되었다. 하나는, 관념론적 의미
론·어휘론에서의 비현실적 의미 체계나 어휘 체계를 극복할 수 있

었고 또 하나는 담론에서의 다른 방식의 어휘 사용 강조의 한계를 극복할 수 있었다.

물론 관념론적 의미론이나 어휘론이 어휘의 의미와 관계의 피상적 실상을 밝히는 데는 많은 공헌을 하였으나 그것이 인간들의 실제 관계 속에서 작동하는 구체적 의미 관계를 소홀히 했다고 볼 수 있다. 그렇다고 그런 의미론이나 어휘론의 역할을 부정하는 것은 아니다. 인간 언어의 다양한 속성을 밝히는 데 나름대로 기여하기 때문이다. 다만 그런 논의가 활발한 만큼 담론에 대한 논의가 활발해야 함을 역설하는 것일 뿐이다.

나의 이러한 적극적 취지와는 달리 이 논문은 많은 한계를 갖고 있음을 부인하지 못한다. 의미 생산에 중요한 이데올로기, 주체, 기표·기의 등에 대하여 다양하고도 깊이 있는 논의를 제대로 하지 못했다. 또 다른 논문으로 변명을 사죄할 일이다.

1. 어원 인식의 구체성을 위하여

언어에 관심을 보이는 사람치고 어원에 흥미를 갖지 않은 사람도 찾아보기 힘들다. 일반 사람들도 의외로 어원에 관심이 높음을 우리는 자주 목격한다. "이 말이 도대체 어디서 나온 말이지"라는 말을 우리는 흔히 듣게 되기 때문이다. 지난해 근대 이후에 생겨난 말의 어원과 그 변화를 추적한 책이 베스트셀러에 오르기까지 했다.[1] 아무튼 글쓴이는 학자들의 어원 연구와 일반인들의 어원에 대한 관심을 존중한다. 다만 그러한 어원 논의에서 경계할 점이 있어 지적하고자 한다. 그것은 민간어원(민중 어원, folk etymology)을 둘러싼 논의이다.

어원론은 실제 증거를 중심으로 한 사실적 어원론과 어원을 형성한 계층과 배경에 의한 민간어원론으로 나눌 수 있다. 곧 사실적 어원론은 객관적인 근거를 중심으로 한 어원론이며 민간어원론은 민간에서 주로 민중들에 의해 형성된 어원론이다. 다시 말하면 민간어원

---

1) 박숙희 엮음(1994), 뜻도 모르고 자주 쓰는 우리말 500가지, 서운관.

은 일단 사실 어원이 아닌 것으로 판명된 것으로 말이 만들어진 지 일정한 시간이 흐른 후에 그 말을 사용하는 사람들에 의해 새로운 어원이 부여된 것을 말한다. 여기서의 민간어원은 '물'을 '沒'에서, '생각'을 '生覺'에서 왔다는 식으로 주로 지식인들이 견강부회식으로 갖다 붙인 어원론은 제외시킨다. 민간어원은 민중들의 공통된 함의가 이루어진 것만을 가리키는 것으로 본다는 것이다.[2] 이러한 민간어원론을 사실적 어원론과 배타적으로 바라보아 무조건 비과학적으로 치부하는 견해를 비판하고자 한다. 그렇다고 사실 어원론을 부정하는 것이 아니다. 사실 어원은 사실 어원대로 민간어원은 민간어원대로 서로 맥락이 다른 것이고 다른 만큼 나름대로 쓸모가 다르다는 점이다. 필자는 이러한 나의 견해를 민간어원론의 대표적인 보기인 '행주치마' 어원론을 통해 논증하기로 한다.[3]

2. 민간어원의 적극적 해석

행주치마의 민간어원은 다 알다시피 임진왜란 때의 격전지 행주산성과 결부시키는 것이다. 전투 때 부녀자들이 앞치마를 두르고 돌을 날랐다고 해서 그 앞치마를 행주치마라고 부른다는 것이다. 이러한 어원론은 오랜 세월 아주 지배적이어서 요즘도 그렇게 생각하는 사

---

2) 이런 측면에서라면 '민중어원론'이란 용어가 더 타당할 듯이 보인다. 그러나 학교 문법에서 민간어원론으로 가르치고 있어서인지 '민간어원론'이란 용어가 일반화되어 있다.
3) 이 글에서의 예증의 보기는 글쓴이가 펴낸 언어문화비평서 '김슬옹, 1995, 발가벗은 언어는 눈부시다, 동방미디어'에서 거의 그대로 차용하였음을 밝혀 둔다.

람이 많을 정도이고[4] 심지어 1988년까지 중학교 국어 교과서에는 아래와 같이 실려 있었다.

이 싸움의 경과를 살펴보면, 비단 실전(實戰)한 장졸만이 아니라 백성들의 단결된 국토 수호 정신도 찾아볼 수 있으니, 부녀자들이 일제히 앞치마를 해 입고, 그 치마폭으로 돌을 날라 다투어 석전(石戰)을 도운 것이 그것이다. 이로 하여 앞치마를 '행주치마'라고 부르게 되었다고 한다. ─1988년까지 중학교 국어(1─1) 교과서

1988년 교과서에까지 실려 있었다는 것은 이 어원론이 얼마나 강력(?)했는지를 보여 주는 상징적인 보기가 될 수 있다. 그 뒤 아래와 같은 맥락이 국어학자들에 의해 규명되어 위와 같은 내용이 교과서에서 빠진 듯하다.

어원 연구에서 늘 경계해야 할 것은 민간어원(民間語源)이다. …… '행주치마'의 '행주'를 임진왜란 때의 행주(幸州) 싸움과 관련시키는 것도 역시 민간어원이다. '훈몽자회'에 "힝즈쵸마 호"가 있음을 보면, 이것이 임진왜란 전부터 있었음을 알 수 있다. ……이런 민간어원의 형성은 매우 흥미 있는 현상으로서, 연구의 대상이 될 수 있지만, 과학적인 어원 연구와는 인연이 먼 것임을 명심할 필요가 있다. ─이기문, 5차교육과정 국어교과서 상 '어원 연구에 대하여'

---

4) 한국고대사문제연구소(1994), 한국역사기행, 형설출판사. 165─6쪽. 투석전을 감행할 때 부녀자들까지도 앞치마를 두르고 돌을 날라 전투에 참가하니 후에 이 '앞치마'를 '행주(幸州)'라는 이름을 따서 '행주치마'라 부르게 되어, 지금도 행주산성 하면 사람들의 뇌리에는 행주치마 생각이 앞서게 하는 요인이 되기도 한다.

곧 조선 중종 22(1527)년에 최세진이 한자 3,360자를 모아 한글로 뜻과 음을 적어 펴낸 한자 학습서인 훈몽자회에 "힝ᄌ쵸마(행주치마) 호"가 있음을 근거로 행주산성 싸움과 결부시키는 것은 비과학적이라는 것이다. 물론 '힝ᄌ쵸마'의 정확한 사실적 어원이 규명이 된 것은 아니다. 다만 행주산성 싸움에서 비롯된 것이 아니라는 점만 규명된 것이다. 필자는 이러한 규명을 무시하는 것은 아니다. 이런 맥락 때문에 민간어원론을 비과학적으로 또는 배타적으로 볼 수 없다는 것이다. 민중들 사이에 이러한 새로운 어원 담론이 형성된 그 맥락도 소중하다는 것이다. 실제의 구체적 삶 속에서 말의 뿌리를 캐거나 검증할 여유가 없는 민중들에게 특별한 역사적 계기에 의해 새로운 어원적 의미를 부여한 것이며 오히려 이러한 의미가 민중들에게는 더 소중하다는 점이다. 이런 점을 구체적으로 논증하기 위해 번거롭더라도 행주산성 싸움이 있기까지의 간단한 흐름과 내력을 더듬어 볼 필요가 있다.

권율 장군이 행주산성 싸움을 지휘하기까지는 먼저 경기도 수원과 오산 사이, 병점역에서 남쪽으로 4킬로미터 지점에 있는 독고산성에서의 싸움에서 출발하는 것이 이해하기 좋다. 권율 장군은 전라도 순변사로 있다가 전라도 각 지방의 관군을 규합하여 왜적과 싸울 기회를 기다리던 중 평양성을 탈환한 명나라 군사가 서울을 탈환하기 위해 한양으로 내려온다는 말을 들었다. 이 기회에 명나라 군사와 합세하여 한양을 수복하기 위해 광주를 출발해 수원 화산에까지 이르렀으나 여기서 명나라 군사가 벽제관에서 패하여 평양으로 후퇴했다는 소식을 듣게 된다. 혼자 힘으로는 한양 수복이 불가능하였기에 화산에 웅거하면서 주변의 왜적을 쳤다. 이 소식을 들은 왜적들은 한양으로 들어오는 유일한 육지 길이었던 수원을 지키기 위해 가등 청정 군대를 내려 보내 치게 하였다. 권율 장군은 화산산성에서의 싸움을 승리로 이끈 뒤 일만여 명의 전라 육군을 이끌고 한양으로 입성한 후 왜군을 견제하기 위해 친히 2천3백여 명의 군사를 가려 뽑아 행주산성에 도착한다. 이때가 1593년 2월. 이로부터 행주산성 을 포위한 일본군 주력 3만 명과 하루 동안 격렬한 싸움을 치르게 된다. 이 전투에서 일본군은 적장 셋까지(宇喜多秀家, 吉川廣家, 石 田三成) 부상하고 장졸의 사상자가 태반에 달하여 스스로 전사자를 불태우고 후퇴했다. 이때 냄새가 10리에 미쳤고, 수습한 나머지 전과 는 적 시체 130여 구에 노획 무기는 727건이나 되었다. 당시 행주산 성의 병력은 1만여 명, 그 가운데 승병장 처영(處英)이 이끄는 승병 은 1천여 명이었다.

이 싸움을 이기게 된 배경을 살펴보면, 비단 실제 싸운 병사들뿐 만 아니라 성안에 살고 있던 8백여 호 주민들의 단합된 항전이 있었 다. 특히 부녀자들이 일제히 앞치마에 덧치마(행주치마)를 뒤집어쓰 고 돌싸움을 도왔다고 한다. 이로 하여 마침 행주치마의 행주와 행 주산성의 행주가 발음도 같아 사람들은 행주치마의 유래를 행주산성 싸움에서 비롯된 것으로 생각한 것이라 볼 수 있다.

임진왜란의 내적 모순은 지배계급의 실정에서 비롯된 것이고 보면 전란을 맞이해 피지배계급이 보여 준 호국 의지는 더욱 돋보였을 것 이고 힘없는 멸시의 대상이었던 여성들의 활약은 남성 중심의 전쟁 에서 너무도 값진 행동이었다. 더욱이 연전연패를 당하던 시기에 올 린 승리이고 보면 그 활약상은 더욱 빛나 보인 것이다. 이런 맥락 속에서 행주치마의 새로운 어원 담론이 형성된 것이다.

어원은 언어의 뿌리요 역사다. 여성들의 적극적인 노동 도구인 행주치마에 역사를 각인시킴으로써 정사에서 소외되기 쉬운 여성의 활약상을 오래 전할 수 있는 언어적 장치를 마련한 것이다. 이런 측면에서 행주산성 대첩비에서 아래와 같은 균형 있는 소개를 하고 있는 것은 다행스러운 일이다.

> 여성

> 우리 군은 산성 위에서 화포와 강궁을 쏘고 큰 돌을 굴리면서 올라오는 적을 막았다. 싸움이 오랫동안 계속됨에 따라 포탄과 화살이 다하고 돌마저 떨어지게 되자 성안의 부녀자들이 치마로 돌을 날라 주어 돌로 싸움을 계속할 수 있었다. 부녀자들의 호국에의 의지가 싸움을 승리로 이끌었다 하여 그 후부터 '행주치마'라는 말이 더욱 유명해졌다. - 행주대첩비에서

3. 마무리

사실 어원론 때문에 민간어원론을 배척하는 태도에는 언어 연구 대상으로서의 언어와 실제 언어를 이분법적으로 나누어 실제 언어를 연구에서 제외시키는 잘못된 전제가 깔려 있다고 볼 수 있다. 추상적인 언어 체계가 따로 있고 언어생활이 있는 것이 아니라 언어생활 속에 체계도 있고 변종도 있는 것이다.

민간어원은 지적인 호기심이나 관념적 연구 대상으로서의 사실 어원과는 달리 삶의 실천 도구로서의 어원이라 볼 수 있다. 이러한 어

원은 구체적인 삶 속에서 여러 가지 삶의 동적 계기에 의해 형성되
게 마련이다. 폭넓게 보면 적극적인 의미 부여를 위한 어원 설정이
라 할 수 있다.

1. 들머리

　찬반 대립의 사회적 논쟁이 심한 사건은 수많은 담론을 생산해 낸다. 2003년 4월 29일 국회에서 일어난 유시민 의원 옷 사건은 우리 사회를 한때나마 뜨겁게 달구었다. 사건 현장에서 고함치고 퇴장했던 일부 국회의원들 반응과 매체들의 발 빠른 보도는 논쟁을 더욱 증폭시켰으며 사회적 의미를 더해 주었다. 특히 인터넷 매체에서 찬반 토론[1]이 활발하게 이루어졌다.

　단지 스쳐 가는 이벤트성 사건으로 보기에는 이 사건에 대한 사회적 관심과 해석이 중요한 의미를 지닌다.[2] 단순히 유시민이라는 개인에 대한 평가를 넘어선다. 물론 유시민이라는 기호는 이미 단순

---

1) 진정한 토론이라기보다는 다양한 의견개진에 가깝다.

2) 시사적 사건 분석이라 발표 시기가 중요하긴 하지만 워낙 많은 자료 분석이라 늦어졌다. 오히려 늦은 발표가 역사적 의미를 더해 주는 미덕도 있다. 유시민 의원이 집행부로 참여한 개혁당(개혁국민정당)은 2003년 10월 31일 마지막 온라인 전 당원 투표에서 열린우리당 참여(당 해산 후 개별참여)가 가결된 후 해산되었다. 이런 과정에 반대한 사람들은 '개혁당 지키기 비상대책위원회'를 만들어 법적 투쟁 중에 있다. 이 문제에 대해서는 김영국(2004)을 참조할 수 있다.

한 개인의 기호가 아니다. 그는 이미 베스트셀러(거꾸로 읽는 세계사, 2000, 푸른나무) 작가로서, 공중 방송의 유명 사회자로서, 신문의 명칼럼니스트로서, 개혁당의 주요 인물(그 당시)로서 사회적 담론의 중심에 서 있었기 때문이다.

이 글은 이러한 찬반양론에 개입하여 어떤 주장이 옳은가를 따지기 위한 것은 아니다. 찬반양론의 풍부한 담화를 대상으로, 한 사건에 대한 다양한 인식이 어떤 의미로 구성되는가를 밝히는 데 있다. 이 사건은 온 국민이 생생하게 지켜보았으므로 그 실체가 분명하다. 그럼에도 이 사건에 대한 평가는 다양성의 극명한 효과를 보여 준다. 극단적인 대립 의견도 그렇지만 같은 입장이라도 그 근거나 의미 부여는 아주 다양하기 때문이다. 여기에 사회적 담론 구성에 따른 의미 효과의 본질이 숨겨져 있다.

이 글은 2003년 4월 29일부터 5월 6일까지 인터넷 한겨레신문과 인터넷 조선일보 기사나 칼럼에 대한 꼬리말(댓글)을 대상으로 하였다. 대립된 견해에 따른 의미 양상을 보는 것이므로 중앙 일간지 중 가장 대립 양상을 보여 주고 있는 두 신문을 택한 것이다. 또한 일반 인들의 의미 부여 양상을 보고자 하는 것이므로 꼬리말을 택했다. 구체적으로 4월 29일 최초 보도 이후의 꼬리말에서 5월 7일 밤 12시까지의 인터넷 한겨레신문과 인터넷 조선일보에 실린 자료에서 뽑았다.

꼬리말 텍스트를 의미 분석 대상으로 삼은 것은 이 텍스트가 의미 분석과 관련하여 네 가지 특징을 보여 주기 때문이다. 첫째는 다양한 주장과 견해를 보여 준다는 점이다. 쟁점 성향이 강할수록 찬반식 특정 의미로만 쏠린 듯하지만 전체적으로 보면 다양한 의미망을 보여 준다. 둘째는 생생한 의미 현상을 보여 준다는 점이다. 특정

글이 처음으로 올라온 뒤 그에 대한 꼬리말은 대개 일주일을 넘지 않는다. 그만큼 현장감 넘치는 의미를 담고 있다. 셋째는 대중들의 여론의 흐름을 단적으로 보여 준다는 점이다. 세밀한 의미 분석을 통해 자신의 견해를 제시하기보다는 가장 중요하다고 생각하는 의미를 단도직입적으로 제시하게 된다.

이러한 특성으로 봤을 때 시사적 사건에 대한 꼬리말은 그 사건에 대한 현장 여론이면서 사건 참여자들의 의미 성향을 보여 준다. 따라서 이 논문은 1,494건의 꼬리말 하나하나에 대한 미시적 분석보다는 전반적 흐름에 대한 거시적 분석에 치중했다.[3]

2. 담화 의미 분석을 위한 의미론

김슬옹(1998)에서 다룬 대로 이 글은 담화의 맥락 의미를 따지는 것이다. 여기서 그 논의나 틀을 반복할 필요는 없다. 유시민 옷 담화 분석을 위한 전략에 필요한 논의를 재구성하고 구체적인 분석 과정을 위한 의미 분석 전략만을 밝힌다.

---

3) 거시적 분석이라고 해서 미시적 분석 과정을 소홀히 해야 된다는 얘기는 아니다. 다만 담화의 양적 비중으로 보나 전체 의미 구성 비율 분포에 따른 맥락적 의미에 대한 탐색을 위해서, 일반적이고 추상적인 주제문과 주제어 분석 전략을 강조하는 것이다.

2.1. 맥락 의미의 주요 특성[4]

여기서 추구하는 맥락 의미는 모든 의미 현상을 담론 차원에서 보려는 것이다. 사전적 의미와 같은 고정된 의미보다는 맥락과 실천에 따라 구성되는 역동적 의미를 추구한다.[5] 사전적 의미의 실체를 부정하는 것이 아니라 그 또한 맥락적 의미라는 것이다(김슬옹: 1997). 이러한 맥락적 의미는 크게 의미작용성, 의미확산성, 의미촉발성 등의 세 가지로 설정할 수 있다.

1) 상호 작용성과 의미 작용성(효과성)

의미는 상호 작용을 통해 구성된다. 이렇게 구성된 의미를 일반적인 정적인 '의미'와 구별하기 위해 의미 작용이라 부른다. 작용은 곧 효과를 얘기하므로 의미 효과라고도 한다. 기본적으로 정해진 또는 고정된 의미는 죽은 의미 외는 없다. 이때의 상호 작용은 사건 그 자체와 사건을 둘러싼 모든 텍스트의 상호 작용을 가리킨다. 유 의원 사건에서는 유 의원, 옷, 국회, 퇴장한 의원들, 유 의원에 대한 스키마 등, 이 모든 것이 텍스트로 구성되고 그런 텍스트는 이미 상호 작용 속에 존재한다. 또한 인식 주체와의 또 다른 상호 작용을 통해 텍스트의 존재 가치는 달라진다. 유 의원의 옷 사건을 부정적으로 보는 사람이 퇴장한 국회의원들을 더 부정적으로 봄으로써 유

---

4) 맥락 의미의 필요성과 분석 전략에 대해서는 김슬옹(1996, 1997, 1998)에서 자세히 다루었으므로 여기서는 필요한 틀을 다른 방식으로 간단히 제시한다.

5) 이러한 성향은 탈근대주의적 기호학이나 언어학, 또는 푸코, 데리다, 들뢰즈 등은 탈근대주의적 철학의 일반 흐름이다. 또한 특별한 이론이나 학자의 틀에 기댄 것도 아니므로 특별히 연구사를 정리하지 않았다.

의원 평가가 상대적 긍정으로 전환하는 경우가 상호 작용으로 인한 의미 작용의 두드러진 예가 될 것이다.

2) 역동성과 의미확산성(다의성)

기본적으로 모든 언어 의미는 다의적이다. 그러한 다의성은 상호 작용에 의해 역동적으로 구성된다. 유 의원 옷 사건의 의미는 꿈틀 대는 여론에 따라 시시각각 다른 의미로 다가올 수 있다. 맥락은 결 국 주어지는 것이 아니라 만들어진다. 그렇게 만들어지는 맥락에 따 라 의미는 끊임없이 재구성된다. 맥락이 의미를 규정하는 것이 아니 라 의미 작용에 의해 맥락이 구성되는 것이며 그런 맥락에 의해 다 시 의미 작용이 이루어진다.

3) 문제 설정성과 의미촉발성

사건은 문제의 발생이다. 그러나 모든 사건이 아무에게나 문제로 인식되는 것은 아니다. 문제를 설정한 주체에게 사건은 하나의 의미 로 다가온다. 결국 사건은 어떻게 문제 설정하느냐에 따라 다른 의 미로 설정되는 것이다.

문제 설정은 곧 문제를 어떻게 바라보느냐에 따라 달라진다. 문제 가 설정되는 방식은 크게 긍정 부정 따위의 인식 틀 계열과 예의, 개혁 따위의 주제별 계열, 국민과 국회의원 따위의 입장별 계열이 있다. 유시민 옷 사건의 경우 긍정적으로 의미를 부여하는 사람도 있고 부정적으로 의미를 부여하는 사람도 있다. 그리고 주로 예의 차원에서 문제를 제기하는 사람도 있고 개혁 쪽에서 하는 사람도 있 다. 또한 국회의원 차원에서 주로 문제를 보는 사람도 있고 국민 차

원에서 보는 사람도 있다. 세 계열이 어떻게 교차하느냐에 따라 더
많은 계열이 생성된다.

2.2. 맥락 의미 구성 계열과 구체적 의미 분석 과정

앞에서 언급한 대로 의미 현상이나 분석 과정은 세 가지 계열로
이루어진다. 긍정 / 부정 따위의 가치판단이 선명하게 이뤄지는 대립
인식 계열과 다양한 의미를 부여해 주는 주제별 계열, 의견 표명 주
체의 각각의 위치나 성향에 따라 달라지는 입장별 계열이 그것이다.
입장은 노조나 회사와 같은 집단 입장부터 각 개인의 입장까지 다양
하다. 입장별 계열은 개인의 입장이라 하더라도 이때의 개인은 사회
적 관계 속에서의 개인이다. 물론 최종 판단의 담화에서는 세 계열
은 융합되어 나타난다. 결국 대립 인식 계열은 주제별, 입장별 계열
에 의해 구성되는 것이다. 그러나 사회적 쟁점이 강할수록 주제별
입장별 계열보다는 대립 인식 계열이 두드러진다. 이러한 계열을 유
달리 강조하거나 부정적으로 바라볼 때 우리는 분열이라는 말을 쓴
다. 긍정적으로 바라보면 토론이라 부른다. 그 어느 경우든 주제별
계열을 우선시하는 태도가 중요하다. 주제별 계열은 대립 인식 계열
이나 입장별 계열을 뒷받침하는 근거로 작용한다. 이러한 근거 중심
의 생각이 합리적 토론이나 건전한 비판문화가 되기 때문이다.

1) 대립 인식 계열

인간의 인식은 기본적으로 이분법적이다. 긍정과 부정, 찬성과 반
대, 정서와 인지, 이성과 감성, 거시와 미시, 현상과 본질, 과정과 결

과와 같은 이항 대립 틀로 대상을 인식하고 다시 이런 식의 틀로 의미를 부여한다. 이분법적 사고의 위험성은 늘 존재하고 있지만 이런 틀 자체가 보통 사람들에게는 본질적이라고 본다. 이분법적 인식을 옹호하자는 것이 아니라 그런 틀의 실체를 인정하고 대안이나 보안 장치를 마련하는 자세가 중요하다는 것이다.

중립이나 제3의 관점도 있지만 엄격히 말하면 현실 속에서는 완전한 중립은 있을 수 없다. 그리고 사회 전체적으로 보면 이분법은 단순한 완전 부정 완전 긍정으로만 존재하지 않는다. 모든 사건은 복합적이며 중층적이다. 우리 사회에서의 용공주의와 반공주의와 같이 극단적인 이항 대립이 존재하는 것 같지만 자세히 보면 어떤 용공주의냐 어떤 반공주의냐에 따라 여러 갈래가 존재한다. 의미해석과 의미작용은 근본적으로 이러한 인식 틀과 다양성 속에 이루어진다.

2) 주제 / 제재별 계열

의미는 기본적으로 내용이며 주제다. 내용 중에서 담화 주체가 의도하는 핵심내용이나 관점으로 이루어진 것이 주제다. 주제는 핵심내용이나 주요 관점이 반영되어 있기 때문에 긴장된 의미 작용이나 논쟁을 촉발할 가능성을 함의한다. 유 의원 담화는 '다름 / 다양성, 관용, 일하기 편의성' 등의 주제를 담고 있지만 꼬리말 텍스트는 더 다양한 주제를 나타낸다.

3) 입장별 계열

모든 담화는 기본적으로 담화 생산 주체 입장의 결과물이다. 이때의 '주체'는 단순한 개인이 아니라 사회적 위치와 사회적 관점으로 구성된 주체이다. 즉 대상을 어떤 입장에서 바라볼 것이냐도 중요하다. 유 의원 사건도 국민의 입장에서 볼 것인가, 아니면 국회의원 관점에서, 그것도 어떤 국민, 어떤 국회의원이냐에 따라 다양한 의미를 구성할 것이다.

입장은 인식 틀이나 주제와 결합되어 다양한 입장을 구성한다. 개혁보다 예의를 더 중요하게 여기는 사람, 또는 예의보다는 개혁을 더 중요하게 여기는 사람, 아니면 개혁과 예의를 모두 중요하게 여기는 사람과 같이 설정될 수 있다.

2.3. 의미 분석 방법

꼬리말 담화는 한 문장의 짧은 담화에서 400자를 넘는 긴 담화까지 가지각색이다. 이 글은 이런 다양한 텍스트에 대한 세밀한 미시적 분석이 아니라 1,494건의 여론 형식의 거대 담론에 대한 분석이므로 의견 대립에 따른 대립적 주제어 구성 방식을 통해 접근했다. 논쟁 담화 주된 의미 특성인 찬성 반대의 기본 틀을 그대로 따랐기 때문이다. 간혹 중립도 있으나 전체 비율로 보면 미미한 편이다.[6]

---

6) 긍정성과 부정성의 의미 강도에 따라 분류할 수도 있다. 긍정한다고 다 똑같이 긍정하는 것은 아닐 것이다. 약하게 긍정하는 경우도 있고 마지못해 긍정하는 경우도 있고 적극적으로 긍정하는 경우도 있다. 따라서 긍정의 경우 먼저 소극적 긍정과 적극적 긍정으로 나눌 수 있다. 적극적 긍정은 유시민 행위를 적극적으로 옹호하고 그에 합당한 의미를 부여한 경우이다. 소극적 긍정은 일반적 긍정과 상대적 긍정으로 나눴다. 일반적 긍정은 일반화된 사회적 통념이나 그런 근거에 따라 긍정한 경우이다. 상대적 긍정은 유시민 주변 사람들 잘못 때문에 유시민의 옷 행위에 대해 마지못해 긍정하거나 부정 표현을 자제한 경우이다. 이를테면 "경건주의적 도덕주의라는 외피로 덮인 고루한 국회 의사당에 대한 일종의 메시지로 속은 곪을 대로 곪은 가식주의자들에 대한 경고이다. — 인터넷 조선일보에서"는 적극적 긍정이지만 "중요한 것은 마음이지 외형적 차림이 아니다. — 인터넷 조선일보에서" 또는 "번지르르한 양복을 입고 국민 위에 군림하려는 의원보다 더 낫다. — 인터넷 조선일보에서"와 같은 의견은 소극적 긍정에 가깝다. 부정의 경우도 소극적 부정과 적극적 부정으로만 나눌 수 있다. 소극적

일단 유 의원이 사건 당일 미리 배포한 문건에 그러한 주제어 대립어 설정이 선명하기 때문에 이런 분석이 가능했다.

(1) 똑같은 것보다 다 다른 것이 좋습니다. 존경하는 박관용 국회의장님과 선배의원 여러분 안녕하십니까. 고양시 덕양갑 유권자 여러분과 국민 여러분께도 인사드립니다. 개혁당 유시민 의원입니다. 오늘 제 옷차림 어떻습니까. 일부러 이렇게 입고 왔습니다. 저는 앞으로도 국회에 나올 때 지금 같은 평상복을 자주 입으려고 합니다. 혼자만 튀려고 그러는 것도 아니고, 넥타이 매는 게 귀찮아서도 아닙니다. 이제 국회는 제 일터가 됐고, 저는 일하기 편한 옷을 입고 싶은 것뿐입니다. 이런 제 모습을 있는 그대로 인정해 주시면 감사하겠습니다. / 저는 똑같은 것보다 다 다른 것이 더 좋습니다. 제가 가진 생각과 행동방식, 저의 견해와 문화양식이 마음에 들지 않는 분이 계실지도 모르겠습니다. 하지만 저는 그분들의 모든 것을 인정하고 존중하겠습니다. 그러니 저의 것도 이해하고 존중해 주십시오. / '서로 다름에 대한 존중과 관용' 이것이 이제 막 국회에 첫발을 내딛은 제가 요즘 가장 많이 하는 생각입니다. 우리가 서로 관용할 수 없는 것은 단 하나, 자기와 다른 것을 말살하려는 '불관용'밖에 없다고 믿습니다. / 서로 차이를 인정하고 다양성을 존중하는 의정활동을 약속합니다. 하지만 불관용과 독선에는 단호하게 맞서 싸울 것입니다. 국민 여러분과 의원님들 지켜

부정은 상대를 존중하면서 부정하는 태도이다. 적극적 부정은 노골적으로 또는 강한 어조로 부정한 경우이다. 각각의 예를 보이면 다음과 같다. 이를테면 "의도는 알겠지만 꼭 그랬어야 했나 한다. 예의를 갖추는 것도 지혜로운 행동이다. – 인터넷 한겨레에서"는 소극적 부정이지만 "잘난 척한다. 국민한테 인사하는 데 그런 복장이 무엇인가. 꼴불견이다. – 인터넷 한겨레에서"는 적극적 부정에 해당된다. 그러나 1500여 건의 자료를 이렇게 선명하게 분류하는 것은 거의 불가능하다. 초고(학술 발표지)에서는 이런 분류를 시도했으나 10여 명에게 분류해 보니 그 기준이 많이 차이나 그런 분류는 생략했다.

봐 주십시오. 격려해 주십시오. 감사합니다. 2003년 4월 29일＝새
내기 국회의원 유시민 드림(사선은 단락구별)

위 텍스트는 사건 당사자의 해명성 문건이기 때문에 당연히 찬성
쪽으로 설정되어 있다. 다만 해명 과정에서 반대 쪽 견해를 염두에
둔 주제어를 설정하고 있다. 유 의원은 나름대로 자신의 옷차림(캐주
얼 평상복)에 대해 "다양성(↔동일성), 관용(↔불관용), 일하기 편함(
↔튀기)"이라는 의도와 의미를 부여하고 있다. 이 텍스트는 모든 창
작 텍스트가 그러하듯 본인이 부여한 의도와 의미를 담고 있을 뿐이
므로 이를 지켜본 국민들의 다양한 의미 부여를 규정하는 것은 아니
다. 물론 유 의원에게 호의적이거나 긍정적인 사람들에게는 중요한
준거로, 그렇지 않은 사람들에게는 오히려 역겨운 준거로 작용할 수
있을 것이다. 다만 다음과 같은 기본 주제어를 설정할 수 있고 이를
바탕으로 꼬리말의 핵심 주제어를 설정할 수 있었다.
주제어(구 포함)는 일종의 긍정／부정 등의 인식론적 가치판단에
대한 근거인 셈이다. 시사 담화의 의미 구성은 결국 '가치판단＋근
거'로 이루어진다. 근거는 아래와 같이 중층성을 띤다.

(2) 개혁은 주위의 공감을 얻어서 조용히 이루어지는 것이다. 튀는
행동이 개혁은 아니다.

최종 가치판단: 부정
1차 근거: 개혁 아니다.
2차 근거: 개혁은 공감을 얻어 조용히 이루어지는 것이다.

3차 근거: 유시민은 튀는 행동을 했다.

이 논문에서는 1차 근거만을 문제 삼았다. 찬성과 반대에 따른 핵심 근거의 의미 양상을 따지는 것이 기본 목표이기 때문이다.

결국 사회적 쟁점 또는 특정 사건에 대한 담화 구성에서 의미 해석은 다양하게 이루어진다. 찬성과 반대라는 이항 대립 뒤에 숨어 있는 다양한 맥락에 따라 어떻게 의미가 구성되는지를 따져 보아야 한다. 맥락의 중층성, 의미 계열의 다양성 등에 따라 의미 구성의 흐름을 밝힐 필요가 있다. 이렇게 함으로써 다의성이 발생하는 메커니즘을 규명할 수 있고 다양한 의미 계열이 무시되고 이분화됨으로써 토론이 생산적으로 이루어지지 못하는 우리 사회의 토론 부재 현상도 규명하게 된다.

3. 실제 의미계열 분석

3.1. 대립 가치 계열

중요한 사회적 사건일수록 긍정과 부정의 이분법은 확연히 갈라질 수 있다. 여기서는 그러한 측면을 부각시키면서 한편으로는 긍정과 부정 각각의 의미망이 다양함을 보일 것이다. 또한 양적인 차이를 통해 질적인 의미도 읽어 낼 것이다.

1) '긍정-부정-중립'의 의미 비율의 맥락적 의미[7)]

〈표 1〉 신문 매체별 '긍정-부정-중립' 분포도

갈 래	매 체	인 원	신문별 백분율	전체백분율
긍 정	조 선	315	44.5%	55.3%
	한겨레	511	65.1%	(826명)
부 정	조 선	384	45.9%	42.1%
	한겨레	245	31.2%	(629명)
중 립	조 선	8	1%	2.7%
	한겨레	30	3.7%	(38명)
모 두	조 선	708	100%	100%
	한겨레	785	100%	(1493명)

　　전체적으로 보면 긍정 평가가 상대적으로 높다. 중립 의견은 아주 미미한 편이다. 이는 인터넷 담화 텍스트들이 대개 과격하거나 의견 성향이 뚜렷한 흐름과 관련이 있을 것이다. 이는 근본적으로 익명을 통한 의견 개진이 대개 자유롭고 거친 이유와도 연관이 있다고 볼 수 있다. 전체적으로 보면 긍정 성향이 13.2% 정도만 높지만 신문별로 보면 그 차이는 매우 크다. 한겨레의 긍정 성향이 무려 33.9%가 높다. 조선일보보다 훨씬 높은 수치다. 두 신문의 오프라인 독자층 성향이 확연히 갈라진다는 것은 두루 알려진 사실이다. 그렇다고 인터넷 독자까지 그렇게 확연히 갈라질 가능성은 적다. 오프라인 독자는 신문 구독 속성과 매체 읽기가 고정화될 확률이 높지만 인터넷은 그렇지 않기 때문이다. 그렇지만 위와 같은 분포 차이는 어느 정도 독자층 성향이 반영되었다고 볼 수 있다.

---

7) 신문사 비교가 아니라 인터넷 신문에 참여한 누리꾼 성향 비교이다.

2) 긍정 부정 중립의 주제별 비율의 맥락적 의미

<표 2> 긍정 성향의 주제별 빈도순

주제어	신 문	인	원	백분율
일반의원 비판	조 선	98	190	23%
	한겨레	92		
일 중요	조 선	66	126	15.3%
	한겨레	60		
옷 문제 아님	조 선	31	96	11.6%
	한겨레	65		
퇴장 의원 비판	조 선	33	95	11.5%
	한겨레	62		
양복주의 비판	조 선	18	78	9.4%
	한겨레	60		
권위주의 비판	조 선	19	55	6.7%
	한겨레	36		
개 혁	조 선	9	53	6.4%
	한겨레	44		
다양성 존중	조 선	16	49	5.9%
	한겨레	33		
내용 중요	조 선	8	33	4.0%
	한겨레	25		
마음 중요	조 선	11	26	3.1.%
	한겨레	15		
신선함	조 선	2	11	1.3%
	한겨레	9		
용기 중요	조 선	2	6	0.7%
	한겨레	4		
상식 중요	조 선	0	4	0.5%
	한겨레	4		
예의 중요	조 선	2	3	0.4%
	한겨레	1		

일반의원 비판이라는 것은 보통 국회의원에 대한 반감 때문에 긍정하는 경우이다. 퇴장 의원들 때문에 긍정하는 경우까지 합치면 상대적 긍정 비율이 아주 높은 셈이다. 평소 국회의원들에 대한 민심을 읽을 수 있는 수치다.

(1) 국회의원들의 낡아빠진 사고방식을 국민들에게 몸소 느끼게 해주겠다는 유시민의 의도다. - 조선
(2) 국민 운운하며 퇴장한 국회의원들이야말로 진짜 국민을 위해 일다운 일을 해 보라는 충고가 우선해야 하는 사안이다. - 한겨레

다양성 존중 차원에서 긍정 성향을 많이 보이리라 예상하지만 실제 결과는 다른 의원 비판 맥락과 더불어 일이 중요하다는 근거를 많이 들었다.

<표 3> 부정 성향의 주제별 빈도순 1

주제어	신 문	인 원	종 합	백분율
예의 중요	조 선	197	304	48.4%
	한겨레	107		
튀는 행동	조 선	43	96	15.3%
	한겨레	22		
개혁 아님	조 선	34	61	9.7%
	한겨레	27		
인기전략	조 선	23	52	8.3%
	한겨레	29		
이중성 비판	조 선	23	34	5.4%
	한겨레	11		

주제어	신 문	인 원	종 합	백분율
국민 무시	조 선	12	20	3.2%
	한겨레	8		
일 중요	조 선	10	17	2.7%
	한겨레	7		
국회 무시	조 선	12	15	2.4%
	한겨레	3		

부정 성향에서는 단연코 예의가 중요하다는 근거가 압도적으로 높다. 아래와 같이 국회 무시와 국민 무시라는 것도 넓게 보면 여기에 해당된다고 볼 수 있다.

(3) 공인이라면 선서를 하는 공식석상에서 지켜야 할 격식과 예의가 있다고 생각한다. - 조선
(4) 공인으로서 공식행사에 그런 복장을 하는 것은 국민을 우롱하는 것이다. - 조선
고의적이다. 국회를 조롱한 일이다. - 한겨레

<표 4> 부정 성향의 주제별 빈도순 2(백분율 생략)

경 솔	조 선	8	15
	한겨레	7	
기본 중요	조 선	9	14
	한겨레	5	
의도 불순	조 선	5	9
	한겨레	4	

주제어	신 문	인 원	
상식 중요	조 선	2	5
	한겨레	3	
마음 중요	조 선	2	4
	한겨레	2	
내용 중요	조 선	0	4
	한겨레	4	
다양성 존중	조 선	1	4
	한겨레	3	
권위주의 옹호	조 선	3	3
	한겨레	0	
권위주의 비판	조 선	1	2
	한겨레	1	
캐주얼 비판	조 선	0	1
	한겨레	1	

<표 5> 중립 성향의 주제별 빈도순

주제어	신 문	인	원	백분율
지켜봄	조 선	7	18	47.4%
	한겨레	11		
양쪽 잘못	조 선	1	17	44.7%
	한겨레	16		
관점 차이	조 선	0	2	5%
	한겨레	2		
양쪽 일리	조 선	0	1	2.65
	한겨레	1		

중립 견해에서는 아래와 같은 판단유보가 가장 높다.

(5) 유시민의 행동에는 약간의 무리도 있고 충분히 비난의 여지도 있겠
    다고 예상되지만 그렇다고 굳이 틀렸다고 봐야 할 것도 없다. 앞으
    로 이 사람이 잘하는지를 주의 깊게 지켜봐야 한다는 생각이 든다.
    ―조선

다른 의원과의 양비론도 비슷한 수치다. 전체적인 중립론 비율이
낮은 가운데 중립의 핵심 의미는 지켜보자는 쪽으로 볼 수 있다. 양
쪽 잘못이라는 견해는 엄격히 말하면 잘못되었다는 얘기니까 부정
쪽에 가깝다. 관점 차이가 적은 것은 실제 이쪽 견해는 다양성 차원
으로 이어져 결국 찬성 쪽으로 기울어졌기 때문이다.

3.2. 세부 성향에 따른 주제별 계열

중립의 경우는 세부 성향이 위에서 다 밝혀졌으므로 여기서는 긍
정과 부정의 세부 주제만을 검토하기로 한다. 관련 주제와 직접적으
로 대립되는 의미 쌍을 모아 보면 그 의미 특성을 더 잘 알 수 있다.

1) 일과 예의 계열

〈표 6〉 일과 예의 계열의 분포 비율

주제어	긍/부	신 문		인 원	
일 중요	긍 정	조 선	66	126	143
		한겨레	60		
	부 정	조 선	10	17	
		한겨레	7		
예의 중요	긍 정	조 선	2	3	307
		한겨레	1		
	부 정	조 선	197	304	
		한겨레	107		

일과 예의는 긍정 부정 성향의 대표적인 의미 특성이다. 일이 중
요하다는 쪽은 으레 긍정 쪽으로, 예의가 중요하다는 쪽은 부정 쪽
으로 기울었다. 이는 캐주얼 옷은 일하기 편한 옷, 양복 정장은 일하
기 불편한 옷이라는 고정관념이 크게 작용한 탓이기도 하다. 국회라
는 상황에서는 캐주얼이 양복보다 일하기 불편한 옷일 수도 있다.
굳이 국회가 아니더라도 양복이 일반 노동자들 옷보다 더 편하다고
느끼는 사람들도 꽤 많다.

예외에 가까운 반대 쪽 견해들에서 또 다른 의미를 읽어 낼 수 있
다. 일의 관점에서는 대개 긍정 성향을 보였는데 이런 관점에서 부정
성향을 보인 경우는 아래와 같다.

(6) 이런 일로 국력을 낭비하지 말고 일로 두각을 나타내기 바란다.-

조선

(7) 유시민이는 하라는 일은 안 하고 감정싸움만 하고 있다. - 한겨레

예의가 중요하다는 관점에서 긍정으로 기운 의견은 아래와 같은
경우이다.

(8) 무슨 옷을 입느냐보다 국민들을 대하는 자세가 더 중요하다. - 조선
(9) 예의는 옷에서 나오지 않고 자세에서 나온다. 국회의원은 어떠한
    자세를 가지고 국민을 대하느냐가 중요하다. - 한겨레

2) 개혁과 개혁 아님 계열

〈표 7〉 개혁과 개혁 아님 계열의 분포 비율

주제어	신 문		인 원	
개혁 - 긍정	조　선	9	53	114
	한겨레	44		
개혁 아님 - 부정	조　선	34	61	
	한겨레	27		

옷을 바꿔 입는다는 것이 어떻게 보면 개혁으로 연결하기 어려운 일
이지만 그 파격성에 주목해 보면 얼마든지 개혁의 의미를 부여할 수
있다. 그 얘기는 반대쪽에서 개혁의 의미 부여를 적극적으로 막고 싶을
것이다. 그래서 양쪽 의견 비율이 비슷해진 것이라 볼 수 있다. 그래도
개혁이란 주제어로만 본다면 부정 쪽이 강하다. 이는 유 의원이 스스로
의 행위에 의미를 부여한 것에 대한 반발일 수 있다. 신문별로는 한겨

레가 긍정 성향이 강하고 조선이 부정 성향이 강함을 알 수 있다.

3) 옷 계열

〈표 8〉 옷 문제 계열의 분포 비율

주제어	신 문		인 원	
옷 문제 아님 - 긍정	조 선	31	97	
	한겨레	66		176
양복주의 비판 - 긍정	조 선	18	78	
	한겨레	60		
캐주얼 비판 - 부정	한겨레	1	1	1

옷 문제 자체로만 본다면 거의 100프로 긍정적이다. 이는 옷과 직접 연계시켜 반대한 쪽은 예의 계열로 빠졌기 때문이다. 물론 이 주제어도 결국 대부분은 예의문제와 연결이 된다. 그러나 옷 자체의 중요성으로 보아 독립된 주제어로 설정했다. 양복주의는 그야말로 양복의 권위주의를 직접 비판한 의견에 한해서 부여한 주제어다.

(10) 그냥 편하게 입고 간 것이다. 넥타이=보수, 캐주얼=진보라는 도식은 본래 뜻과는 거리가 멀다. - 조선
(11) 꼭 양복을 입어야 하는 규정은 없으므로 양복은 권위주의 상징 일 뿐이다. - 한겨레
(12) 캐주얼이 국회가 육체 노동하는 공사판도 아니라서 일하기 편한 복장이라 하기 어렵다. - 한겨레

세 번째 견해처럼 캐주얼에 대해 직접 언급한 의견은 의외로 적었다.

4) 다양성 문제 계열

<표 9> 다양성 계열의 분포 비율(괄호는 이 계열만의 백분율)

주제어	긍/부	신 문	인	원	
다양성 존중	긍 정	조 선	16	49	53 (36.8%)
		한겨레	33		
	부 정	조 선	1	4	
		한겨레	3		
신선함	긍 정	조 선	2	11	11 (7.6%)
		한겨레	9		
튀는 행동 비판	부 정	조 선	43	65	65 (45.1%)
		한겨레	22		
경솔 비판	부 정	조 선	8	15	15 (10.4%)
		한겨레	7		

　다양성 존중은 튀는 행동 비판과 대립점에 있다. 그 사이에서 신선함은 다양성 쪽으로 경솔 비판은 튀는 행동 비판 쪽으로 포함될 수 있다. 튀는 행동 비판 쪽은 조선일보가 많고 다양성 존중 쪽은 한겨레신문이 많다. 그리고 주제어가 암시해 주듯 '신선함'은 긍정으로 '튀는 행동 비판'과 '경솔함 비판'은 부정으로 완전히 기울어져 있다. 다양성 존중도 그런 쪽이지만 반대쪽은 아래와 같은 견해다.

(13) 자신의 행동만 존중받기를 바라고 다른 사람의 사고는 무시하는 처사는 공인으로서 옳지 않다.－조선
(14) 국회는 혼자 일하는 곳이 아니다. 진정한 서로 다름에 대한 존중과 관용이 필요하다.－한겨레

5) 이중성과 의도 / 태도 비판 계열

〈표 10〉 이중성과 의도 / 태도 계열 분포 비율(괄호는 이 계열 백분율)

주제어	신 문		인 원	
이중성 비판-부정	조 선	23	34	105
	한겨레	11	(27.4%)	(84.7%)
인기전략-부정	조 선	23	52	
	한겨레	29	(41.9%)	
의도 불순-부정	조 선	5	9	
	한겨레	4		105
기본중요-부정	조 선	9	6	(84.7%)
	한겨레	5		
상식중요-부정	조 선	2	4	
	한겨레	3		
상식중요-긍정	조 선	0	5	
	한겨레	4		19
용기 중요-긍정	조 선	2	14	(15.3%)
	한겨레	4	(11.3%)	

이쪽 계열에서는 부정 견해가 압도적으로 많다. 이는 그가 이미 대중적 스타로서의 이미지와 이때의 이미지가 다르다고 생각하는 데서 출발한다. 아래와 같은 견해와 같이 기존 이미지와의 이중성을 지적하고 있다.

(15) 선거 때는 넥타이 매고 표 구걸하더니 국회의원이 되고서는 개혁을 빙자한 쇼인가.-조선

(16) 평상시 양복을 즐겨 입던 그가 캐주얼 차림으로 나온 것은 하나의 깜짝 이벤트다.-한겨레

(17) 개혁은 차가운 머리에서 이성적으로 나와야 한다. 일회성 인기몰
이는 안 된다.-조선

이러한 인격과 관련된 태도에서는 부정적으로 바라볼 경우 기본과
상식이라는 환원주의적 태도를 강조하게 마련이다.

(18) 개혁에 앞서 먼저 기본적인 됨됨이를 갖추어야 한다.-조선
(19) 유 의원이 상식 수준에서만 생각했어도 이런 오만한 행동은 하
지 않았을 것이다.-조선

물론 상식과 기본은 관점의 차이일 수 있다. "상식의 기준이 되는
것은 남에게 피해를 주지 않는 것이다. 평상복은 상식의 기준에 어
긋나는 것은 아니다.-한겨레"와 같은 반론도 있기 때문이다.

6) 권위주의 문제 계열

<표 11> 권위주의 비판 계열 분포 비율

주제어	긍/부	신문	인 원		
권위주의 비판	긍 정	조 선	19	55	57
		한겨레	36		
	부 정	조 선	1	2	
		한겨레	1		
권위주의 옹호	부 정	조 선	3	3	3

일반적으로 권위와 권위주의를 구별한다. 권위는 존중해야 되는
것이지만 권위주의는 잘못된 권력을 뜻한다. 물론 '권위'와 '권위주

의'를 대립된 어휘로 보는 것이 아니라 권위건 권위주의건 어떤 맥락에서 쓰이느냐에 따라 양면성이 있는 것으로 볼 수도 있다. 국회의 권위주의 속성으로 볼 때 이에 대한 비판의식 때문에 유 의원에게 긍정 성향을 보인 의견이 대부분이다. 그러나 다음 두 번째 예시 의견처럼 비판적 견해도 있다.

(20) 과거의 권위주의 형식에 대한 도전이다. - 한겨레
(21) 캐주얼 복장을 해야만 국민의 일꾼이고 정장을 한 국회의원은 백수건달이라는 사고방식이야말로 권위적이고 우월적인 발상이다. - 조선
(22) 때와 장소에 따라 지켜져야 할 권위가 있다. - 조선

7) 형식 - 내용 계열

〈표 12〉 형식 - 마음 계열 분포 비율

주제어	긍 / 부	신 문		통 계	
내용 중요	긍 정	조 선	8	49	53
		한겨레	25		
	부 정	조 선	0	4	
		한겨레	4		
마음 중요	긍 정	조 선	11	26	30
		한겨레	15		
	부 정	조 선	2	4	
		한겨레	2		

내용과 마음 측면에서는 긍정 쪽이 대부분이다. 형식과 외모가 문제 된 것에 대한 반발이 작용한 의견들이라 볼 수 있다. 부정 견해는 다음과 같은 경우이다.

(23) 옷만 남들과 다르게 입는다고 정치 잘하는 거 아니고 속이 중요하다. - 조선
(24) 유시민 씨 말장난 그만 하고 마음을 보여 주기 바란다. - 한겨레

3.3. 입장별 계열

의미 구성 주체를 주된 대상으로 한 의견을 모았다. 크게 일반의원이나 퇴장 의원, 일반국민과 국회, 신문사 등이 여기에 해당된다.

1) 상대적 입장 비교에 따른 긍정성 비율

전체 의견 가운데 긍정 쪽으로 많이 기운 것은 유시민 의원과 일반의원, 퇴장 의원과의 상대적 비교에서 촉발되었다.

〈표 13〉 상대적 긍정 계열 주제별 비교

	일반 다른 의원 비판	퇴장 의원 비판	합　계
조　선	98(13.8%)	33(4.7%)	121 (18.5%)
한겨레	92(11.7%)	62(7.9%)	154 (19.6%)
합　계	190(25.5%)	95(12.6%)	275 (38.1%)

* 괄호는 해당 신문사 전체 인원에 대한 백분율

상대적 비교가 전체적으로 높은 비율을 차지한다. 퇴장한 의원들에 대한 반감 비율이 한겨레가 높다. 퇴장 의원 비판보다 일반 다른 의원 비판이 더 높은 것은 평소 국회의원에 대한 인상이 나쁜 것에 기인한다고 볼 수 있다.

2) 국민과 국회에 대한 부정성 비율

<표 14> 국회 무시와 국민 무시에 대한 비율

	국민 무시	국회 무시	합 계
조 선	12(3.1.%)	12(3.1%)	24(6.2%)
한겨레	8(3.3%)	3(1.2%)	11(4.5%)
합 계	20(6.4%)	15(4.3%)	35(10.7%)

* 괄호는 해당 신문사 전체 인원에 대한 비율

이 부분 비율은 아주 낮은 편이다. 결국 부정 쪽 견해는 국회나 국민 무시라는 거시적인 측면보다는 예의와 개혁 따위의 구체적 인식 쪽으로 기울어졌기 때문이다.

3) 신문사별 비율

신문사별 차이와 그에 대한 의미 특성은 앞의 인식 틀, 주제별 비교에서 드러난 것이므로 여기서는 종합 도표만 제시하기로 한다.

〈표 15〉 한겨레신문 주제별 인원 분포 비율

긍/부	주제어	빈 도	
긍 정	일반의원 비판	92	511
	퇴장 의원 비판	62	
	옷 문제 아님	66	
	양복주의 비판	60	
	일 중요	60	
	권위주의 비판	36	
	개 혁	44	
	다양성 존중	33	
	내용 중요	25	
	마음 중요	15	
	신선함	9	
	상식중요	4	
	용기 중요	4	
	예 의	1	
부 정	예의 중요	108	245
	인기전략	29	
	개혁 아님	27	
	튀는 행동 비판	22	
	이중성 비판	11	
	국민 무시	8	
	경 솔	7	
	일 중요	7	
	기본중요	5	
	내용 중요	4	
	의도 불순	4	
	상식중요	3	
	다양성 존중	3	
	캐주얼 비판	1	
중 립	양쪽 잘못	16	30
	지켜봄	11	
	관점 차이	2	
	양쪽 일리	1	
합 계		786	

〈표 16〉 조선일보 주제별 인원 분포 비율

긍/부	주제어	빈 도	
긍 정	일반의원 비판	98	316
	일 중요	66	
	퇴장 의원 비판	33	
	옷 문제 아님	31	
	권위주의 비판	19	
	양복주의 비판	18	
	다양성 존중	16	
	개 혁	9	
	내용 중요	8	
	신선함	2	
	용기 중요	1	
	마음 중요	1	
부 정	예의 중요	189	384
	튀는 행동 비판	43	
	개혁 아님	34	
	이중성 비판	23	
	인기전략	23	
	국민 무시	12	
	국회 무시	12	
	경 솔	8	
	양복예의 존중	7	
	의도 불순	5	
	권위주의 옹호	3	
	마음 중요	2	
	상식중요	2	
	권위주의 비판	1	
	다양성 존중	1	
중 립	양쪽 잘못	1	8
	지켜봄	7	
총 계		708	

다만 일단 객관성을 지향한다는 2차 보도 기사도 두 신문의 논조의 차이를 보여 준다.

(25) 제목: 유시민 의원 평상복에 한나라 의원 집단퇴장, 본문: 4·24 국회의원 재보선에서 당선된 유시민 개혁국민정당 의원이 평상복 차림으로 국회 본회의에 출석했다가, 이를 문제 삼은 한나라당 의원들의 집단퇴장으로 의원 선서를 못 하는 의정 사상 초유의 일이 일어났다. 29일 오후 서울 여의도 국회 본회의장은 회의 시작과 동시에 소란에 휩싸였다. 유 의원이 흰 바지와 티셔츠에 진한 감색 윗도리를 받쳐 입은 채 한나라당 홍문종·오경훈 의원 등과 함께 의원 선서식을 위해 단상에 오르면서 한나라당 의원들이 야유와 고함을 질렀기 때문이다. 의원들은 "복장이 저게 뭐냐" "국회 권위를 뭐로 아는 거냐" "차라리 우리가 퇴장하자" 등의 호통과 고함을 쏟아 냈다. 유 의원은 소란에 아랑곳없이 단상에서 선서식을 기다렸지만, 한나라당 의원 50~60명이 줄지어 자리를 박차고 회의장을 빠져나갔다. 박관용 의장은 결국 5분여 만에 "내일 본회의를 다시 열어 당선자 선서식을 하고, 오늘은 심의안건만 처리하자"며 유 의원을 비롯한 3명의 의원을 의석으로 돌려보냈다. 유 의원은 "본회의 시작을 알리는 구내방송이 13번이나 나갔음에도 정시보다 35분 늦게 본회의가 열렸다"며 "법을 만드는 국회의원들의 상습적인 지각은 문제가 안 되고, 능률적인 의정활동을 위해 편안한 옷차림을 한 것은 문제가 되느냐"고 말했다. 국회 사무처 관계자는 "국회 직원의 경우 본회의 때 지정된 복장을 입도록 하는 규정이 있지만, 의원에게는 이를 따로 규정하고 있지 않다"며 "이런 일이 처음이라서 당황스럽다"고 밝혔다. -한겨레신문 안수찬 기자(2003.4.29.)

(26) 제목: 유시민 캐주얼 차림 첫 등원 국회 ‘시끌’ 일부 의원들 “국
회를 뭐로 보고” 퇴장 “관행 깨는 걸 개혁으로 착각” 與 의원도
질책, 본문: 29일 국회 본회의에선 경기 고양 덕양갑 4·24 재선
거에서 당선된 개혁국민정당 유시민 의원이 의원선서를 하는 단
상에 넥타이가 없는 라운드 티셔츠에 면바지 차림으로 나섰다가
여야 의원들의 반발로 선서를 하루 미루는 소동이 벌어졌다. 유
의원이 흰색 면바지에 갈색 캐주얼화를 신고, 옅은 회색 라운드
티셔츠에 감색 상의 차림으로 웃음을 머금은 채 한나라당 홍문
종·오경훈 의원과 함께 선서를 하려 하자, 여야 의석 곳곳에서
“국회가 나이트클럽이냐”, “이곳에 탁구 치러 왔느냐. 운동장이
냐”며 고함이 터져 나왔고, 이 중 일부는 아예 퇴장해 버렸다.
의원들의 질책에도 유 의원이 이를 드러내고 웃자, 민주당 천용
택 의원은 “관행을 깨는 것을 개혁으로 착각하는 것 같다. 소영
웅주의냐”고 지적했고, 같은 당 조순형 의원은 “에이~ 지킬 건
지켜야지. TV토론 사회 볼 때는 넥타이 매 놓고 왜 저러느냐”고
못마땅해했다. 유 의원은 이날 본회의 출석 전에 미리 ‘파격’ 복
장의 이유를 설명하는 보도자료를 돌려, 소동이 벌어질 것을 뻔
히 알고 있었던 것으로 드러났다. 그는 ‘국회의원 선서에 부쳐
드리는 말씀’이란 보도자료에서 “혼자만 튀려고 그러는 것도 아
니고, 넥타이 매는 게 귀찮아서도 아니다. ……일하기 편한 옷을
입고 싶은 것뿐이다. 이런 제 모습을 있는 그대로 인정해 달라”
고 말했다. 그는 또 “‘서로 다름에 대한 존중과 관용’, 이것이 국
회에 첫발을 내딛는 내 생각”이라고도 말했다. 박관용 국회의장
은 의원선서를 30일로 연기하면서 “본회의장에 양복 입고 오라
고 사전에 주의 줄 수도 없고……”라며 씁쓸한 표정으로 웃었다.
유럽의 녹색당 의원들도 본회의장에 ‘상의 재킷, 하의 청바지’
등 반캐주얼 복장으로 출석해 논란이 인 적이 있다. 개혁당은 이

와 관련, ‘양복이 국회의원 유니폼으로 지정되었나’라는 제목의 논평을 통해 “국회의원들이 복장을 이유로 야유와 퇴장을 불사한 것은 신성한 의원선서를 깡패조직의 ‘막둥이 기죽이기’ 정도로 생각하는 것은 아닌지 의심스럽다”며 “다양성과 관용을 중시하는 전 사회적 흐름에는 아랑곳없이 국회의원들은 여전히 터무니없는 권위의식에 젖어 있음을 스스로 시인한 것”이라고 말했다.－조선일보 洪錫俊 기자(2003.04.29.)

한겨레신문이 담담한 논조로 사건을 묘사한 반면에 조선일보는 부정적 색채를 보여 주고 있다. 제목부터 조선일보는 반대쪽 견해를 달았고 부정적 느낌을 자아내는 “이를 드러내 놓고 웃자”, “소동이 벌어질 것을 뻔히 알고 있었던 것으로 드러났다”는 식의 표현을 쓰고 있다. 이런 기본 텍스트를 통해 주요 주제어를 뽑아냈다.

4. 맺음말

사회적 관심도가 높은 사건이나 쟁점에 대한 의미 부여는 찬반 양론을 띠면서도 그 의미의 다양성은 넓을 수밖에 없다. 인터넷 매체 발달은 그런 담화의 질적 양적 팽창을 가져왔다.

이 글에서의 주요 초점은 같은 사건에 대한 찬반 양론의 선언적 의미보다는 왜 그렇게 서로 다르게 바라보는가라는 맥락적 의미에 주목했다. 1,494건의 인터넷 한겨레신문과 조선일보의 꼬리말 담화에 대하여 근거 중심의 주제문을 설정하고 핵심어를 중심으로 인식 틀,

주제, 입장별 의미 양상을 다뤘다.

이러한 의미 분석을 통해 쟁점 가능성이 높은 시사 사건일수록 긍정 부정식의 이분법적 의미보다는 다양한 주제(제재)별 의미망을 주목해 볼 필요성을 알 수 있었다.

다만 이 글은 꼬리말의 연속적 의미 관계를 다루지 못했다는 한계가 있다. 꼬리말은 일종의 짧은 토론문으로 볼 수 있다. 그렇다면 의견의 연속적 긴장 관계가 중요한데 그것을 제대로 다루지 못했다. 굳이 변명하자면, 모든 꼬리말이 그런 연속성을 띠는 것도 아니거니와 또 그런 점은 또 다른 논문 주제의 성격이 강하다는 생각에서였다. 그리고 꼬리말의 논증 구조가 워낙 다양하고 차이가 나 1차 근거만을 가지고 논의한 점도 아쉬운 점이다.

▶ 수록 논문 발표 지면
각 장의 원 출전은 다음과 같다.

1부

1장 담론학과 언어 분석 : 김슬옹(2005). 언어 분석 방법론으로서
의 담론학 구성 시론. 사회언어학 13권 2호. 한국사회언어학회. 43-
68쪽.

2장 맥락과 언어 분석 : 김슬옹(1998). 언어 분석을 위한 맥락 설
정 이론, 목원어문학 제16집, 목원대학교 국어교육과. 5-65쪽.

3장 언어전략과 언어 분석 : 김슬옹(2003), 언어전략의 일반 특성,
한말연구 13호, 한말연구학회. 85-104쪽.

2부

1장 개념적 의미와 담론적 의미

김슬옹, 1997, 개념적 의미에 대한 몇 가지 오해에 대하여-왜 개
념적 의미는 담론적 의미인가, 담화와 인지 4권 2호. 담화인지학회.
51-75쪽.

2장 상보반의어 설정 맥락 비판

김슬옹. 1998. 상보반의어 설정 맥락 비판. 한국어 의미학 3집. 한
국어의미학회. 67-95쪽.

3장 노동자 어휘 담론

김슬옹(1996), 담론에 따른 어휘 의미 분석 모색, 연세어문학 28집
(1996.2), 연세대 국어국문학과

4장 민간어원 담론

김슬옹(1991), 민간어원 담론, 말과 글 66호, 1996 년 봄호, 한국교
열기자회

5장 논쟁 담화의 주제별 의미 분석

김슬옹(2005), 시사 사건의 담화 의미 분석 : 유시민 옷 사건 인터넷
매체 담화 주제문 분석을 통해, 상명논집 12호, 상명대학교 대학원.

참고문헌

강내희(1992). 담론의 안팎: 몇 가지 담론이론에 관한 소고. <인문학 연구> 17집. 중앙대 인문과학 연구소.

강내희(1992). 언어와 변혁. <문화과학> 2호(겨울). 문화과학사.

강범석(1994). 알뛰세의 이데올로기 개념에 대한 연구. 성균관대 석사학위논문.

강사민(1980). 국어반의어고. 단국대학교 국문과 석사학위논문.

강주헌(1995). 계집팔자 상팔자. 고려원.

강진숙(1993). 담론 분석을 통한 뉴스의 이데올로기적 작용에 관한 연구. 중앙대 석사학위논문.

고길섶(1994). 담론의 정치학-언어와 이데올로기 그리고 주체의 실천. <문화과학> 5호(봄호). 문학과학사.

고길섶(1998). 문화비평과 미시정치. 문화과학사.

고길섶(1998). 소수문화들의 정치학. 문화과학사.

고명균(1989). 현대국어의 반의어에 관한 연구. 한국외국어대학교 국문학과 석사학위논문.

고병권(1997). 투시주의와 차이의 정치: 봉합과 승인을 가로지르는 생성의 정치로. 탈주의 공간을 위하여(서울사회과학연구소편). 푸른숲.

고영근 외(2001). 한국 텍스트학의 제 과제. 서울: 역락.

고영근(1999). 텍스트이론-언어문학통합론의 이론과 실제. 서울: 아르케.

교육담론비평모임(1997). 정확한 말에서 적합한 말로. <우리교육> 1997년 11월호.

권영문(1996). 맥락과 의미에 관한 연구. 계명대학교 영어영문학과 박사학위논문.

권택영 엮음(1993). 자크 라캉 욕망 이론. 문예출판사.

그레마스 / 김성도 엮고. 옮기고 씀(1997). 의미에 관하여. 인간사랑.

김광해(1993). 국어어휘론 개설. 집문당.

김봉주(1988). 개념학: 의미론의 기초. 한신문화사.

김상욱(1992). 담화·이데올로기·국어교육. <선청어문> 20집. 서울대사
   범대국어교육과.

김성도(1994). 페르디낭 드 소쉬르: 소쉬르 읽기의 몇 가지 해법. 이론
   8호(봄호). 이론.

김숙희(1986). 획일문화와 성차별 언어. <또 하나의 문화> 2호. 평민사.

김슬옹(1995). 김영삼 정권의 어휘 사전 읽기. 춘천교대 학보 1995.9.25.

김슬옹(1996). 국어사전 누구의 진리인가. <성신학보> 341호(10월 7일).
   성신여자대학.

김슬옹(1996). 담론에 따른 어휘 의미 분석 모색. <연세어문학> 28집.
   연세대 국어국문학과.

김슬옹(1996). 비정상 언어는 없다. <성균> 58호. 성균관대학교.

김슬옹(1996). 한국인의 훈민정음과 삼성전자의 훈민정음. <함께 여는 국
   어교육> 29호(여름호). 전국국어교사모임. 38-68쪽.

김슬옹(1997). 개념적 의미에 관한 몇 가지 오해에 대하여. <담화와 인
   지> 4권 5호. 담화·인지언어학회. 51-75쪽.

김슬옹(1997). 교과서의 노예이길 거부하자-교과서 언어 비판. <사회평
   론 길지> 1997년 9월호.

김슬옹(1997). 마광수 담론의 언어 전략. REVIEW 12호(가을호). <리뷰
   앤리뷰> / 마광수(1998: 사랑의 슬픔. 해냄)에 재수록.

김슬옹(1997). 자궁과 이반-성차별 언어 문제에 대하여. <사회평론 길
   지> 1997년 1월호

김슬옹(1998). 똑바로가 아니고 제대로.. <사회평론 길지> 1998년 7월호

김슬옹(1998). 언어 분석을 위한 맥락 설정 이론. <목원어문학> 제16집. 목원대학교 국어교육과. 5~65쪽.

김슬옹(1998a). 상보반의어 설정 맥락 비판. <한국어 의미학> 3집. 한국어의미학회. 67-96쪽.

김슬옹(2003). 언어 전략의 일반 특성. 한말연구 13호. 85−104. 한말연구학회.

김슬옹(2005). 시사 사건의 담화 의미 분석 : 유시민 옷 사건 인터넷 매체 담화 주제문 분석을 통해. <상명논집> 12호. 상명대학교 대학원.

김슬옹(2007). 담론을 통한 언어 분석-한국정책학회 정책학 추계학술세미나 Ⅱ. <복지와 참여>. 한국정책학회. 39-60쪽.

김슬옹(2008ㄱ). 세종과 소쉬르의 통합언어학적 비교 연구. 『사회언어학』 16권 1호. 1-23쪽. 한국사회언어학회.

김슬옹(2008ㄴ). 쇠고기 괴담에 대한 담론 분석. <2008년도 춘계학술대회 발표논문집>. 서울행정학회. 81-102쪽.

김영국(2004). 개혁당 개미들은 신당 프로젝트의 도구나 희생물이었나. <인물과 사상> 71호. 3월호. 서울: 인물과사상사.

김영민(1996). 탈식민성과 우리 인문학의 글쓰기. 민음사.

김영선(1986). 국어 맞섬말의 의미 구조 연구. 동아대 국문과 석사학위논문.

김영선(1994). 중세국어 맞섬말 연구. 동아대 국문과 박사학위논문.

김윤환·김낙중(1980). 한국노동운동사. 일조각.

김종을(1986). 불어 반의어 형용사의 정의 및 하위구분에 관한 고찰. 연세대학교 불어불문학과 석사학위논문.

김종인(1987). 문장 언어학의 한계와 담론 언어학의 근거. 서울대학교 불어불문학과 석사 학위논문.

김종택(1992). 국어 어휘론. 탑출판사.

김주보(1988). 국어 의미 대립어 연구. 성균관대 석사학위논문.

김창익(1993). 상보어와 반의어. <인문논총> 12집. 호서대 인문과학연구소.

김태자(1993). 맥락 분석과 의미 탐색. <한글> 219호. 한글학회.

김필호(1996). 질 들뢰즈와 펠릭스 가타리의 욕망이론에 대한 연구. 서
    울대 사회학과 석사학위논문.

김하수(1990). 김민수(1989)의 북한의 국어연구 서평. <주시경학보> 5집
    (주시경연구소). 탑출판사.

김형배(1976 / 1994: 중판). 노동법. 박영사.

김혜숙(1995). 음양의 질곡으로부터의 해방. <이대학보> 1039호(5.15).
    이화여자대학교.

김흥수(1989). 어휘의미의 이념적 요인에 대하여. <국어학> 19집. 국어학
    회.

남기심(1974). 반대어고. <국어학> 2집. 국어학회.

노대규(1988). 국어 의미론 연구. 국학자료원.

노동부 공보관실(1995). 준법투쟁이란. <국정신문> 1995.5.29.

니체 / 강수남 옮김(1988 / 1994). 권력에의 의지. 청·하.

니체 / 김태현 옮김(1982 / 1997). 도덕의 계보 : 이 사람을 보라. 청·하.

다이안 맥도넬 / 임상훈 옮김(1992). 담론이란 무엇인가. 한울.

데리다 / 김보현 편역(1997). 해체. 문예출판사.

레비 스트로스 / 안정남 옮김(1996/1997). 야생의 사고. 한길사.

려증동(1982). 국어교육론. 형설출판사.

로버트 어그로스·조지 스탠시우 / 오인혜·김희백 옮김(1987). 새로운
    생물학. 범양사출판부.

루이 알튀세르 / 김동수 역(1991 / 1993). 아미엥에서의 주장. 솔.

마리나 야겔로 / 강주헌 옮김(1994). 언어와 여성. 여성사.

마성식(1996). 언어·사고·생활. 한남대 출판부.

모택동 / 이등연 역(1989). 실천론·모순론. 두레.

문아영(1997). 기호체제들과 미시권력. 탈주의 공간을 위하여(서울사회과
학연구소 편). 푸른숲.

문아영(1997). 언어와 주체의 문제에 대한 연구―질 들뢰즈와 펠릭스 가
타리의 기호론을 중심으로―. 서울대 사회학과 석사학위논문.

문유찬(1993). 벤베니스트의 언어 연구 방법과 발화 행위론. <현대 불란
서 언어학의 방법과 실제>(이정 외 지음). 연세대학교 출판부.

미셸 푸코 외 / 정일준 편역(1994 / 1995: 수정 증보판). 미셸 푸코의 권력
이론. 새물결.

바뎅테 / 최석 옮김(1993). XY: 남성의 본질에 대하여(Elisabeth Badinter.
XY. De l'identite masculine). 민맥.

박갑수 외 16인(2000). 국어 표현·이해 교육. 집문당.

박복선(1993). 언어 사용능력 신장교육에 대하여(2)ー삶. 이데올로기. 언
어 사용능력. <함께 여는 국어교육> 16호. 전국국어교사모임.

박복선(1997). 우리교육이 하고 싶은 이야기. <우리교육> 9월호. 우리교
육.

박선희(1984). 현대 국어의 상대어 연구. 숙명여대 석사학위논문.

박숙희 엮음(1994). 뜻도 모르고 자주 쓰는 우리말 500가지. 서운관.

박영순(2004). 한국어 담화·텍스트론. 서울: 한국문화사.

박인철(1993). 그레마스의 설화문법. <현대 불란서 언어학의 방법과 실
제>(이정 외 지음). 연세대 출판부.

박종홍(1972). 일반논리학. 박영사.

백승욱(1995). 니체: 망치를 들고 철학하는 법. 탈현대사회사상의 궤적
(현대 산업사회 연구회편). 새길.

비트겐슈타인 / 이영철 엮음(1997). 철학적 탐구. 서광사.

삐에르 부르디외 / 최종철 옮김(1996). 구별짓기: 문화와 취향의 사회학
　　상. 새물결.
삐에르 부르디외 외 / 정일준 옮김(1995). 상징폭력과 문화재생산. 새물결.
서동욱(1997). 들뢰즈의 주체 개념 - 눈(目) 대 기관 없는 신체. <현대비
　　평과 이론> 14호(가을·겨울호).
서정수·노대규(1983). 말과 생각. 한양대학교 출판원.
성열호(1983). 국어 반의어 지도에 관한 연구. 전북대학교 교육대학원
　　석사학위논문.
신정애(1996). 성차별의 언어 여기에 있다. 성신학보 340호(9.16). 성신
　　여자대학교.
신현숙(1987). 의미와 의미 연구의 위치 정립을 위하여. <건국어문학>
　　제11·12합집.
신현숙(1997). 21세기 담화 의미 연구의 방향. <한국어 의미학> 1. 한국
　　어 의미학회.
신현숙(1997). 담화 의미 연구의 방향. 국어의미론학회 창립기념 학술대
　　회. 6.20 발표요지.
신현숙(2001). 한국어 현상과 의미 분석. 서울: 경진문화사.
신현준(1995). 들뢰즈 / 가타리: 분열증 분석과 욕망의 미시정치학. <탈현
　　대사상의 궤적>(현대 산업사회 연구회편). 새길.
심재기(1975). 반의어의 존재 양상. <국어학> 3. 국어학회.
양계초·풍우란 외 / 김홍경 편역(1993). 음양오행설의 연구. 신지서원.
양태식(1984). 국어 구조의미론. 태화출판사.
에리히 프롬 / 이상두 옮김(1975 / 1998). 자유에서의 도피. 범우사.
오세철 외(1980). 이분법논리는 없어져야 한다. <월간조선> 1980년 6월
　　호.
올리비에 르불 / 홍재성·권오룡 옮김(1994). 언어와 이데올로기. 역사비

평사.

요시나가 요시마사 / 주명갑 옮김(1997). 복잡계란 무엇인가. 한국경제신문사.

요제프 스탈린 / 정성균 역(1989). 사적유물론과 변증법적 유물론 마르크 스주의와 언어학. 두레.

위원석(1994). 알뛰세의 이데올로기 개념에 관한 비판적 연구. 서강대 석사학위논문.

유재복(1992). 반의어 오다 가다의 의미 연구. 전북대학교 교육대학원 석사학위논문.

윤기정(1990). 국어대립어의 연상의미에 대한 조사 연구―국민학교 어린 이를 중심으로―. 건국대학교 교육대학원 석사학위논문.

윤수종(1997). 제도요법과 집단적 주체성. 탈주의 공간을 위하여. 푸른숲.

윤양헌 외(1986). 일상적 언어생활에 나타난 성차별주의. <또 하나의 문 화> 2호. 평민사.

이규호(1968 / 1978). 말의 힘. 제일출판사.

이도영(2000). 표현·이해 교육 내용으로서의 지식, 기능, 전략. <국어 표 현·이해 교육(박갑수 외 16인)>. 집문당.

이리가라이 / 박정은 역(1996 / 1998). 나·너·우리―차이의 문화를 위하 여. 동문선.

이리가라이 외 / 권현정 엮음(1997). 성적 차이와 페미니즘. 공감.

이병혁(1986). 소련에서의 마르크스주의 언어이론과 스탈린. <언어사회 학 서설>. 까치.

이석주(1989). 반의어에 대한 고찰. <이용주 박사 회갑기념논문집>. 한 샘.

이승명(1973ㄱ). 국어 상대어론(1). <어문논총> 8호. 경북대학교.

이승명(1973ㄴ). 국어상대어고. <국어국문학> 61집. 국어국문학회.

이승명(1978). 국어 상대어의 구조적 양상. <어문학> 37집. 한국어문학회.

이신태(1992). 국어 대립어에 대한 연구. 조선대학교 국문학과 석사학위
    논문.
이영희(1994). 새는 좌·우의 날개로 난다. 두레.
이용주(1971). 의미의 대립 의식과 그 기준에 대하여. <김형규 박사 회
    갑 기념 논총>.
이원표(2001). 담화분석―방법론과 화용 및 사회언어학적 연구의 실례.
    서울: 한국문화사.
이익섭(1994). 사회언어학. 민음사.
이익환(1984). 현대 의미론. 민음사.
이익환(1995). 의미론 개론. 한신문화사.
이정민 외(1997). 언어과학이란 무엇인가. 문학과 지성사.
이정우(1997). 가로지르기. 서울: 민음사.
이정우(2003). 사건의 철학. 서울: 철학아카데미.
이종은(1984). 정치와 언어. <오늘의 책> 3호(가을호). 한길사.
이진경(1994). 철학과 굴뚝청소부. 새길.
이진경(1995). 자크 라캉: 무의식의 이중구조와 주체화 탈현대사회사상
    의 궤적(현대 산업사회 연구회 편). 새길.
이진경(1997). 근대적 주체와 정체성. <경제와 사회> 35호(가을호).
이진경(1997). 근대적 주체의 역사이론을 위하여. <근대주체와 식민지
    규율권력>(김진균·정근식 편저). 문화과학사.
이진경(2002). 노마디즘 1·2. 서울: 휴머니스트.
이홍탁(1980). 이분논리와 극한민족. 월간조선 1980년 8월호.
임지룡(1986). 의미지도의 한 원리―엄마 아빠 딸 아들의 어순을 바탕으
    로―. <모국어교육> 4호. 모국어교육학회.
임지룡(1989). 국어 대립어의 의미 상관 체계. 형설출판사.
임지룡(1992). 국어 의미론. 탑출판사.

장 보드리야르 / 이규현 옮김(1993). 기호의 정치경제학 비판. 문학과 지성사.

장명국(1992). 노동법 해설. 석탑.

장응칠(1984). 연상실험을 통한 반의어의 실증적 연구. 전북대학교 교육
　　　대학원 석사학위논문.

장자 / 안동림 역주(1993 / 1997). 장자. 현암사.

전수태(1995). 반의어의 사전 처리에 대하여. <한남어문학> 20. 한남대
　　　학교 국문과.

박해광(2007). 문화연구와 담론 분석. <문화와 사회> 2권. 한국문화사회
　　　학회. 83-116쪽.

박상표(2007). 누가 '과학'이라는 허울을 쓰고 괴담을 퍼뜨리고 있는가?.
　　　<인물과 사상> 110호(6월호), 인물과사상사, 112-123쪽.

이기형(2006). 담론분석과 담론의 정치학. <언론과 사회> 14권3호. 성곡
　　　언론문화재단. 106-145쪽.

전수태(1997). 국어 반의어의 의미 구조. 박이정.

정선훈(1995). 파업투쟁과 노동악법(6월 1일) 하이텔 토론(conf).

정운영(1993). 말장난·말뜻·말. <한겨레신문> 1993.4.19.

정인수(1985). 국어반의어 연구. 영남대학교 국문학과 석사학위논문.

정지환(1996). 군사정권보다 후퇴한 문민정부의 10가지 잘못. <말> 1996
　　　년 2월호.

조르쥬 깡길렘 / 여인석 옮김(1996). 정상적인 것과 병리적인 것. 인간사랑.

조순화(1994). 정신지체아의 대립어 의미 습득에 관한 발달 특징. 대구
　　　대학교 교육대학원 석사학위논문.

조의연(1996). 의미란 무엇인가?:인지의미론과 해체주의. <담화와 인지
　　　> 제2권. 담화·인지언어학회.

존카스티 / 김동광·손영란 옮김(1997). 복잡성 과학이란 무엇인가. 까치.

지크프리트 J.슈미트 / 박여성 옮김(1977). 미디어 인식론: 인지-텍스트

－커뮤니케이션. 까치.

최문경(1991). 낱말 지도에 관한 연구. 경상대학교 교육대학원 석사학위
　　　논문.

최장집(1993). 문민정부와 노동개혁. 한겨레신문 1993.10.22.

최재홍(1986). 현대 국어 어휘의 의미 대립 유형에 대한 연구. 경북대
　　　석사학위논문.

최호철(1998). 구조 의미론의 수용 양상과 국어 어휘 의미론의 과제.
　　　<한국어 의미학> 2. 한국어 의미학회.

칼 마르크스·프리드리히 엥겔스 / 김대웅 역(1989). 독일 이데올로기. 두레.

탁미경(1994). 대립어를 통한 아동의 어휘력 향상. 연세대학교 교육대학
　　　원 석사학위논문.

프리드리히니체 / 김태현 옮김(1982/1997). 도덕의 계보 / 이 사람을 보라.
　　　청·하.

피에르 부르디외 / 문경자 역(1994 / 1995). 혼돈을 일으키는 과학. 솔.

하이젠베르크 / 최종덕 역(1985 / 1994). 철학과 물리학의 만남. 흔겨레.

허웅(1983). 국어학. 샘문화사.

허재영(1995). 자크 데리다: 해체적 독해와 지배담론 허물기. <철학의
　　　탈주>(이진경·신현준 외 지음). 새길.

헤르만 파레트 / 김성도 옮김(1995). 현대 기호학의 흐름. 이론과 실천.

홍사만(1985). 국어어휘의미연구. 학문사.

홍상오(1984). 맥락과 의미결정에 관한 연구. 동아대학교 영어영문학과
　　　석사학위논문.

홍순성(1990). 대립어와 부정. <한국학논집> 17집. 계명대한국학연구원.

황대석(1993: 정정증보판). 인사관리. 박영사.

황문환(1988). 반의어의 의미중화에 대한 연구. 한국정신문화연구원 석
　　　사학위논문.

황병순(1996). 말을 알면 문화가 보인다. 태학사.

Baldauf. Richard B.Jr and Luke. Allan(1989). *Language Planning and Education in Australasia and the South Pacific*. Clevedon Philadelphia: Multilingual Matters LTD.

Baron.Naomi S(1994). Do words have meaning? Dictionaries. definitions. and context. *New Departures in Linguistics. George Wolf(ed)(1992)*. New York: Garland(Semiotica 99. 1994. Walter de Gruyter에 재수록).

Benveniste. Emile(1966). *Problèms de linguistique générale*. Ⅰ. Gallimard. 황경자 옮김(1992). 일반언어학의 제 문제 Ⅰ. 민음사.

Benveniste. Emile(1974). *Problèms de linguistique générale* Ⅱ. Gallimard. 황경자 옮김(1992). 일반언어학의 제문제 Ⅱ. 민음사.

Braidotti. Rosi(1994). Toward a New Nomadism Feminist Deleuzian Tracks: or Methaphysics and Metabolism. *Gilles Deleuze and the Theater of Philosophy*(Edited by Constantin V.Boundas & Dorothea Olkowski). New York: Routledge. 오수원 옮김(1998). 새로운 노마디즘을 위하여: 페미니즘의 들뢰즈적 궤적 혹은 형이상학과 신진대사. 문화과학 15호(가을호).

Cameron. Deborah(1985 / 1992: second edition). *Feminism & Linguistic Theory*. Hong Kong: Macmillan. 이기우 옮김(1995). 페미니즘과 언어 이론. 한국문화사.

Chierchia. Gennaro and Sally McConnell−Ginet(1990). *Meaning and Grammar*. Cambridge: The MIT Press.

Chris Harman(1992). The Return to the National Question. International Socialism. 배일롱 옮김(1995). 현대자본주의와 민족문제. 갈무리.

Cruse.D.A.(1986). *Lexical Semantics*. London: Cambridge University Press. 임지룡·윤희수 옮김(1989). 어휘의미론. 경북대학교 출판부.

Deleuze. Gilles & Guattari. Félix(1980). *Mille Plateaux —Capitalisme et Schizophrén*. Paris: Les Édition De Minuit 윤수종·이진경 옮김(1998). 천 개의 고원. 서울사회과학연구소(미간).

Deleuze. Gilles & Guattari. Félix(1980). *Mille Plateaux —Capitalisme et Schizophrénie*. Paris: Les Édition De Minuit. 김재인(옮김)(2001). 천 개의 고원—자본주의의 분열증 2. 서울: 새물결.

Deleuze. Gilles & Guattari. Félix(1980). *Mille Plateaux —Capitalisme et Schizophrénie*. Paris: Les Édition De Minuit. 질 들뢰즈·펠릭스 가타리 / 김재인 옮김(2001). 『천개의 고원』. 새물결.

Deleuze. Gilles(1969). *Logique du sens*. Paris: Editions de Minuit. 이정우(옮김)(1999). 의미의 논리. 서울: 한길사.

Deleuze. Gilles(1981). *Difference et repetition*. Paris: Presses Universitaires de France. 김상환(옮김)(2004). 차이와 반복. 서울: 민음사.

Derrida. Jacques(1972). *La dissémination*. aux éditions du seuil.

Dijk. T.A. & Kintsch.W(1983). *Strategies of Discourse Comprehension*. Academic Press. Inc.

Eagleton. Terry(1991). Ideology: An Introduction. London & New York: Verso 여홍상 옮김(1994). 이데올로기 개론. 한신문화사.

Eco. Umberto(1984). *Semiotics and the Philosophy of Language*. Indiana University Press. 서우석·전지호 옮김(1987 / 1997). 기호학과 언어철학. 청·하.

Fairclough. Norman(1989). *Language and Power*. London and New York: Longman.

Firth. J.F(1957). *Papers in Linguistics 1934 —1951*. London:Oxford Up.

Foucault. Michel(1966). *Les mots et les choses*. Paris: Gallimard. 이광래 (역)(1987). 말과 사물. 서울: 민음사.

Foucault. Michel(1969). *L'archeologie du savoir*. Paris: Gallimard. 이정 우(옮김)(1992). 지식의 고고학. 서울: 민음사.

Foucault. Michel(1971). *L'ordre du discours*. Paris: Gallimard. 이정우(옮 김)(1998). 담론의 질서. 서울: 서강대학교출판부.

Foucault. Michel(1975). Surveiller et punir. Gallimard. 오생근 역(1994). 감시와 처벌. 나남.

Gibbs. Raymond.W.Jr(1994). *The poetics of mind*. Cambridge University Press.

Göran Therborn(1980). *The Ideology of Power and the Power of Ideology*. Verso Edition and NLB / 최종렬 옮김(1994). 권력의 이데올로기와 이데올로기의 권력.

Gould.S.J(1977). *Ever Since Darwin: Reflections in Natural History*. New York: Norton.홍동선 · 홍욱희 옮김(1988). 다윈 이후—생물학 사 상의 현대적 해석. 범양사 출판부.

Guattari. Félix(1977). *la révolution moléculaire*. Paris: encres. 윤수종(옮 김)(1998). 분자혁명. 서울: 푸른숲.

Haliday. M.A.K(1978). *Language as Social Semiotic: Social Interpretion of Language and Meaning. London: Edward Arnold.*

Harris. Roy(1990). On redefining linguistics. *In The Foundation of Linguistics Theory. N.Love(ed). London: Routledge.*

Hayakawa. S.Ⅰ(1964 / 1978). *Language in Thought and Action.* London: George Allen & Unwin Ltd.

Hjelmslev. Louis / Trans by Francis J.Whitfield(1961). *Prolegomena to a*

Theory of Language. The University of Wisconsin Press.

Irigaray. Luce / Trans by Carolyn Burke and Gillian C.Gill(1993). *An Ethics of Sexual Difference*. Cornel University Press.

Irigaray. Luce / Trans by Gillian C.Gill(1985). *Speculum of the other Woman*. Cornel University Press.

J.L.Austin(1962 / 1965). How to do Things with Words. Oxford University Press . 김영진 옮김(1992). 말과 행위. 서광사.

John J. Gumper(1982). *Discourse Strategies*. Cambridge University Press.

Joseph. John. · Talbot J.Taylor(1990). *Ideologies of Language*. London and New York: Routledge.

Katz. J.J(1972). *Semantic Theory*. Harper &Row.

Kempson. R.M(1977). *Semantic Theory*. London: Cambridge University Press. 허광일 · 이석주 · 박양귀 공역(1980). 의미론. 한신문화사.

Lakoff. George and Mark Johnson(1980). Metaphors We Live By. The University of Chicago Press 노양진 · 나익주 옮김(1995). 삶으로서의 은유. 서광사.

Lakoff. George(1987). *Women. Fire. and Dangerous Things*. Chicago and London: The University of Chicago Press 이기우 옮김(1994). 인지 의미론. 한국문화사.

Leech. Geoffrey(1974 / 1981). *Semantics*. Harmondworth: Penguin Books.

Lehrer. A.and Lehrer. K(1982). *Antonymy*. Linguistics and Philosophy 5.

Louis Althusser(1965 / 1986). *Pour Marx*. Ed. La Decouverte / 고길환 · 이화숙 역(1990 / 1992). 마르크스를 위하여. 백의 / Trans by Ben Brewster(1977). For Marx. London(NLB). The Penguin Press.

Lyons. J(1968). *Introduction to Theoretical Linguistics*. London: Cambridge University Press.

Lyons. J(1977). *Semantics*. London: Cambridge University Press.

Lyons. John(1995). *Linguistic Semantics*. London: Cambridge University Press.

M.K.뮤니츠 / 박영태 옮김(1997). 현대 분석 철학. 서광사.

Max K.Adler(1980). *Marxist Linguistic Theory and Communist Practice*. Helmut Buske Verlag Hamburg.

McConnell—Ginet. Sally(1989). *The sexual (re)production of meaning: a discourse —based theory*. In Frank and Treichler.

Mey. Jacob L(1993). *Pragmatics*. Cambrige: Blackwell 이성범 옮김 (1996). 화용론. 한신문화사.

Michel Pêcheux / Trans by Harbans Nagpal(1982). *Language. Semantics And Ideology*. Francois—Maspero.

Norman Fairclough / 이원표 옮김(2004). 대중매체 담화분석. 서울: 한국 문화사.

Nunan. David(1993). *Introducing Discourse Analysis*. London: Penguin.

Osgood. C.E. Suci. G.J.&Tannenbaum. P(1957). *The Measurement of Meaning*. University of Illinois Press.

Palmer. F.R(1981). *Semantics(2nd)*. London: Cambridge University Press. 현대언어학연구회 옮김(1984). 의미론. 한신문화사.

Pêcheux. Michel(1971). La Semantique et La Coupure Saussurienne: Langue. Langage. Discours / Choisis et Presentes Par Denise Maldidier(1990). L'inquietude Du Discours. Editions Des Cendres.

Pêcheux. Michel(1975). *Les verites de La Palice*. Francois—Maspero / Trans by Harbans Nagpal.1982. *Language. Semantics And Ideology*. New York: St. Martin's Press.

Pyles. Thomas. and John Algeo(1970). *English: An Introduction to*

Langugae. New York: Harcourt. Brace & World.

Quirk. R. et al(1972). *A Grammar of Contemporary English*. London: Longman.

Rapoport. Anatol(1950). Science and the Goals of Manl. Harper & Brothers. 안동환 옮김(1977). 과학과 인간의 목표. 한국문화사.

Rey. Alain(1972). Usages. Jugements et Prescriptions Linguistiques. *La Norme*. Langue franÇaise 16. décem. Larousse.

Roland Barthes(1973). *Le Plasir de texte*. Paris: Seuil. 김희영(옮김)(1997). 텍스트의 즐거움. 서울: 동문선.

Roland Barthes(1984). *Le bruissement de la langue*. Paris: Seuil(Translated by) Richard Howard(1989). *The Rustle of Language*. Berkeley and Los Angeles: University of California Press.

Roman Jakobson(1963). *Essais de linguistique Générale*. Minuit 권재일 옮김(1989 / 1994). 일반 언어학이론. 민음사.

Saussure / Edited by Bally. Charles and Sechehaye. Albert(1972). *Cours de Linguistique Generale*. Payot. 최승언 옮김(1990). 일반언어학 강의. 민음사.

Schaff. Adam(1967). Die Sprache und das menschliche Handelen. <Essays über die Philosophie der Sprache> 윤명노 역(1987). 언어와 인간 행위. <철학 오늘의 흐름>. 동아일보사.

Schiffrin. Deborah(1994). *Approaches to discourse*. Oxford: Blackwell.

Taylor. John(1995). Linguistic Categorization. Oxford University Press. 조명원·나익주 옮김(1997). 인지언어학이란 무엇인가－언어학과 원형 이론. 한국문화사.

Terry Eagleton(1991). *Ideology: An Introduction*. Verso / 여홍상 옮김(1994).

이데올로기 개론. 한신문화사.

Ullmaann. Stephen(1962 / 1977). Semantics: An Introduction of Meaning. Oxford: Basil Blackwell. 남성우 역(1987 / 1988). 의미론: 의미과학 입문. 탑출판사.

V.N.Vološnov(1929). Marksizm I filosofija jazyka. Lenigarad / Trans by Ladislav Matejka and I.R.Titunik(1986). Marxism And The Philosophy of Langugage. Harvald University Press / 송기한 역(1988). 마르크스주의와 언어철학. 흔겨레.

찾아보기

김슬옹 ─────────────────────────────────

▌약력

동국대학교 국어교육과 겸임교수, 국어학 박사, 동국대학교 국어교육학 박사 과정
주전공: 훈민정음, 언어생활사, 담론, 통합독서논술

사제동행 연수원, 유니텔 원격 연수원, 교원캠퍼스, 캠퍼스 21, 통합논술 연수 과정 대표강사
교과서와 해설서에 모두 6개의 글이 실림.

교보독서코칭센터 조사-독서 논술 분야 가장 듣고 싶은 강사 1위 선정(2006)
한국사이버대학교 겸임교원 강의 평가 1위
최우수상 2회 연속 수상(2004,2005)
짚신문학 평론상 수상(2007)
30년의 한글운동과 10여 년의 장애인 봉사로 3회 연세봉사 우수상 수상(2008)

담론학과 언어 분석 – 맥락·담론·의미

초판인쇄 | 2009년 2월 6일
초판발행 | 2009년 2월 6일

지은이 | 김슬옹
펴낸이 | 채종준
펴낸곳 | 한국학술정보㈜
주 소 | 경기도 파주시 교하읍 문발리 513-5 파주출판문화정보산업단지
전 화 | 031) 908-3181(대표)
팩 스 | 031) 908-3189
홈페이지 | http://www.kstudy.com
E-mail | 출판사업부 publish@kstudy.com

등 록 | 제일산-115호(2000. 6. 19)
가 격 | 30,000원

ISBN   978-89-534-1131-9 93810(Paper Book)
        978-89-534-1132-6 98810(e-Book)